그룡진천하

金龍振天下

FANTASTIC ORIENTAL HEROES

금룡진천하 10

황규영 新무협 판타지 소설

초판 1쇄 찍은 날 § 2007년 12월 4일
초판 1쇄 펴낸 날 § 2007년 12월 12일

지은이 § 황규영
펴낸이 § 서경석

편집장 § 문혜영
편집책임 § 유경화
편집 § 심재영

펴낸곳 § 도서출판 청어람
등록번호 § 제1081-1-89호
등록일자 § 1999. 5. 31
어람번호 § 제2-1357호

주소 § 경기도 부천시 원미구 심곡1동 350-1 남성B/D 3F (우) 420-011
전화 § 032-656-4452 팩스 § 032-656-4453
http://www.chungeoram.com
E-mail § eoram99@chollian.net

ISBN 978-89-251-1061-5 04810
ISBN 978-89-251-0681-6 (세트)

금룡진천하 10 [완결]

황규영 新무협 판타지 소설

金龍振天下

FANTASTIC ORIENTAL HEROES

내가 왜 천하제일고수의 무공을 익혔는지 알아…?

세상을 지키려는 순수한 마음… 사실, 돈 때문이었어. 세상이…

명성을 얻으면 당연히 돈은 따라올 테니까. 어? 많아…!

그거 하나 바라보고 힘들게 무공을 익히려 돌아왔는데…

아, 젠장~ 이놈의 세상이 먼저 박살이 나려는~ 그러니까 당신들…

지금 나한테 뭔 심주하는 거야!

도서출판 청람

目次

第一章

비응대와 초마대는 무황성에서도 제법 잘나가는 편에 속하던 전투 부대다. 진초운은 그 두 부대를 차출해 진유기동 부대로 만들었다.

진초운이 고른 부대에는 공통된 특징이 하나 있었다. 그들의 이동 속도는 다른 부대들보다 훨씬 빨랐다.

비응대장 왕주파와 초마대장 음자릉이 경쟁적으로 부하들을 독촉했다.

"달려라! 달리란 말이다!"

"비응대 따위에게 처질 수는 없다!"

두 부대의 무사들은 군기가 바짝 들어 있었다. 그들은 자신이 중요한 작전에 참가한다고 믿었다. 사실 두 부대의 대장이 굳이 독촉할 필요조차 없었다.

왕주파와 음자룡은 부하들의 모습을 보고 만족했다.

'후후후. 이만한 속도로 이동이 가능한 부대는 거의 없다. 아무리 금룡 대협이라도 우리의 빠름을 보면 감탄하겠지.'

그건 그들 생각이다. 진초운은 다른 생각을 하고 있었다.

진초운이 흰 이를 드러냈다.

'이것들이 감히 우리 미미를 우습게봤지? 내가 원래 그런 건 못 잊어먹지.'

그가 손을 들어 신나게 달리던 진유기동부대를 세웠다.

"정지!"

백여 명의 무사들이 즉시 말고삐를 당겼다. 명령이 떨어지기가 무섭게 멈췄다. 박수를 받아도 좋을 만한 기마술이었다.

다들 눈을 초롱초롱하게 빛냈다. 진초운이 그들을 보고 씩 웃었다. 사람들은 뭔지 모를 서늘함을 느꼈다.

진초운이 손으로 오른쪽에 있는 산을 가리켰다.

"저 길로 가자."

무사들이 모두 고개를 돌려 산을 쳐다보았다. 모두의 얼굴에 설마하는 표정이 떠올랐다.

왕주파가 혹시나 하는 마음에 질문했다.

"저 산에 길이 있다는 말씀이십니까?"

진초운이 당연하다는 듯이 대답했다.

"산 타자고."

무사들이 머뭇거렸다.

"갑자기 산을 왜……?"

왕주파가 즉시 반대했다.

"말을 타고 저런 험한 산을 넘을 수는 없습니다."

"알아."

"아신다니요? 아무래도 잘 모르시는 것 같습니다. 그런 곳에 말을 끌고 가면 어떻게 되는지 아십니까? 오히려 그냥 가는 것보다 속도가 늦어집니다."

진초운의 흰 이가 좀 더 드러났다.

"당연하지. 그러니까 말 버려."

"예?"

"내가 왜 비응대와 초마대를 골랐는지 알아?"

왕주파가 가슴을 내밀었다.

"당연히, 우리가 정예 부대라서입니다."

진초운이 혀를 찼다.

"쯧쯧. 니들보다 더 센 부대 많았어."

"하지만 우리는 정예……."

"대충 알아보니까 니들 발이 제일 빠르더라고. 다들 경공에 일가견이 있지?"

"물론입니다. 사실 무황성에는 전투 부대가 많고 경공고수도 많습니다. 하지만 부대 전체의 경공 능력으로 보면 우리

비웅대와 초마대는 누구에게도 뒤지지 않습니다."

"그래서 골랐어."

초마대장 음자룡이 주먹으로 손바닥을 쳤다. 그가 자부심 가득한 얼굴로 질문했다.

"무슨 말씀이신지 알겠습니다. 빠른 속도로 움직여 적을 습격하는 것이 본래 우리 부대의 장기입니다. 그래서 우리를 고르신 겁니까?"

진초운이 피식 웃었다.

"아니. 도망칠 때 제일 빠르겠다 싶어서 골랐어."

왕주파와 음자룡의 입이 떡 벌어졌다. 부하들도 마찬가지였다.

왕주파가 더듬거렸다.

"그, 그게 무슨 말씀이십니까?"

"싸우다 안 될 것 같으면 튀어야 할 것 아냐? 제일 잘 튈 수 있는 부대가 니들이더라고."

"하지만 우리는 고속으로 이동해서 적의 배후를 치는⋯⋯."

진초운이 그의 말을 끊었다.

"적이 눈치 채기 전에 재빨리 침투해서 필요한 것만 따먹고 도망치는 거. 그게 이번 작전에서 우리 진유부대의 임무가 될 거야. 그러려면 우리 위치를 들키지 말아야 할 거 아냐? 그러니까 지금부터 말 버리고 산 타."

진초운의 명성은 높다. 이미 명령권마저 가지고 있다.

왕주파는 마지막으로 저항을 시도했다.

'까라면 까야지. 하지만……'

"말 백 마리를 돌려보내려면 부하들을 따로 차출해야 합니다. 그러면 전력의 약화가 예상됩니다."

진초운이 별것 아니라는 듯이 대답했다.

"그 말이 내 말이야? 아니잖아. 내 돈 나가는 것도 아닌데 왜 신경 써? 그냥 놔둬. 알아서 챙겨가겠지."

진유기동부대가 산속으로 사라지고 반 시진이 지난 후에, 그 자리에 몇 명의 무사가 나타났다.

무사들 중 한 명이 먼저 다가와 말 주변에 흩어져 있는 발자국을 살폈다.

나머지 일행이 다가오자 그가 보고했다.

"아무래도 여기서 말을 버리고 산으로 들어간 것 같습니다."

무리의 대장이 눈살을 찌푸렸다.

"우리의 미행을 눈치 챈 걸까?"

다른 사람이 고개를 가로저었다.

"그건 불가능합니다. 우리는 반 시진 거리에서 진유기동부대가 움직인 흔적을 쫓아왔습니다. 눈에 띄는 곳에서 미행을 한 적이 없으니 보고 알아챌 수는 없습니다."

"그건 그렇지. 결국 우리가 뒤를 따라다닐 것을 예상했다는 소리……. 하긴, 다른 사람도 아니고 금룡 대협의 지략이라면 가능한 일이야."

일부의 사람들은 진초운의 머리를 지나치게 높게 평가했다. 그들은 진초운이 실수를 해도 다 이유가 있어서 그렇게 한 거라고 지레짐작하고 알아서 기었다. 특히 정보 계통에 있는 사람들 중에 그런 경우가 많았다.

진초운을 따라온 무리의 대장도 그런 사람 중 하나였다. 그가 인상만 쓰고 있자 부하가 질문했다.

"이제 어떻게 해야 하겠습니까?"

대장의 이마에 주름이 잡혔다.

"곤란하군. 추격을 하기는 해야겠지. 하지만 임무를 완수하기가 쉽지 않겠어."

"우리가 받은 명령은 금룡 대협의 뒤를 따르며 그의 행적을 보고하라는 것입니다. 추격 정도를 못하겠습니까?"

"금룡 대협이 말을 버렸다. 이건 따라오지 말라는 경고가 틀림없다. 이제부터 정말 어려워질 거야."

"우리는 다년간 첩자로서 교육을 받았습니다. 일반 무림인의 뒤를 쫓는 건 얼마든지 할 수 있습니다."

"바보 같은 놈. 금룡 대협이 일반 무림인이더냐? 우리 무황성에서 암약하던 적의 첩자들을 단숨에 전멸시켜 버린 분이다. 대놓고 추격을 한다면 우리의 존재가 반드시 발각된다."

"그럼 어떻게 해야 하겠습니까?"

"그분은 산을 타고 이동하고 계시다. 지금처럼 먼 곳에서 흔적만 쫓다가는 놓치기 십상이다. 더구나 비응대와 초마대는 빠르기로 유명한 부대지. 우리의 속도로 쫓기는 어렵겠구나."

"그럼 어떻게 하시겠습니까?"

첩자 대장이 한숨을 쉬었다.

"이제부터는 우리 능력을 벗어난 일이다. 잘못하다 그분이 오해라도 하시면 역효과가 난다. 그러니 이쯤에서 포기하자. 말이나 챙겨서 돌아가야겠다."

*　　　　*　　　　*

무황성 군사 채봉추가 수뇌부 회의에서 보고했다.

"진초운이 감시자들을 따돌리기 위해서 산으로 들어갔다고 합니다."

"산? 벌써부터 산을 타다니. 그럼 그가 어디로 가는지 우리가 알 수 없다는 소리인가?"

"과정은 몰라도 상관없습니다. 어차피 그의 목적지는 결정되어 있습니다. 그는 지금 미끼 역할을 충실히 하고 있습니다."

성주 동방극이 조금 씁쓰레한 표정을 지었다.

"그들에게 너무 미안하군."

"전쟁 상황을 뒤집을 수 있는 방법은 이것뿐입니다."

"그 친구들의 출신 문파나 가족들에게는 충분한 보상을 해 주도록 하게."

"물론입니다."

"특히 진초운 말이야, 그 사람은 신경을 더 써주게."

"전쟁을 이기고 나면 영웅으로 만들겠습니다."

"영웅이라. 죽어서라도 영웅이 된다면 그도 저승에서 서운해하지는 않을 거야."

"모든 것은 대의를 위해서입니다."

동방극이 고개를 끄덕였다.

"그래. 나도 아네. 그래서 하는 말이네만."

그의 눈빛이 조금 차가워졌다.

"이제 와서 무슨 문제가 생기지는 않겠지?"

채봉추가 장담했다.

"안심하십시오. 모든 것은 계획대로 되고 있습니다."

무한문 총관 호대곡이 단백호에게 보고했다.

"진초운이 미끼를 물었습니다."

단백호의 눈빛은 얼음장처럼 차가웠다.

"놈의 부대는 얼마나 되지?"

"전투 부대 두 개, 약 백 명입니다."

"후후후. 겨우 백 명이라니. 진초운, 자기 실력을 너무 자만했구나."

"설사 더 많은 병력을 데려왔다고 하더라도 결과는 마찬가지입니다."

"그래. 좋아. 그럼 그놈의 위치는 지금 어디지?"

"산을 타고 이동하는 관계로 현재 정확한 위치의 포착이 어렵습니다."

"상관없겠지. 어차피 목적지는 알고 있으니까."

"사혈련 쪽에서도 예정대로 움직인 것 같습니다."

단백호의 입꼬리가 슬쩍 올라갔다.

"후후후. 그렇지. 모든 것은 계획대로 되고 있어."

마의 탁광산이 사혈련주 서문창에게 보고했다.

"진초운이 미끼를 물었습니다."

서문창이 웃음을 터뜨렸다.

"크흐흐흐. 드디어 그 얄미운 놈을 잡아 죽일 수 있겠군."

"머지않아 무황성은 복구 불능의 상황에 빠지게 될 겁니다."

서문창이 갑자기 차가운 눈빛으로 탁광산을 노려보았다.

"마의, 이번 일은 실패가 용납되지 않는다. 우리 쪽 덫은 완벽하겠지?"

탁광산이 고개를 땅에 처박았다.

"그렇습니다. 모든 것은 계획대로 되고 있습니다."

      *   *   *

진유기동부대는 산을 타고 움직였다. 그들은 마치 호랑이라도 된 듯한 속도로 험한 산지를 관통했다.

사람은 산짐승이 아니다. 그들이 아무리 무공을 익혔다고 하더라도 산속에서 경공을 펼치는 것은 고되다. 더구나 그 일이 며칠째 이어진다면 육체의 한계 따위는 쉽게 넘어간다.

진유기동부대는 강행군을 했다.

물론 무사들 입장에서만 강행군이었다. 진초운은 소풍이라도 나온 것처럼 여유로웠다.

비응대 무사들은 느긋한 걸음걸이의 진초운을 쫓기 위해서 경공을 죽도록 펼쳤다. 처음에는 자존심 때문에라도 우는 소리를 내지 않았다. 가끔 있는 휴식 시간에는 이를 악물고 내력을 보충했다.

하지만 자존심도 한계에 부딪쳤다. 무사 몇 명의 다리가 슬슬 풀리기 시작했다. 그걸 본 왕주파가 숨을 허덕거리며 진초운을 불러 세웠다.

"진 대협, 잠시만, 잠시만 쉬었다 가면 안 되겠습니까?"

진초운이 대놓고 실망한 척했다.

"평소에 무공 좀 열심히 닦지. 빠르다고 자랑하던 사람들이 겨우 그거 달렸다고……."

왕주파는 창피했다. 하지만 물러서지 않았다.

'저 말에 넘어가서 몇 번을 더 달렸는지 모른다. 하지만 이 제 한계야.'

자신은 아직 더 달릴 수 있었다. 뒤를 돌아보았다. 부하들 은 정말 악과 깡으로 달려왔다. 그들은 이 잠깐의 멈춤에 고 마워하며 숨을 헉헉거렸다.

"더 달리면 낙오 정도가 아니라 시체를 치우게 될지 모릅 니다."

진초운이 혀를 찼다.

"쯧쯧. 할 수 없지. 작전이 실패하는 한이 있어도 좀 쉬었 다 가자."

진초운의 말이 진유기동부대 무사들의 마음을 만근 무게 의 바위덩이처럼 짓눌렀다.

그들은 이번 작전이 얼마나 중요한지 똑똑히 듣고 왔다.

'군사님 말에 의하면 우리 임무의 결과가 전세의 흐름을 바꿀 정도로 이번 작전이 중요하다고 했는데…….'

채봉추의 말이 전부 거짓말은 아니다. 하지만 그는 진유기 동부대가 중요한 이유가, 그들이 핵심이 되는 미끼이기 때문 이라는 것까지는 말해주지 않았다.

어쨌든 자신들의 임무에 자부심이 가득하던 진유기동부대 무사들은 죄책감을 느꼈다. 그러나 마음만 서둘렀지 몸은 천 근만근 무거워 움직이지 않았다.

무사들은 기가 죽었다. 진초운을 조금 질투하던 무사들까지 모두 고개를 숙였다.

그들의 그런 모습이 진초운에게 미안한 마음이 들도록 만들었다.

'내가 좀 심했나?'

"앞으로 한 시진 동안 쉴 테니까 다들 운기조식이라도 좀 해두라고. 제때 회복 못한 사람은 버리고 갈 거야."

무사들이 즉시 가부좌를 하고 앉았다. 안정적인 회복을 원한다면 드러누워 잠을 자야 하지만, 한 시진 내에 회복하려면 운기조식만 한 것이 없다.

진초운은 운기조식이 필요할 만큼 공력을 소모하지 않았다. 그는 대신에 단전의 내공을 끌어올렸다. 온몸의 감각이 활성화되었다. 진유기동부대 무사 백여 명의 심장 박동에서부터 몸 주변을 흐르는 기의 강약 등등이 감지되었다.

진초운은 심장이 남들보다 격렬히 뛰고 기의 흐름이 흔들리기까지 하는 무사 몇 명을 찾아냈다.

'체력이 한계인가 보네. 공력 소모도 심했겠지.'

그는 일부러 그 무사들 주변을 어슬렁거렸다.

"평소에 게으름 피우니까 실전에서 고생하잖아."

그 무사들은 자신들의 경공이 동료들보다 못하다는 것을 잘 안다. 그들의 얼굴이 붉어졌다. 진초운이 그 무사들 중 하나의 어깨를 자연스럽게 짚었다.

"하여간 다들 말만 앞세운다니까."

그의 손에서 한줄기 기의 흐름이 일어났다. 그것이 무사의 어깨 혈을 타고 들어가 그의 몸속의 기운과 얽혔다.

무사의 눈이 커졌다.

'운기조식 중인 사람의 몸에 기를 밀어 넣다니. 나를 죽일 셈인가? 나한테 무슨 원한이 있어서……'

그동안 진초운에게 뭘 잘못했나를 생각해 보았다.

'그러고 보면 부대 이름에 진유를 붙이지 말라고 소리친 그때에, 내 목소리가 좀 더 컸었던 것 같다. 그것 때문에 원한을 가진 걸까?

두려웠다.

'이런 전쟁터 한복판에서 나 하나쯤 죽어 사라진다고 해도 문제 삼을 사람은 없다. 세상은 금룡에게 속고 있다. 이렇게 은밀한 수법으로 나를 죽이려는 비열… 어?'

그는 상황이 변했음을 깨달았다. 어느새 운기조식이 훨씬 수월해졌다.

'이게 어떻게 된 거지? 기가 흐르는 속도가 빨라졌다.'

진초운은 그 무사가 익힌 심법을 모른다. 영약의 힘을 기본으로 해서 온갖 편법을 써가며 단시간에 무공을 키웠기에, 알지도 못하는 사람의 운기행공을 마음대로 조종할 수는 없었다.

대신에 그는 무사의 기를 느끼고 자신의 내공 중에서 가장 비슷한 것을 슬며시 넣어주었다. 아홉 가지나 되는 내공을 가진 그에게 그건 어려운 일이 아니다.

그가 넣은 기운이 운기 중인 무사의 기를 뒤에서 밀어주었다. 단지 약간의 보탬이지만 무사의 입장에서는 큰 도움이 되었다.

무사는 진초운의 명성에 눌려 있었다. 갑자기 운기가 수월해지자 진초운이 자신의 기를 이끄는 것으로 오해했다. 너무 놀라서 기혈이 뒤틀릴 뻔했다.

'내 몸속의 기의 흐름을 자기 마음대로 다루는 것이 틀림없다. 그것도 어깨만 짚어서……. 무공이 높고 의술이 대단하다고 들었지만… 나와 나이도 비슷한데 이토록 높은 경지에 도달했을 줄은 몰랐다.'

당장 일어나서 존경한다고 외치고 싶었다. 하지만 운공 중에 그럴 수는 없었다. 진초운에게서 받은 도움을 발판으로 소모된 내공을 회복하기 위해 운공에 집중했다.

진초운은 그에게서 손을 뗀 후 다른 무사에게 걸어갔다. 그렇게 이 무사 저 무사 돌아다니며 어깨나 팔 등을 되는대로 잡았다.

그가 잡기만 하면 해당 무사의 기의 흐름이 빨라졌다. 기를 받은 무사들은 모두 크게 놀랐다.

한 시진쯤 어슬렁거리던 진초운이 손뼉을 쳤다.

"자, 시간 됐으니 이제 그만 가자."

무사들이 비로소 눈을 떴다. 진초운의 도움을 받았던 무사들의 눈에 존경의 빛이 떠올랐다.

진유기동부대는 다시 진초운을 따라 달렸다. 그들은 달리면서 자신이 경험한 것을 동료들과 수군거렸다. 그 소리를 들은 동료들이 진초운을 다른 눈으로 쳐다보았다.

"그냥 기를 불어넣은 건 아니야. 나와 천곡이, 대칠이는 서로 다른 성질의 내공심법을 익혔으니까. 한 사람이 그렇게 여러 가지 내공을 가지고 있을 리 없어."

"당연하지. 틀림없이 각각의 운기를 직접 이끈 거다. 무공에 대한 지식이 엄청나게 깊은 게 틀림없어."

"강하다는 말을 많이 들었지만 이건 단지 강하다고만 할 수 있는 경지가 아닌데?"

"우리와는 아예 비교도 할 수 없는 무공이다."

"천랑파를 무너뜨릴 때 뭔가 계략을 썼다고 들었는데, 어쩌면 무공만 가지고 해낸 건지도 모르겠다."

선두에서 달리던 진초운의 귀가 쫑긋거렸다. 뒤에서 소곤거리는 소리를 들은 그가 실실 웃음을 흘렸다.

'하여간 무림인 놈들은 꼭 실력을 보여줘야 깨닫는다니까.'

*　　　　*　　　　*

사혈련이 정보 수집을 단백호에게만 의지할 리 없다. 사혈런 정찰전은 물론이고 그 외에 동원할 수 있는 모든 첩자들이 사방에 흩어져 정보 수집에 열을 올렸다.

사혈련주 서문창에게 보고가 끝없이 들어갔다.

"무황성에 남은 병력이 예상보다 적습니다."

"무황성 백호각 소속 전투 부대가 작전 지역 을에서 발견되었습니다."

"무황성 청룡각 소속 전투 부대가 작전 지역 정을 지나갔다는 첩보가 입수됐습니다."

"육검문의 전투 부대가 예상외의 장소에 흔적을 남겼습니다. 위치는 작전 지역 신입니다."

사혈련에는 정찰전 외에도 자잘한 정보 조직을 운영하는 부서가 많다. 그들이 경쟁적으로 정보를 보고했다. 그들의 목표는 하나였다.

'이번 기회에 쓸 만한 정보를 내놓는다면 정찰전의 권한을 좀 뺏어올 수 있겠지. 그러면 예산도 늘어날 거야.'

서문창은 정보의 홍수에 빠져 허우적댔다. 그가 마침내 참지 못하고 큰 소리를 냈다.

"결론을 가져와라, 결론을! 그래서 결론이 뭐냔 말이다!"

마의 탁광산이 재빨리 나섰다.

"전시에 그들의 모습이 발견되는 것 자체는 이상한 일이 아닙니다. 하지만 이번엔 다릅니다. 놈들이 발견된 위치가 무척 공교롭습니다."

"공교롭다?"

"놈들이 한 방향으로 움직이고 있습니다. 우리가 예상했던 바로 그곳입니다."

화를 내던 서문창이 비로소 여유를 가지고 몸을 푹신한 의자에 파묻었다.

"흐흐흐. 놈들이 예정대로 작전을 강행했군."

"그렇습니다. 따라서 추적이 불가능했던 진초운의 목적지 역시 예정대로일 것입니다."

"우리의 대응은?"

"완벽합니다. 모든 것은 계획대로 되고 있습니다."

서문창이 일어섰다. 오른팔을 앞으로 쭉 뻗으며 명령했다.

"좋다! 일단 진초운부터 쳐라! 그놈의 목을 자르는 자에게 은자 십만 냥을 내리겠다!"

*   *   *

진초운이 지도를 펴놓고 중얼거렸다.

"이제 저 산만 넘으면 된다는 거지?"

왕주파가 즉시 대답했다.

"그렇습니다. 그곳에 사혈련의 대규모 보급 기지가 존재합니다. 그것을 모두 태워 버리면 놈들은 보급품 부족에 시달리게 될 겁니다."

진초운이 웃음을 흘렸다.

"흐흐흐. 내가 이런 날을 대비해서 놈들의 주머니를 바짝 말려놨지. 보급품이 날아가면 다시 살 돈이 있을까? 아마 허리띠 졸라매고 싸워야 할 거야."

목표는 탐스러웠다. 그만큼 목숨이 위험한 일이다. 왕주파는 걱정이 들었다.

"하지만… 지키는 병력이 제법 많을 겁니다."

진초운은 조금도 걱정하지 않았다.

"후방 기지를 지켜봐야 얼마나 잘 지키겠어? 나만 믿어. 나 쌈 잘하는 거 몰라서 그래?"

왕주파가 망설이다가 말했다.

"그럼 저희들은 정말… 지시하신 대로만 해도 되겠습니까?"

"당연하지. 자, 한몫 단단히 잡으러 가자!"

진초운이 노리는 전방 물자 집적소는 사혈련의 전략 거점 중에서도 특히 중요한 곳이다. 그곳이 통째로 날아가면 사혈련의 무사들 중에는 나무 몽둥이를 들고 굶어가며 싸우는 자들이 나올 수도 있다. 사혈련도 그 사실을 잘 알기에 오백여 명의 무사를 배치해서 수비했다.

하지만 지금은 그곳 사정이 조금 달라졌다.

사파 무사 하나가 투덜거렸다.

"우리 집적소에 오백 명이나 있을 때가 좋았지. 그때는 정말 대단했는데……."

동료 무사가 웃었다.

"하하하. 왜? 다 빼가고 겨우 백 명밖에 안 남아서 불만인가?"

"아니. 빼가는 건 좋다 그거야. 난 왜 남겨놨는데? 나도 데려갔어야 할 거 아냐? 이건 분명히 누군가 잘못한 거야. 하여간 붓질이나 하는 놈들은 마음에 안 들어."

"이런 안전한 곳에서 전쟁이 끝나기를 기다리는 것도 좋지. 뭐가 그리 불만인가?"

"전쟁 하면 빠지지 않는 게 약탈 아닌가? 한몫 잡을 기회를 여기서 날려 버리고 있으니 잘못된 거지."

다른 무사가 목을 쓰다듬었다.

"난 이렇게라도 살아남는 게 더 좋네. 돈은 나중에 우리 사파 세상이 오면 얼마든지 벌 수 있다고."

"에이, 야망이 없는 놈 같으니라고. 그렇게 평생 남의 집 담을 넘는 강도짓이나 해먹고 살… 어?"

무사의 눈에 먼 곳에서 달려오는 진초운이 보였다. 어찌나 빨리 달리는지 그의 뒤로 먼지구름이 일어났다.

하도 거창하게 달려오니 그 모습을 본 사람이 한둘이 아니다. 곳곳에서 비상 호각 소리가 요란하게 울렸다.

"습격이다!"

"적이다!"

백여 명에 달하는 무사들이 검을 들고 뛰어나왔다.

진초운은 그들을 상대하지 않았다. 달려드는 무사들의 머리 위를 훌쩍 뛰어넘었다. 그는 곧바로 쌀가마니가 수북이 쌓여 있는 곳으로 달렸다. 쌓인 가마니를 가볍게 밟으며 위로 올라간 그는 꼭대기에 서서 오른손을 위로 번쩍 들어 올렸다.

"으하하하! 멋진 거 보여주마!"

진초운의 단전에서 화의 기운이 솟아올랐다. 몸을 타고 흐른 기운이 손바닥에서 불꽃으로 변해 뿜어졌다. 마치 손바닥으로 커다란 불덩이를 받치고 있는 것처럼 보였다.

그는 그것으로 바닥을 짚었다.

"다 타버려!"

그가 짚은 바닥을 시작으로 뜨거운 불길이 원을 그리며 빠르게 퍼졌다.

바닥을 이루는 것은 짚으로 만든 쌀가마니다. 넓게 퍼진 불이 순식간에 가마니들에게 옮겨 붙었다.

깜짝 놀란 무사들이 고함을 지르며 달려들었다.

"막아!"

무사들이 가까이 오기도 전에, 진초운의 몸이 다시 솟아올랐다. 마치 새처럼 하늘을 뛰어넘은 그는 다른 쪽에 쌓인 가마니 위에 떨어졌다.

"늦다, 늦어! 크하하하!"

다시 그의 손에서 불이 솟았다. 한 무더기의 쌀가마니가 다시 불길에 휩싸였다.

사람들이 그의 웃음소리에 몸을 떨었다.

"요, 요괴……."

다들 넋 놓고 있지는 않았다. 무공이 괜찮은 무사 십여 명이 그를 요격하기 위해 몸을 날렸다.

"놈은 혼자다! 죽여!"

진초운의 고개가 그들을 향해 돌아갔다. 즉시 흑룡검을 뽑았다. 커다란 원이 그려졌다.

"꺼져!"

검에서 검기가 뿜어졌다. 달려들던 무사들이 벽에 공이 튀기듯 튕겨 나갔다.

"크아악!"

단 일격이었다. 달려든 열 명의 무사들 중 태반이 중상을 입었다. 나머지도 감히 덤빌 생각을 못했다.

진초운은 다시 움직였다. 미친년 널뛰듯이 여기저기 날아다니며 불을 싸질렀다.

그의 움직임이 너무 빠르고, 또 무공이 높아 사혈련의 무사들은 제대로 쫓지도 못했다.

조금 떨어진 곳에서 그 모습을 보던 진유기동부대 무사들은 모두 눈이 동그래져 있었다.

왕주파가 감탄했다.

"이거, 우리는 아예 필요가 없었군. 이번 작전은 진초운 대협 혼자서 해결할 수 있었겠어."

음자룽이 그 말을 받았다.

"그거야 그렇지. 그래도 싸움이 끝나면 우리가 뒤처리를 해야 할 것 아닌가?"

"쳇. 큰 공을 세울 줄 알고 따라왔는데 겨우 뒤치다꺼리나 해야 하다니. 그나저나 적의 숫자가 겨우 백여 명이라……. 그것도 별 볼일 없는 무사들로 백 명이잖아. 이거 수비 병력이 예상보다 너무 적은데?"

음자룽이 이맛살을 찌푸렸다.

"좀 이상하기는 하……."

그의 말이 끝나기가 무섭게 함성이 터졌다.

"와아아!"

"진초운을 잡아라!"

"금룡의 목에 걸린 상금이 십만 냥이다!"

왕주파와 음자룽의 눈이 휙 돌아갔다.

"저, 저건……."

수많은 무사들이 반대편 산에서 몰려오고 있었다. 무사들의 눈에는 핏발이 서 있었다.

음자룽이 놀라 외쳤다.

"매복이다!"

왕주파가 재빨리 명령을 내렸다.

"부대! 전투 준비!"

훈련 잘된 진유기동부대의 무사들이 즉시 검을 빼 들었다. 모두 자세를 낮추고 공력을 운기하며 바짝 긴장했다.

음자릉도 명령을 내렸다.

"당장 전서구를 날려! 우리의 공격 정보가 샜다! 적의 대부대가 매복하고 있다. 적의 숫자가… 천 명이 훨씬 넘는다!"

전서구를 담당하던 무사가 재빨리 쪽지를 작성한 후 새장 속에 있던 비둘기 다리에 묶었다. 그의 손을 떠난 비둘기가 빠르게 날아갔다.

공격 준비를 완전히 마친 음자릉이 초조한 얼굴로 중얼거렸다.

"금룡 대협께서 왜 후퇴를 안 하시는 거지? 우리도 슬슬 빠져야 할 텐데."

왕주파가 당연하다는 듯이 대답했다.

"경공이 대단히 뛰어나시잖아. 좀 늦게 출발해도 우리보다 빨리 도망칠 수 있어."

진초운이 멍한 얼굴로 산을 쳐다보았다.

"얼래? 이게 함정이었어?"

그가 주변을 둘러보았다. 불타오르는 가마니가 잔뜩 있었다. 아직 태우지 않은 것도 많았다.

"혹시……."

그가 검을 아래쪽으로 휘둘렀다. 칼에 맞은 쌀가마니들이 쫙쫙 갈라졌다.

가마니 속에서는 모래와 쌀겨, 지푸라기 등이 뒤섞인 잡다한 쓰레기들이 흘러나왔다.

진초운의 얼굴이 일그러졌다.

"함정… 맞네?"

그의 난동을 보고만 있던 백여 명의 사혈련 무사들도 지금 상황에 놀라기는 마찬가지였다.

"하, 함정이라고?"

"그럼 우리는 뭐야? 우리는 왜 몰랐지?"

"미끼인 건가?"

진초운이 몰려오는 무사들을 노려보았다.

"그러니까 사혈련 이 개자식들이 감히 나한테 함정을 팠다 그거지?"

그의 얼굴이 서서히 일그러졌다.

"겨우 저따위 것들로 나를 어떻게 해볼 수 있다고 생각했다 그거지?"

분노한 칼날이 부르르 떨렸다.

"내가 진짜 조용히 불만 지르고 돈만 털어가려고 했는데 니들이 이렇게 나온다 그거지?"

진초운이 몰려오는 사혈련 무사들을 흑룡검으로 가리켰다.

"어차피 누군가 죽어야 끝나는 전쟁이라면……."

그가 땅을 박찼다. 바람이 그의 움직임을 따라 휘몰아쳤다. 진초운이 적을 향해 돌격하며 외쳤다.

"니들 다 죽었어!"

후퇴를 준비하던 음자룡이 깜짝 놀라 소리쳤다.

"진 대협! 무모합니다!"

왕주파가 욕을 뱉었다.

"이런 미친놈! 무슨 짓을 하는 거냐? 전 부대! 돌격 준비!"

음자룡이 왕주파를 돌아보았다.

"숫자 차이가 열 배다."

왕주파의 얼굴은 걸레처럼 구겨져 있었다.

"어쩔 수 없잖아."

음자룡이 인상을 쓰며 검을 잡았다.

"금룡 대협을 죽게 놔둘 순 없지. 제기랄! 부대! 돌격! 부탁이니까 한 놈이라도 살아남아라!"

사혈련은 이번 매복에 천오백 명의 무사를 준비했다. 그 많은 숫자의 무사들이 그야말로 파도처럼 밀려왔다.

매복 부대의 대장인 척대봉이 공격 대열의 맨 뒤에서 소리를 질러댔다.

"으하하하! 진초운, 드디어 걸렸구나! 모두 돌격하라! 적은 단 한 놈이다! 십만 냥을 차지하란 말이다!"

사혈련 무사들도 소문을 듣는 귀가 있다. 그들은 진초운이
얼마나 무서운 인간인지에 대해 소문을 들었다.

하지만 그들은 무사 천오백 명이 모이면 얼마나 무서운지
를 더 잘 안다.

'우리 중에 많이 죽겠지. 하지만 그건 내가 아닐 거야. 그
리고 진초운의 목을 베는 것이 내가 되지 말란 법은 없잖아.
칼질 한 번만 잘하면 평생 호강하는 거야.'

손해는 자신을 피해갈 것이다. 이익은 잡기만 하면 인생이
바뀐다. 그 생각이 그들에게 용기를 주었다.

"와아아!"

"죽여라!"

진초운은 달렸다. 그는 다가오는 무사들보다 몇 배는 빠르
게 달렸다. 마치 천천히 다가오는 거대한 괴수의 몸에 날카로
운 화살이 고속으로 날아가는 듯했다.

진초운이 검을 꽉 잡고 내공을 끌어올렸다.

'머릿수가 딸릴 때는 첫 공격을 최대한 화려하게!'

진초운이 매복 부대의 선두 한가운데에 꽂혔다. 충돌하는
바로 그 순간에, 그는 손에 든 흑룡검을 크게 휘두르며 내공
을 마음껏 방출했다.

"이야아아압!"

뇌기가 단전에서 치솟았다. 흑룡검이 그 기운을 증폭시켰

다. 칼날에서 빛이 뿜어졌다. 커다란 반원을 그리는 흑룡검의 칼날을 타고 번개가 소나기처럼 쏟아졌다.

꽈지지직!

수십, 수백 발의 번개가 거의 동시에 터졌다. 근접 거리까지 다가왔던 사혈련 무사들의 몸을 빛줄기가 연달아 관통했다. 반경 십 장이 눈부신 번개 다발에 뒤덮였다.

"크아아악!"

무공깨나 익혔다고 거들먹거리던 몇 명이 비명을 지르며 쓰러졌다. 나머지는 비명조차 지르지 못했다. 단 한 번의 공격에 백여 명의 무사가 고꾸라졌다.

진초운을 중심으로 반경 십 장의 반원에 서 있던 모든 무사들이 쓰러졌다. 그 어마어마한 위력에 놀란 무사들이 더 이상 다가오지 못하고 달리기를 멈췄다.

매복 부대의 공세는 정지했다. 사혈련 무사들은 모두 괴물이라도 본 것처럼 겁에 질렸다.

"다, 단 일격에……."

"눈이 부셨어……."

매복 부대 대장 척대봉도 놀라기는 마찬가지였다. 그의 손이 가늘게 떨렸다.

"진초운에게 한 방이 있다는 이야기는 듣고 왔지만… 저 정도일 줄이야……."

진초운을 구하기 위해서 돌격하던 진유기동부대 무사들의 걸음도 늦어졌다.

왕주파가 더듬거렸다.

"말도 안 돼. 사람이 어떻게 저런 위력의 무공을……."

음자룡이 눈을 껌뻑이다 말했다.

"혹시, 구해줄 필요가 없는 거 아닐까?"

척대봉은 나름대로 싸움 경험이 많은 고수다. 그는 놀란 마음을 순식간에 가라앉히고 빠르게 계산했다.

'어차피 이것들은 이런저런 사파에서 긁어모은 잡놈들이다. 다 죽어버려도 진초운 하나만 잡으면 남는 장사다. 성공만 하면 내 몫으로 은자 만 냥을 받을 수 있다.'

결론을 내린 그가 소리를 질렀다.

"겨우 백 명 죽었다! 우리는 천오백 명이다!"

사혈련 무사들의 얼굴은 질린 그대로였다. 진초운이 보여준 무공은 그만큼 충격적이었다. 그들은 아무도 진초운을 향해 함부로 다가가지 못했다.

척대봉은 답답했다.

'이 작전을 실패한다면 난 끝장이다.'

그가 다시 소리를 질렀다.

"아무리 고수라도 내공의 한계는 있다! 그런 큰 수법을 계속 쓸 수는 없단 말이다! 십만 냥이 싫으냐!"

무사들의 눈이 다시 열기로 이글거렸다.

"십만 냥……."

"확실히 무서운 무공이었어. 그런 걸 펼치려면 전 공력을 쏟아 부어야 할지도 몰라."

"아까 그 한 방이 끝이라면? 내공이 바닥난 거라면?"

돈에 눈이 먼 무사들이 진초운을 향해 무기를 겨눈 채 천천히 다가오기 시작했다.

진초운이 혀를 찼다.

"쳇! 이쯤에서 겁먹고 도망쳐 주면 딱 좋을 텐데. 역시 대가리를 먼저 쳐야겠지?"

그가 척대봉을 힐끗 보았다. 대열의 가장 뒤에 서 있었다. 척대봉과 그의 사이에는 많은 무사들이 검을 들고 있었다.

진초운이 흑룡검을 한번 휘휘 휘둘러 보았다.

"뇌기를 또 쓰기는 좀 그렇고……."

척대봉은 귀를 쫑긋거리고 있었다. 그가 진초운이 불평하는 소리를 듣고 좋아서 소리를 질렀다.

"놈의 내공이 떨어졌다!"

진초운이 피식 웃었다.

"그건 니 생각이지."

그가 땅을 박찼다. 몸이 화살이라도 쏜 것처럼 공중으로 솟았다.

다가오던 무사들 중에 안목이 높은 자가 외쳤다.

"궁신탄영이다!"

진초운의 몸이 무사들의 머리 위를 높게 날았다. 목표는 척대봉이었다.

척대봉이 놀라 소리쳤다.

"막아!"

공중에 떠 있을 때는 땅에 있을 때보다 방어에 취약해진다. 전설의 경지인 허공답보를 익히지 못한 이상 사람은 공중에서 보법을 밟을 수 없기 때문이다.

그걸 아는 무사들의 공격이 일제히 이루어졌다. 암기가 하늘로 비처럼 솟았다. 단검들도 날아올랐다. 아예 장검이 날아오르는 경우도 있었고, 화살이 날아오기도 했다.

진초운은 뒤늦게 당황했다.

'바깥으로 빙 돌아올 걸 그랬나? 공연히 멋 부리다가……'

후회해도 늦었다. 자신에게 날아오는 암기들을 보며 공력을 끌어올렸다.

'맞으면 아프니까 단단히 보호하자.'

먼저 금의 기운을 끌어올려 온몸에 둘렀다. 그의 피부가 쇠처럼 단단해졌다. 그다음으로 목의 기운을 끌어올려 호신강기를 만들었다. 피부 위쪽으로 호신강기가 형성되었다. 옷이 호신강기 때문에 부풀었다.

그것만으로 안심하지 않았다. 검을 빠르게 휘둘러 온몸을 보호했다. 날아오는 암기들의 대부분이 그의 검에 부딪쳤다.

따다다당!

쳐내는 암기 소리가 마치 소나기 같았다.

그것은 사혈련 무사들에게 재앙이 오는 소리였다.

수없이 날아간 암기가 진초운을 맞히지 못하고 다시 땅으로 떨어져 내렸다. 단검과 장검이 바닥에 꽂혔다.

떨어지는 암기에는 눈이 없다.

꽤 많은 무사들이 떨어지는 암기에 맞아 비명을 질렀다. 모두 자기네 편이 날린 암기였다.

"끄아악!"

"어떤 개새끼가!"

第二章

더 무서운 건 진초운이 쳐낸 암기다. 그것들은 날아올랐을 때보다 더 빠른 속도로 내리꽂혔다. 암기에 담긴 위력이 바로 옆에서 던지는 것처럼 매서웠다.

"으아악!"

궁신탄영으로 솟아올랐던 진초운이 다시 땅으로 떨어져 내렸다. 한번에 목적지까지 가기에는 무리였다. 아직 척대봉이 서 있는 곳까지는 거리가 있었다.

진초운의 단전에서 토의 기운이 솟았다. 흑룡검이 부르르 떨렸다.

진초운은 땅에 떨어짐과 동시에 흑룡검으로 토의 기운을

마음껏 방출했다.

"비키란 말이다!"

칼을 통해 뿜어지는 토의 기운이 땅을 뒤흔들었다. 반경 삼
장의 땅거죽이 그대로 뒤집혀 하늘로 솟아올랐다. 영역 안에
발을 대고 서 있던 무사들이 흙무더기와 함께 뒤집혔다.

그건 천랑파를 무찌를 때 쓴 수법이었다. 이번에도 효과는
만점이었다.

"크아아악!"

토의 기운이 반경 삼 장의 공간에 영향을 끼쳤다. 처음 뇌
의 기운을 쓸 때보다 훨씬 좁은 범위였다.

하지만 그들은 뇌의 기운을 써서 처리한 자들보다 훨씬 조
밀하게 서 있었다. 덕분에 반경 삼 장 내의 공간에서 땅과 같
이 뒤집힌 무사의 수는 오십이 넘었다.

땅을 타고 올라온 암경은 무서웠다. 뒤집힌 무사의 절반은
내장이 파열되어 즉사했다. 나머지 절반도 중상을 입어 전투
불능에 빠졌다.

바닥에 쓰러진 무사들 중 살아 있는 자들이 피거품을 게워
내며 몸을 부들부들 떨었다.

진초운의 두 번째 일격은 첫 번째 못지않은 위력을 보였다.
혹시나 하고 칼을 세웠던 무사들의 얼굴에 짙은 두려움이 떠
올랐다.

"가, 강하다."

"암기가 통하지 않아."

"어떻게 할 수가 없어……."

척대봉은 환장할 지경이었다.

'무슨 놈의 무공이 저렇게 강해? 암기를 던져 봤자 부하 녀석들만 죽잖아. 하지만 이대로 포기할 수는 없다!'

그가 다시 고함을 질렀다.

"십만 냥이란 말이다! 저놈의 모가지를 따는 놈에게 십만 냥을 주겠단 말이다!"

진초운이 척대봉을 노려보았다. 검으로 그를 겨누었다.

"어이, 두목! 넌 이제 죽었어!"

진초운이 척대봉을 향해 걸어갔다. 그의 몸에서 강렬한 기세가 뿜어졌다.

사혈련 무사들은 진초운이 두 번이나 무식할 정도로 강력한 무공을 펼치는 걸 똑똑히 보았다. 그들은 겁을 잔뜩 먹었다. 진초운이 걸어가자 감히 다가가지 못하고 길을 벌렸다. 진초운과 척대봉 사이에 길이 뚫렸다.

가로막는 자는 아무도 없었다.

척대봉은 자신의 실력이 진초운보다 못하다는 걸 너무 잘 알고 있다.

'승리 상금 만 냥이 문제가 아니다. 이대로 가면 난 여기서 죽는다.'

그의 눈에 주춤주춤 물러서는 무사들이 보였다.

'상금 십만 냥으로는 저놈들을 부릴 수 없어. 이제 다른 방법이 필요해.'

그가 다시 고함을 질렀다.

"진초운을 죽이는 자에게 십만 냥의 상금을 주는 건 물론이고, 문파 하나를 세울 수 있도록 지원해 주겠다!"

물러서던 무사들의 발걸음이 멈췄다. 그들이 수군거렸다.

"진초운만 죽이면……."

"내가 문주가 된다고?"

"사혈련과 끈이 닿은 문파라면… 대박이지."

그건 정말 매력적인 조건이었다. 사파의 일개 무사들에게는 꿈만 같은 이야기였다.

갑자기 암기 하나가 진초운을 향해 날아갔다. 진초운이 고개를 까닥여 가볍게 피했다.

가볍게 피하지 말았어야 했다. 강하게 대처했어야 했다. 그건 단지 시작이었다.

갑자기 암기가 사방에서 비처럼 날아오기 시작했다. 빗나간 암기에 맞은 자들이 피를 뿌렸다.

"으아악!"

"제대로 보고 던지란 말이다!"

사파의 무사들은 자기네 편이 암기에 맞든 말든 신경 쓰지 않았다. 모두의 눈이 욕심으로 붉게 변했다.

진초운의 몸이 부드럽게 움직였다. 암기의 비를 뚫고 유유히 걸었다.

암기로는 답이 나오지 않았다. 모두 그 사실을 깨달았다.

"직접 치는 수밖에 없다."

분위기가 바뀌었다. 물러섰던 자들이 검을 들고 다가왔다. 진초운이 지나갈 때 각자 자신이 가진 최고의 초식을 펼쳐 공격했다.

진초운의 움직임은 물 위를 떠다니는 나뭇잎 같았다. 어느 한 명에게 부딪치는 법이 없었다. 길을 막아선 무사들 사이를 물이 손가락 사이를 빠져나가듯이 통과했다.

단순히 피하기만 한 것이 아니다. 무사들의 공격이 날아오면 반드시 반격했다. 그의 몸 주위를 흑룡검의 칼날이 뒤덮었다.

"크억!"

검으로 막으면 칼날까지 베었다. 거리를 두고 공격하면 검기를 날렸다. 수비를 포기하고 몸을 던지며 공격하면 가볍게 피한 후 등을 베었다.

그가 지나가는 길에 피가 뿌려졌다. 공격하던 무사들이 줄줄이 쓰러졌다.

척대봉이 이를 악물었다.

"다 틀렸다."

상황이 한눈에 보였다. 그가 데려온 무사의 수는 천오백여 명이다. 벌써 삼백 명 가까이 죽었다.

척대봉은 원통했다.

"동시에, 동시에 공격하면 잡을 수 있을 텐데. 돈에 눈먼 놈들만 칼을 휘두르니… 이래서는 금룡을 잡을 수 없어. 나머지 놈들이 금룡의 기세에 눌렸어."

잡을 수 있을 것 같은데 잡지 못하니 더 원통했다. 하지만 결과를 기다리고 싶은 생각은 조금도 없었다. 진초운이 점점 다가오고 있었다.

척대봉이 갑자기 소리쳤다.

"전원 돌격하라! 적은 한 놈이다!"

무사들 중에 일부가 반사적으로 반응했다. 진초운에 대한 공격이 조금 더 거세졌다.

척대봉은 그 명령을 내려놓고 즉시 뒤돌아섰다.

'어차피 진초운은 덤이었으니까. 상금 만 냥은 포기하고 이쯤에서 몸을 빼자. 운이 좋으면 진초운이 저 속에서 죽겠지. 중상만 입어도 변명이 될 텐데. 어쨌든 난 그냥 도망치는 게 낫겠다.'

진초운은 척대봉을 놓아줄 생각이 없었다. 그가 버럭 소리쳤다.

"넌 죽었다고!"

그의 움직임이 갑자기 빨라졌다. 온몸에 금의 기운과 목의 기운을 둘렀다.

앞을 막아서는 자들이 보였다.

"비켜!"

흑룡검을 거세게 휘둘렀다. 검에서 화염이 솟았다. 그의 앞을 불길이 뒤덮었다.

막아섰던 자들이 비명을 질렀다.

"으아악! 불이다!"

무사들의 몸에 불이 옮겨 붙었다. 놀란 무사들이 급히 그것을 끄느라 땅바닥을 뒹굴었다.

진초운이 불길을 뚫고 앞으로 달렸다. 불길 너머에도 무사들이 보였다. 그들은 불 때문에 진초운을 정확히 보지 못했다. 갑자기 나타난 진초운의 모습에 검을 제대로 들지도 못했다.

진초운이 땅을 박찼다. 길을 막는 무사들을 몸으로 들이받았다.

"크아악!"

무사들이 그의 몸에 맞아 튕겨 나갔다. 진초운이 달리는 속도에 맞춰 무사들이 줄줄이 공중으로 날아갔다.

진초운도 멀쩡한 건 아니다. 그들을 몸으로 받을 때마다 조금씩 충격을 받았다. 충격이 차츰차츰 누적되었다. 뼈가 쑤셨다. 이를 악물었다.

'아직 견딜 만해.'

마침내 막아선 대열의 마지막이 보였다. 그래도 칼 좀 쓴다 하는 고수 몇 명이 그를 노려보고 있었다.

하지만 그들의 강렬한 눈빛과 달리, 손에 쥔 검은 예외없이 바르르 떨렸다.

고수들은 도망치고 싶었다. 하지만 보상이 너무 탐이 났다. 망설이느라 이러지도 저러지도 못하고 진초운을 노려보기만 했다.

진초운은 그들까지 몸으로 충돌해서 밀어낼 생각은 없었다.

'검기에 제대로 들어간 칼에 맞으면 아프잖아.'

그가 땅을 박찼다. 몸이 하늘로 솟구쳤다. 궁신탄영이 다시 한 번 모습을 드러냈다. 막아선 고수들의 몸을 그대로 훌쩍 뛰어넘었다.

어떻게 해야 할지 몰라 망설이기만 하던 고수들은 고개를 젖힌 채 멍하니 진초운의 엉덩이만 바라보았다.

궁신탄영으로 허공을 날아가는 진초운의 눈에 척대봉이 보였다. 척대봉은 막 경공을 펼치는 중이었다.

하지만 진초운이 훨씬 빨랐다.

진초운은 땅에 내려서기가 무섭게 바닥을 박찼다. 몸이 땅바닥에 낮게 깔리며 앞으로 쏘아졌다. 검을 수평으로 누이며 소리를 질렀다.

"죽어!"

척대봉은 더 이상 도망칠 수 없음을 깨달았다.

'놈이 포위를 뚫었다. 제기랄. 만 냥에 눈이 멀어서 이 임무를 맡은 게 실수다.'

후회해도 늦었다.

'이대로 도망치면 등이 쪼개질 거야.'

그가 즉시 몸을 뒤집으며 검을 휘둘렀다.

"내가 바로 척대봉이다!"

그의 검에 짙은 검기가 서렸다. 달려드는 진초운을 쪼갤 듯이 검을 휘둘렀다.

진초운의 단전에서 내공의 힘이 솟아올랐다. 폭포수처럼 끌어올려진 기운이 검제가 남긴 검법 구결에 따라 운기되었다. 어마어마한 힘이 검을 타고 흘렀다.

흑룡검도 큰 원을 그렸다. 검에 맺힌 검기의 날카로움이 척대봉의 것보다 훨씬 더 예리했다.

진초운이 기합처럼 소리를 질렀다.

"꺼져!"

진초운의 검과 척대봉의 칼이 충돌했다.

꽈아앙!

귀를 찢는 폭음이 터졌다. 진초운의 검에서 거대한 힘이 뿜어져 척대봉의 검을 후려쳤다. 척대봉의 검이 검기의 보호를 받았음에도 불구하고 깨끗하게 잘려 나갔다.

그것으로 끝이 아니었다. 검을 타고 척대봉의 몸으로 엄청난 힘이 밀어닥쳤다. 척대봉의 능력으로는 막아낼 수 없는 강력한 기운이었다. 마치 폭포수가 몸을 때리는 듯했다.

"크아악!"

척대봉의 몸이 버티지 못하고 뒤로 날아갔다. 몇 걸음 물러서는 정도가 아니라 말 그대로 날아갔다. 몇 장이나 날아간 그의 몸이 큼지막한 나뭇등걸에 부딪쳤다.

쿠웅!

낮은 충돌음과 함께 척대봉의 몸이 나무 속으로 파고들었다. 나무가 버티지 못하고 뒤로 천천히 넘어갔다. 나무에 파고들었던 척대봉의 허리가 그 서슬에 휘말려 뒤로 서서히 꺾였다.

이미 목숨이 끊어진 척대봉은 허리가 꺾이는 고통을 느낄 수 없었다. 하지만 그의 처참한 모습은 다른 무사들에게 공포감을 주었다.

진초운이 뒤로 돌아섰다. 검을 들어 이제 천이백여 명이 남은 사파 무사들을 가리켰다.

"다음 두목은 누구야? 그놈부터 죽여줄 테니 손 들어봐."

무사들이 일제히 한 명을 돌아보았다. 척대봉을 따라왔던 사혈련의 고수였다.

진초운의 검이 그를 향해 돌아갔다.

"너야?"

그의 얼굴이 창백하게 질렸다. 두 손을 격렬히 흔들었다.

"아, 아닙니다! 전, 전… 그냥 쫄짜입니다!"

진초운이 으르렁거렸다.

"그럼 누구야? 두목 나와. 두목 안 나오면……."

그의 목소리가 싸늘해졌다.

"전부 다 죽여 버리겠다!"

단 한 명의 기세에 눌려 사파 무사들이 뒤로 주춤주춤 물러섰다.

머리가 돌아가는 자들은 이 상황을 타개하기 위한 방법을 알고 있었다.

'명령을 내려야 해. 조직적으로 통솔해야 진초운과 싸울 수 있어. 그러면 승산이 있다.'

하지만 아무도 명령을 내리지 않았다.

'내가 명령을 내리면 진초운이 가만있을 리 없다. 척대봉처럼 잔인하게 죽일 거야. 분명해.'

이들은 거의 대부분이 돈에 팔려온 사파 무사들이다. 사혈련이 약속한 십만 냥의 상금에 눈이 멀어 몰려왔다. 진초운의 목을 베는 사람이 십만 냥의 상금을 차지하기로 되어 있었다.

그리고 진초운이 죽기만 한다면 나머지 사람들에게도 짭짤한 보상이 기다렸다. 다들 그걸 바라고 이 자리에 모였다.

따라서 조직력이라고는 하나도 없었다. 진초운이 자신들의 능력으로는 벨 수 없는 자라는 생각을 하는 순간, 보상 역시 날아갔다는 것을 깨달았다.

이제 돈은 사라졌다. 남은 것은 죽음뿐이다. 이탈자가 생기기 시작했다.

"나, 난 싫어. 이 일에서 빠질래!"

하나둘씩 도망치기 시작하자 공포는 전체로 빠르게 퍼졌다.

지휘관급 고수들은 당황했다.

'누군가 진초운을 죽이지 못하면 한 푼도 받을 수 없어.'

'숫자가 줄어들수록 진초운을 죽일 확률 역시 낮아진다.'

'이미 일은 글렀어. 다 함께 힘을 합쳐도 버거운 상대인데 도망을 치기 시작했으니……'

결론이 났으니 더 버티고 있는 것은 의미가 없다. 어느 순간, 갑자기 사파 무사들이 개미 떼처럼 흩어졌다.

"도망쳐라!"

진초운은 그들을 쫓지 않았다. 도망치는 자들의 등을 보다가 시선을 돌렸다. 피바다에 잠긴 수많은 시체들을 보자 마음이 착잡했다.

"세상에 해만 되는 기생충 같은 자식들을 죽였는데, 어째 입맛이 좀 쓰네."

진유기동부대가 그의 곁으로 달려왔다. 왕주파가 기쁨을 감추지 못하고 외쳤다.

"으, 으하하하! 금룡 대협! 아니, 대장님! 대승입니다! 대승입니다!"

음자룡은 달아나는 적들을 잡아먹을 듯이 노려보았다.

"지금 추격하면 전과를 크게 키울 수 있습니다. 즉시 공격하겠습니다."

진초운의 얼굴이 조금 일그러졌다.

"꼭 그래야 할까?"

"물론입니다. 저놈들을 놓아주면 아군이 그만큼 위험해집니다. 이 기회를 놓치면 안 됩니다!"

진초운도 안다. 그걸 알기에 손에 사정을 두지 않고 적을 공격했었다.

"나도 알아… 아는데 기분이 좀… 에이, 할 수 없지. 마음대로 해. 대신에 무리한 추격은 하지 마라. 전쟁터에서는 다친 놈만 손해다."

그의 허락이 떨어지자 음자룽이 즉시 소리쳤다.

"대장님의 명령이다! 전원, 적을 추격해서 전과를 올려라! 공을 세워라!"

진유기동부대의 무사들이 일제히 함성을 지르며 적을 추격했다.

"우와아!"

진초운은 애초에 경공술이 뛰어난 부대들을 뽑았다. 잘 도망가기 위해서였다.

이제 그들의 경공술은 도망이 아니라 추격전에서 제 위력을 발휘했다. 그들은 마치 비호처럼 달려 적을 추격했다.

음자룽은 그 추격대의 선두에 서서 부하들을 이끌었다. 하지만 왕주파와 십여 명의 무사들은 진초운의 곁을 떠나지 않왔다.

진초운이 이상하다는 듯이 그들을 쳐다보았다.

"니들은 왜 안 가?"

왕주파가 낮은 소리로 웃었다.

"흐흐흐. 대장님을 보필해야 하지 않겠습니까?"

진초운도 뭔지 모르게 웃음이 나왔다.

"말끝마다 대협 대협 하면서 은근히 외부 사람 취급하더
니, 내 실력을 보고 나니까 이제 대장 소리가 나오냐?"

왕주파의 웃음이 커졌다.

"하하하! 무림인이라는 것이 원래 그렇지 않습니까? 앞으
로는 대장님으로 깍듯이 모시겠습니다!"

"알았다. 알았으니까……."

진초운은 애초에 여기까지 찾아온 목적을 떠올렸다.

"돈 되는 거 있는지 좀 찾아봐."

한참의 시간이 지나고 나자 추격을 나섰던 진유기동부대
무사들이 돌아왔다.

음자룡이 보고했다.

"대승입니다!"

"대승?"

"도망치는 적을 추격하여 삼백 놈쯤 쳐 죽였습니다. 대장
님께서 쳐 죽이신 숫자까지 계산하면 놈들은 반 토막이 났습

니다. 이게 대승이 아니고 무엇이겠습니까?"

"우리 피해는 없어?"

"몇 명이 작은 부상을 입었습니다."

"조심하라고 했잖아."

"걱정하실 정도는 아닙니다."

이번에는 왕주파가 다가왔다.

"대장님, 찾으라고 하신 것 전부 찾아냈습니다."

그는 진초운의 앞에 큼지막한 상자를 내려놓았다.

진초운이 침을 꿀꺽 삼켰다.

'만약 이게 다 은자라면……'

그가 조심스럽게 상자를 열었다. 비단이 들어 있었다.

진초운이 혹시나 하는 마음에 비단을 들춰보았다. 다른 것
은 없었다. 상자에 든 것은 비단뿐이었다.

진초운의 얼굴이 굳었다.

"돈 되는 걸 찾으라고 한 건 말이야, 돈도 포함하는 거거
든? 돈은 어디 있어?"

"없습니다."

"없다니?"

"아무것도 없습니다. 이 비단이 전부입니다."

진초운의 얼굴이 일그러졌다.

"여기가 사혈련의 전방 물자 집적소라며? 전방 보급 기지
들의 중심이 되는 곳이라며? 그런데 왜 이것밖에 없어?"

"함정이었잖습니까? 대부분 쓸모없는 물건들이었습니다. 이것도 겨우 찾아낸 겁니다. 아무래도 놈들이 보급품을 바꿔치기 하다가 빼먹고 흘린 것 같습니다."

진초운이 울상을 지었다.

"정말 돈이 없어?"

"죽은 자들 몸에 있던 돈은 모두 거두었습니다."

"비급이나 뭐 그런 거는 없어?"

"특별히 챙겨야 할 정도로 쓸 만한 비급을 가진 자는 없었습니다."

"보, 보검은?"

"일반적인 무기들뿐입니다. 가져가서 팔면 돈이 되기는 하겠지만……."

"지금 우리가 그런 무거운 거 들고 다닐 처지가 아니지. 젠장. 이거 계획이 좀 틀어지는데?"

진초운은 입맛이 썼다.

'나만 따라오면 한몫 잡게 해주려고 했는데… 할 수 없지. 돈이 더 생길 구멍도 없으니까.'

"돈은 다들 나눠 가지자."

"예?"

"전리품이잖아. 다들 나눠 가져야지."

왕주파가 무슨 소리인지 알아듣고 질문했다.

"그럼 대장님의 몫은 얼마나 해야겠습니까?"

'적을 죽인 수만 가지고 계산해도 이 돈의 절반은 대장님 몫이지. 그것도 최소한으로 계산했을 때의 이야기.'

진초운이 손을 휘휘 내저었다.

'모은 돈의 백분의 일을 받아봐야 얼마나 되겠어? 차라리 이쪽이 낫겠지.'

"난 비단을 가질래. 우리 미미 비단옷이나 해줘야겠다."

왕주파가 깜짝 놀라 되물었다.

'모은 돈의 절반만 받으셔도 저런 하품의 비단은 여러 상자를 살 텐데……'

"정말 비단으로 하시겠습니까?"

진초운은 미안한 마음이 들었다.

'다 같이 목숨 걸고 싸웠는데 내가 비단을 독식해서 지금 항의하는 건가?'

그가 불쌍한 눈빛으로 왕주파를 쳐다보았다.

"왜? 안 돼?"

"아, 안 될 리가 있겠습니까?"

진초운의 표정이 즉시 환해졌다.

"히히히. 고마워."

왕주파가 그 모습을 보며 속으로 생각했다.

'금룡은 황금을 보기를 돌같이 한다더니. 소문이 틀린 것이 하나도 없구나.'

　　　　*　　　　*　　　　*

　동방소희는 무황성주 동방극의 손녀이다. 그녀는 또한 무황성 정보조직인 비각 야서당의 당주이기도 하다.

　그녀가 성주의 집무실에서 동방극을 만났다.

　"할아버지, 진초운에게서 전서구가 왔어요."

　"흐음. 목표를 공격한다는 소식이겠지?"

　"조금 더 나빠요. 적이 매복하고 있었다고 해요."

　동방극의 입가에 웃음이 살짝 맺혔다.

　"예상대로군."

　"예?"

　"아니다. 규모는 어느 정도라고 하더냐?"

　"천 명이 훨씬 넘는다고 해요."

　"후후. 진초운이 고생 좀 하겠어. 승리하기는 어렵겠지?"

　"진초운이 데려간 무사는 겨우 백 명이에요. 승리는 고사하고 전멸만 피해도 다행이에요."

　"그래도 진초운은 몸을 뺄 수 있겠지. 천랑파를 무너뜨린 인물이니까."

　"상황이 그렇게 좋지 않아요. 사혈련도 그걸 모를 리 없는데 그 정도 병력을 배치했어요. 분명히 다른 계략을 더 썼을 거예요."

　"계략?"

사혈련은 진초운이 천랑파를 무너뜨린 방법이 기세 싸움의 승리였다고 판단했다. 그들은 그 대응 방법으로 십만 냥이라는 현상금을 걸었다.

동방소희는 그것까지는 예상하지 못했다. 대신에 다른 가능성을 생각해 냈다.

"만약 그 무사들이 사혈련의 정예라면, 그리고 거기에 고수들이 많이 섞여 있다면 아무리 진초운이라고 해도 도망치기 쉽지 않을 거예요."

"만약 사혈련의 추가 병력이 훨씬 더 많이 있다면?"

"호호호. 그러면 진초운은 죽은 목숨이죠."

웃던 동방소희의 얼굴이 잠시 굳었다. 그녀가 약간의 기대를 담고 질문했다.

"할아버지, 지금 말씀은 혹시……."

"후후후. 네가 알아도 되는 정보가 아니란다. 보고받은 내용이나 군사에게 보내주도록 해라."

눈치 빠른 동방소희에게 그 정도의 정보면 충분했다. 그녀가 눈에 띄게 밝아진 표정으로 대답했다.

"이미 전서응을 이용해서 소식을 보냈어요. 아마 곧 받아보게 될 거예요."

*　　　　*　　　　*

무황성의 이 작전은 이번 전쟁이 시작된 이후로 가장 큰 규모다. 무황성의 장로들 중 상당수가 이 작전에 직접 참여하기를 원했다. 자연히 공격 부대 지휘부의 노른자위 대부분은 그들이 나눠 가졌다.

심지어는 채봉추까지도 나섰다. 그는 처음부터 공격 부대의 군사 자리를 차지했다.

어지간한 규모의 부대라면 무황성의 군사인 채봉추가 총지휘관을 맡는 것이 당연하다.

하지만 채봉추는 자기 고유의 세력이 거의 없다. 이번 작전에는 그보다 강한 세력을 가진 장로들이 여럿 참가했다.

결국 공격 부대의 지휘 책임은 장로 소기백이 맡았다.

군사 채봉추가 공격 부대 지휘부에서 보고했다.

"무황성에서 연락이 왔습니다. 진초운이 공격한 적의 보급 기지에 매복이 있었다고 합니다."

소기백이 고개를 끄덕였다.

"예상대로군. 규모는?"

"천 명 이상이라고 합니다. 일이천 명 정도 되는 것 같습니다."

소기백의 얼굴이 밝아졌다.

"다행이야. 그 정도라면 최소한 진초운은 몸을 뺄 수 있겠어. 천랑파를 혼자 무너뜨린 진초운이니까 말이야."

"그렇습니다. 하지만 중요한 건 그게 아닙니다. 놈들은 진초운이 올 줄 알고 매복하고 있었습니다. 따라서 우리 쪽의 정보가 놈들에게 샜다는 것이 확실해졌습니다."

"샜다기보다는 처음부터 알려져 있었겠지. 진초운이 밝혀냈잖은가? 단백호가 양쪽에 정보를 팔았다고."

"그렇습니다. 따라서 모든 것은 예정대로 진행되고 있다고 할 수 있습니다."

장로 소기백이 고개를 갸웃거렸다.

"그런데 좀 이상하군. 그 정도 병력은 강력한 매복 수단이기는 해. 하지만 진초운을 잡을 수는 없지. 사혈련이 진초운을 확실히 잡으려고 했으면 더 많은 무사를 동원했어야 했어. 놈들은 무슨 생각일까?"

채봉추의 얼굴에 의미심장한 미소가 떠올랐다.

'이제 진실을 알려줄 때가 됐군.'

그가 장로들에게 설명했다.

"다들 아시다시피 이번 정보가 사혈련에게 누설되었다는 건 애초부터 알고 있었습니다."

"그걸 알고도 우리는 기존 작전을 강행하고 있지."

"사실 강행하지 않았습니다."

소기백의 얼굴이 굳었다.

"무슨 소리인가? 지금 우리가 가고 있는 곳이 바로 진초운이 있는 그곳 아닌가? 이 대부대가 움직이고 있는데 이제 와서 아니라고 말하다니, 난 이해할 수 없네."

"모두 아시는 계획에 의하면 우리의 목표는 사혈련 매복 부대의 요격입니다."

"당연하지. 사혈련이 우리를 노리기 위해서 대병력을 준비해 두면, 그것을 다시 치는 것이지."

"하지만 저는 성주님과의 협의하에 계획을 조금 바꾸었습니다."

소기백은 불길한 느낌이 들었다.

"바꾸다니?"

"이미 정보가 샜다고 말씀드렸습니다. 따라서 사혈련은 우리가 그들의 대규모 매복 부대를 공격할 거란 걸 알고 있습니다. 그럼 당연히 우리의 공격에 대한 재매복을 하고 있을 겁니다."

"그래야지. 사혈련의 재매복을 예상하고 그걸 다시 공격하는 것이 우리의 변경된 작전 아닌가? 그걸 위해서 처음 계획보다 많은 무사를 모은 거지."

"물론입니다. 거기에 더해서 놈들이 우리의 움직임을 알아채게 하기 위해서 일부러 몇 부대는 흔적을 남겼습니다. 놈들은 아마 우리의 정확한 규모는 몰라도 어느 방향으로 가는지는 대충 알고 있을 겁니다."

"뭐가 바뀌었다고 하는지 모르겠군. 내가 아는 그대로인데? 우리는 우리를 노리고 공격해 오는 사혈련의 대부대를 기

다렸다가 멋지게 반격해야 하지. 그게 우리의 작전이네. 그렇지?'

*   *   *

사혈련주 서문창이 검자루를 잡았다 놓는 행동을 반복했다.

"진초운과 미끼 부대가 교전에 들어갔다고?"

마의 탁광산이 대답했다.

"그렇습니다. 아마 지금쯤 박 터지게 싸우고 있을 겁니다."

"그 녀석들만으로 진초운을 죽일 수 있으면 좋겠는데… 좀 어렵겠지?"

"여러 사파에서 긁어모은 녀석들입니다. 제대로 된 전투 훈련 한번 받지 않고 개별적으로 싸우는 놈들이 어떻게 진초운을 죽이겠습니까?"

"그래도 진초운에게 부상이라도 입힐 수 있을 거야."

"아마 그럴 겁니다. 그걸 위해서 십만 냥이나 되는 상금을 걸었습니다. 하지만 진초운이 거기서 죽을 리는 없습니다. 결국 진초운은 살아남을 겁니다."

"놈이 죽지 않으면 십만 냥은 굳겠군."

"사실 진초운을 죽일 수만 있다면 십만 냥은 오히려 싸게

먹히는 겁니다. 어쨌든 우리는 그 매복 작전으로 무황성이 착
각하게 만들기만 하면 됩니다."

"나도 안다. 그럼 무황성의 움직임은 어떻게 됐어?"

"전방 보급 기지 쪽으로 이동하는 흔적이 몇 개 잡혔습니
다. 그것만 가지고 판단하면 놈들은 예정대로 움직이고 있습
니다."

"그래. 모든 것은 예정대로다 그거지? 이거 정말 재미있게
됐군. 지금 우리의 주력부대는 뭐 하고 있지?"

"현재 보급 기지를 향해 이동하고 있습니다. 무황성과 우
리 모두가 지금처럼 전진하면 결국 충돌하게 됩니다."

*   *   *

채봉추의 눈이 반짝였다.

"소 장로님이 말씀하신 그것도 수정되기 전 계획입니다."

"수정되기 전?"

"우리는 아예 다른 것을 노리고 있습니다. 전쟁을 단숨에
뒤집을 수 있는 목표입니다."

"그게 무엇인가?"

채봉추가 짧게 말했다.

"사혈련주 서문창."

소기백의 입이 떡 벌어졌다. 다른 장로들도 마찬가지였다.

"단숨에 사혈련주를 노린다고? 그게 가능한 일인가?"

채봉추가 확신을 가지고 대답했다.

"그렇습니다. 놈들의 주력부대가 현재 진초운을 노리고 있습니다. 그만큼 놈들의 본진 방어가 약해졌습니다. 따라서 지금이 바로 기회입니다."

"놈들의 본거지가 비었다는 소리인가? 확실한가?"

"첩자들의 보고에 의하면 주력부대 대부분이 떠났다고 합니다."

"주력부대는 확실히 진초운을 향했고?"

"우리는 놈들의 이동 혼적을 몇 개 잡아냈습니다. 그 방향은 진초운 쪽입니다. 틀림없습니다. 놈들은 우리가 올 것을 알고 진초운 주변에 매복할 계획입니다. 현재 사혈련의 본진은 텅텅 비었습니다."

장로들의 얼굴이 환해졌다.

"정말 좋은 기회로군."

"본진이 털린다면 적도 무너질 수밖에 없지."

"서문창이라는 걸출한 인물이 죽는다면 사혈련은 내분에 휩싸일 거야."

"이건 정말 전쟁을 일찍 끝낼 수 있는 최고의 작전이군. 역시 군사야. 대단해."

소기백은 다른 걱정이 들었다.

"그럼 진초운은?"

신이 나서 떠들던 장로들은 그 이름을 듣고서야 이번 일의 결과 한 가지를 짐작해 내었다.

　"우리가 그들의 본거지를 친다면… 사혈련의 대부대를 진초운 혼자 상대하겠군."

　"사혈련의 주력을 상대로 진초운과 백 명의 무사가 싸운다면 승산 따위는 없다."

　"적의 규모가 그 정도라면 이름을 날리는 고수의 숫자만 해도 어마어마할 텐데. 아무리 진초운이라도 거기서 살아 나올 수는 없지."

　"전원 몰살이야, 몰살. 단 한 명도 살아남을 수 없어."

　채봉추가 일부러 미안한 표정을 지었다.

　"어쩔 수 없습니다. 무림정의를 위해 싸우는 수많은 무인들의 목숨이 걸린 일입니다. 그 성과에 비하면 그들의 희생은, 작은 거라고 할 수 있습니다."

　소기백의 눈썹이 꿈틀거렸다.

　"작다니!"

　채봉추가 아차 하는 마음에 한마디 보탰다.

　"작지만 고결한 희생입니다."

　다른 장로들도 고개를 끄덕였다.

　"어쩔 수 없는 일이야."

　"그게 전쟁인 것을……."

　소기백은 이미 자신이 어떻게 할 수 없는 상황이라는 것을 깨달았다.

'모든 장로들의 의견이 통일되었다. 나 혼자의 힘으로 뒤집는 것은 불가능하다.'

탄식이 절로 터져 나왔다.

"허어. 일이 이 지경이 되도록 내가 모르고 있다니… 알겠군. 우리들에게 이번 작전을 숨긴 이유를 알겠어. 정보가 사혈련에 샐까 두려워한 게 아녔어. 진초운에게 이번 작전 내용이 알려질까 두려워한 거였어."

정곡을 찔린 채봉추가 그의 시선을 피하며 변명했다.

"더 많은 사람들을 살리기 위한 희생입니다. 그게 바로 대의입니다."

소기백이 다시 탄식했다.

"하아. 진초운이 죽으면 이제 우리 주아는 어쩌란 말인가."

채봉추가 자리에서 일어났다.

"그의 희생을 헛되이 하지 않기 위해서라도 반드시 서문창을 죽여야 합니다."

"그래. 이제 어쩔 수 없는 일이지. 어쩔 수 없어."

"허락하신 것으로 알고 즉시 부대의 진격 방향을 바꾸겠습니다. 사혈련의 주력부대가 진초운 주변에서 매복하는 동안, 우리는 서문창을 잡겠습니다."

　　　　　*　　　　　*　　　　　*

　탁광산이 서문창에게 보고했다.

　"우리 주력부대의 진격 방향을 바꾸었습니다."

　"흐흐흐. 가짜 정보를 흘리고 있겠지?"

　"물론입니다. 부대 몇 개를 따로 떼어냈습니다. 그 녀석들
이 대놓고 흔적을 남기며 보급기지 쪽으로 가고 있습니다. 아
마 무황성 놈들은 우리가 진초운 주변에 매복할 거라고 예상
할 겁니다."

　서문창이 탁광산의 어깨를 두드렸다.

　"잘했다, 마의. 계속 헛짓만 하더니 이번에 일 한번 제대로
하는구나. 그래, 이번 일만 성공한다면 그동안 네가 한 모든
실패를 보상하고도 남지. 천하를 손에 쥐게 되는 작전이니까
말이야. 으하하하."

　탁광산이 공손히 머리를 숙였다.

　"이번 일에 제 모든 것을 걸었습니다. 그 증거로 제 제자들
과 약왕전의 독공 고수들도 투입했습니다."

　"중요한 역할을 맡아야 하는데 자네 제자들로 될까?"

　"약왕전의 재료를 전부 다 동원해서 독을 대량으로 만들어
그 녀석들에게 들려 보냈습니다. 그리고 첫째 제자에게는 제
가 아끼는 독을 따로 챙겨주었습니다. 그건 설사 진초운이라
고 해도 중독시킬 수 있는 극독입니다. 그 정도면 제가 가지

않아도 충분할 겁니다."

"하하하. 마의, 내가 마의보고 앞장서라고 할까 두려워서 선수를 친 건가?"

속내를 들킨 마의가 뜨끔한 마음에 급히 부정했다.

"아, 아닙니다. 믿어주십시오."

"괜찮아. 어차피 무림만 먹으면 되는 거야. 과정은 중요치 않아. 마의, 마지막까지 수고하라고."

*　　　*　　　*

진초운은 진유기동부대 무사들을 끌고 산을 탔다. 산꼭대기에 올라간 진초운이 투덜댔다.

"젠장. 올 때는 돈 생길 줄 알고 죽어라 달려와서 지루한 줄 몰랐는데, 돌아가려니까 이거 한도 끝도 없네."

음자릉이 지도를 펴 주변 지형과 비교했다.

"그런데 대장님, 이쪽은 성으로 복귀하는 방향이 아닙니다. 아무래도 우리는 좀 돌아온 것 같습니다."

진초운이 혀를 찼다.

"쯧쯧. 병법의 기초도 모르면서 전투 부대 대장입네 하고 앉아 있으니……."

"예? 제가 뭘……."

"잘 들어봐. 사혈련 놈들이 지금 독이 잔뜩 올랐을까? 아니면 웃고 있을까?"

"매복이 실패했으니 크게 독이 올랐을 겁니다."

"그럼 우리를 잡으려고 할까 안 할까?"

"당연히 잡으려고 할 겁니다."

"우리는 빨라. 백 명밖에 안 돼. 그런 우리를 잡으려면 어떻게 해야 할까? 돌아가는 길목을 최대한 차단하고, 대규모 추격대가 뒤를 쫓아야 하지 않을까?"

"당연합니다."

"그런데 지금 사혈련이 기다리는 그 길로 돌아가자고? 땅 대신에 시체를 밟고 싶어?"

음자룡이 납득하고 고개를 숙였다.

"이해했습니다. 적의 허를 찌르는 수법을 쓰고 계시군요."

진초운이 자신만만하게 말했다.

"맞아. 놈들의 부대는 우리를 잡으러 저쪽으로 몰려갔을 거야. 그러니까 우리는 적의 후방으로 빙 돌아서 가면 안전하다 그 말씀이지."

왕주파가 곁에서 손뼉을 치며 감탄했다.

"역시 대장님이십니다. 그러니까 이번 일을 시작할 때부터 후퇴할 작전 계획까지 다 짜두신 겁니까?"

진초운이 웃었다.

"흐흐흐. 당연하지. 도대체 내가 왜 발 빠른 녀석들만 골라 뽑았다고 생각하는 거야? 도망쳐야 할 때 더 잘 튀기 위해서 그랬다고 분명히 말했잖아."

*　　　　*　　　　*

무황성의 주력부대는 진초운에게로 향하던 진군 방향을 급격히 틀었다. 그들의 새로운 목표는 사혈련 본부였다.

새로운 작전 계획은 수뇌부 전체에게 충분히 설명되었다. 다들 전쟁을 끝낼 수 있을지 모른다는 기대감에 얼굴이 환했다.

무황성의 각주 중 하나가 웃음을 터뜨렸다.

"하하하. 사혈련 놈들. 우리가 없는 빈 땅에서 멍하니 기다리고 있겠구나. 꼴좋다."

소기백이 안 좋은 얼굴빛으로 따졌다.

"빈 땅이라니! 그곳에는 진초운이 백 명의 무사와 함께 있단 말이다!"

무황성의 실세 중 하나인 소기백이 따지고 들자 그 각주는 깜짝 놀라 변명했다.

"아, 죄송합니다. 전 그런 뜻으로 한 말은 아닙니다."

변명을 해도 이미 늦었다.

"에잉. 그의 희생에 묵념을 해도 모자랄 판에 웃고 있다니. 이거야 원."

소기백이 바람 소리가 나도록 몸을 획 돌려 군사 채봉추를 향해 걸어갔다.

뒤에 남은 각주가 속삭이는 듯 작은 목소리로 투덜거렸다.

"쳇. 틀린 말을 한 것도 아닌데 왜 저렇게 까칠하게 군담. 사실 이번 싸움 한 번으로 전쟁을 이길 수 있다면 그것보다 좋은 일이 어디 있어?"

그의 부하가 각주에게 다가와 조용히 말했다.

"각주님, 소 장로님 앞에서는 말을 좀 조심하셨어야지요."

"다른 장로들은 다 좋아하잖아. 그런데 왜 소 장로님만 저렇게 불만이 많은 거야?"

"소문에 진초운이 소 장로님의 따님인 소주아 당주와 꽤 가까운 사이였다고 합니다."

"응? 그게 무슨 소리인가?"

"사윗감으로 생각하고 있었다고 하는데 죽게 생겼으니 얼마나 속이 상하겠습니까?"

각주는 속이 다 뜨끔했다.

'아이쿠. 이거 잘못하면 찍혔겠구나.'

"험험. 그런 일이 있었군. 그나저나 소 당주는 그럼 이제 과부가 되는 건가?"

"결혼을 하지는 않았으니 과부는 아닙니다. 왜 그러십니까? 혹시 소 당주에게 접근하실 생각이십니까?"

"내 나이가 조금 많기는 하지만, 나도 홀아비 신세니 서로 처지가 맞지 않을까? 험험."

"하하. 접근하시는 거야 각주님 자유이지요. 하지만 청룡 각주께서 그냥 보고 있지는 않을 겁니다."

각주가 자기 목을 쓰다듬었다.

"그, 그렇지? 그 사람 성질이 좀 급하니까."

주력부대의 명목상 지휘관은 장로들로 구성된 수뇌부 회의다. 그중 최고인 사령장군은 소기백이다.

하지만 전투 부대를 회의로 이끌 수는 없다. 소기백 역시 이번 작전을 세우는 데 참여하지 못했기에 세부 내용을 자세하게는 모르고 있다.

결국 질적으로 부대의 이동을 책임지는 것은 작전을 세운 군사 채봉추였다.

채봉추가 명령을 내렸다.

"여기서 저녁을 먹고 잠시 쉰 후 이동한다."

명목상의 지휘관인 소기백이 질문했다.

"오늘도 야간 행군인가? 나야 괜찮지만 무사들이 많이 지쳤을 텐데. 하룻밤쯤 쉬는 게 어떨까?"

채봉추는 단호했다.

"그럴 수 없습니다. 밤에 이동하면 쉽게 들키지 않습니다."

"그건 나도 아네만, 병사들의 체력도 생각해야 할 것 아닌가? 자고로 지친 병사로는 싸움을 할 수 없는 법이네."

"우리는 사혈련을 밤에 습격할 겁니다. 오전에 자고 오후

와 밤에 움직인다면 병사들도 그 시간대에 적응하게 됩니다. 사혈련의 부대를 습격할 때쯤이 되면 병사들은 밤을 낮처럼 움직이게 될 테니 어찌 싸움에 유리하지 않겠습니까?"

소기백도 병법의 기본은 안다. 하지만 그는 주로 무공을 익혔다. 그가 공부한 병법은 무공에 비하면 곁가지 수준이었다. 채봉추에 비하면 깊이가 얕았다.

그는 결국 채봉추의 의견을 받아들이기로 했다.

"다른 사람도 아니고 군사가 그렇게까지 말한다면… 듣고 보니 군사의 의견이 더 그럴듯하기도 하군. 알았네. 자네 뜻대로 하게."

명령이 떨어지자 사람들은 부지런히 움직이며 노숙 준비를 했다. 지위가 낮은 자들은 지휘관들의 잠자리까지 마련했다. 맑은 연못을 찾은 사람들이 그곳에서 물을 떠왔다.

채봉추가 잔소리를 했다.

"아직 해가 진 것은 아니나 불을 함부로 피우면 적의 눈에 뜨일 염려가 있다. 밥을 지을 때 그 점을 명심해라!"

연기는 줄일 수 있고 빛은 가릴 수 있다. 하지만 연기와 빛을 완전히 없앨 수는 없다. 눈 좋은 고수에게는 대번에 위치를 들키게 된다.

그렇다고 방법이 없는 것은 아니다. 가장 확실한 방법은 열양장력의 고수가 내공의 힘으로 솥을 데우는 것이다.

이곳에 모인 수많은 무사들 중에 열양장력의 고수가 없는 것은 아니다. 그중에는 밥 한 솥 정도는 충분히 지을 수 있을 정도로 공력이 높은 사람도 몇 있었다.

실제로 그런 무공을 익힌 고수 하나가 고민을 했다.

'쌀밥이 그립구나.'

하지만 그는 자신의 무공으로 밥을 할 생각이 조금도 없었다.

'작은 솥 하나 정도 밥을 지어봤자 내 입에 몇 숟가락이나 들어올까? 오히려 공력을 낭비한다고 손가락질이나 받겠지. 그냥 참자.'

그들은 진초운이 아니다. 싸움을 앞둔 처지에 공력을 소모해서 밥이나 지을 수는 없었다.

채봉추가 다시 다짐을 했다.

"단 한 점의 불빛이라도 새어나간다면 엄히 벌을 내릴 것이다!"

무사들이 그 소리를 듣고 투덜거렸다.

"밥 지어먹지 말라는 걸 꼭 저렇게 돌려 말한다니까."

"어차피 우리야 말라비틀어진 것들이나 먹어야지."

"그래도 반쯤 말린 떡을 물에 불려먹을 수 있으니 그게 어딘가?"

"쳇. 난 그냥 말린 고기랑 과일이나 먹겠네."

밥을 짓는 사람은 없었다. 가까운 연못에서 떠온 물이 배급

되었다. 목이 마른 사람들부터 나서서 급히 물을 들이켰다.

"크아. 죽이는구나!"

무공이 높은 사람들은 행군이 별로 힘들지 않았다. 따라서 큰 갈증을 느끼지도 않았다. 오히려 물을 재촉하면 무공이 낮은 사람으로 보인다고 생각했다. 그래서 그들은 굳이 일반 무사들과 부대끼며 물을 마시려고 하지 않았다.

덕분에 물을 먼저 마시는 것은 일반 무사들이었다.

항정극은 무황성 내에서도 이름깨나 알려진 독공의 고수다. 그는 무공이 높았다. 무사들이 달려들어 물을 마시는 데에 낄 필요가 없었다.

그는 설사 목이 말랐다 하더라도 그런 자리에는 끼지 않을 사람이었다.

이유는 그가 익힌 무공 때문이었다.

꽤 많은 무사들이 급한 갈증을 해소하고 나자 물통 주변에 여유가 생겼다. 여기저기서 고수들도 하나둘씩 물을 마시기 시작했다.

항정극은 그때서야 움직였다. 좀 여유있는 물통 쪽으로 걸음을 옮겼다.

물통을 담당하던 무사는 그가 다가오는 것을 보자마자 재빨리 물을 떠다 바쳤다.

"항 대장님, 여기 물이 있습니다."

항정극이 쓸쓸하게 웃었다.

"고맙구나."

그는 이 무사가 소속이 다른 자기에게 물을 떠다 준 이유를 잘 알고 있다.

'내가 실수로 물통에 독을 흘릴까 경계한 거겠지. 나와 같이 음식을 먹는 건 싫을 테니까.'

그게 무황성 내에서 독을 다루는 자들에 대한 인식이다.

사람들은 독의 고수를 인간적으로 싫어하지는 않는다. 독공도 하나의 무공일 뿐이다.

하지만 같은 그릇에 담긴 음식을 먹는 건 싫어했다. 실수로 흘린 독에 중독당하면 몸에 좋을 리가 없다.

항정극이 물그릇에 입을 댔다. 시원한 물이 그의 입에 들어왔다. 꿀꺽꿀꺽 삼키려고 했다.

그럴 수가 없었다. 물이 입에 들어오는 순간 그는 이상한 느낌을 받았다.

'뭔가 잘못됐다.'

혀를 놀려 물의 기운을 감지했다.

'이 흐릿한 느낌. 혀를 타고 들어오는 이 기운. 있는 듯 없는 듯 미약하지만 이건 틀림없이…….'

갈등할 틈도 없었다. 그가 크게 소리를 질렀다.

"독이다!"

第三章

모든 사람들이 그를 쳐다보았다. 항정극이 소리를 질렀다.

"물에 독이 들어 있다! 마시지 마라! 마신 자들은 모두 토해내라!"

항정극보다 먼저 물을 마신 독의 고수가 일어섰다. 항정극보다 독공이 높다고 알려진 사람이었다. 그는 좋은 배경까지 가지고 있어서 지위가 항정극보다 높았다.

"그럴 리 없다. 나도 물을 마셨지만 독은 없었어!"

항정극은 초조했다.

'빨리 뱉어내게 해야 하는데 오히려 방해를 하다니!'

분노가 치밀었다. 참지 못하고 평소의 불만을 내뱉었다.

"당신 독공이 나보다 떨어지니까 그런 거다!"

"뭣이?"

항정극이 한 말은 명백한 모욕이다. 하지만 항정극은 지금 좋은 말로 설득할 여유가 없었다.

'독의 기운이 너무 미묘해. 보통 독이 아니다.'

그가 주변을 둘러보며 소리를 질렀다.

"독이란 말이다! 당장 토해라! 당장!"

독이 없다고 주장한 고수가 자존심이 상해 으르렁거렸다.

"독은 없다는 내 말을 무시하는 거냐?"

"닥쳐!"

"뭐, 뭣이? 네 이놈!"

두 사람의 싸움 소리가 커지자 결국 청룡각주 소홍기가 움직였다.

소홍기는 무공이 대단히 높다. 이 정도 행군은 그에게 유람이나 다름없었다. 굳이 목이 마르지 않으니 물통 곁에서 부대끼지도 않았다.

하지만 싸움이 일어나자 가만히 있을 수가 없었다. 그는 물통으로 걸어가 물을 한 잔 떠 마셨다.

소홍기는 독공을 익히지 않았다. 그것만으로는 아무것도 알 수 없었다.

그는 조용히 운기를 했다. 내공의 흐름에 따라 물에 담긴 기운이 세세히 잡혔다.

소홍기의 얼굴빛이 변했다. 즉시 마신 물을 토해냈다.

"웨엑!"

단숨에 물을 토해낸 그가 차가운 목소리로 말했다.

"미약하지만 독이 틀림없군."

다른 사람도 아니고 항마멸사검 소홍기가 한 말이다. 항정극의 말과는 무게가 다르다.

물을 마셨던 무사들이 즉시 토하기 시작했다.

"웨엑!"

"우웨엑!"

소홍기가 큰 소리로 명령을 내렸다.

"적의 습격에 대비하라! 전원 전투 준비!"

물을 토해낸 사람들이 부산하게 움직였다. 검을 빼어 들고 주변 경계에 들어갔다. 정찰 부대들은 숲 속으로 스며들었다. 적이 공격해 오면 미리 경고하기 위해서였다.

장로들이 소홍기의 곁으로 모였다. 군사 채봉추가 질문했다.

"소 각주, 독이 틀림없소?"

소홍기가 어두운 얼굴로 고개를 끄덕였다.

"틀림없습니다."

"어떤 독이오?"

"그건 이제부터 알아봐야지요."

소홍기가 항정극을 향해 손짓을 했다. 항정극이 즉시 달려왔다.

"자네는 아마 진홍백사 부대의 대장인 항정극이지?"

항정극이 즉시 머리를 숙였다.

"기억해 주셔서 감사합니다!"

"내 자네에게 묻고 싶은 게 좀 있네. 이게 어떤 독인지 알 수 있겠나?"

항정극이 조금 난처한 표정으로 대답했다.

"정확한 것은 저도 알 수 없습니다."

"자네는 맛만 보고도 독임을 알아냈지 않은가?"

"정확한 성격을 감지하기가 쉽지 않습니다. 독을 이렇게까지 감지하기 어렵게 만드는 건 보통 실력으로는 엄두도 못 냅니다. 아무래도 대단한 독의 고수가 손을 쓴 것 같습니다."

"그랬겠지. 필요한 것은 뭐든지 지원해 줄 테니 이게 어떤 독인지를 알아내라. 그래야 해독법을 찾아낼 수 있을 테니까."

"알겠습니다!"

채봉추가 그들의 대화에 끼어들었다.

"소 각주, 이 사람의 공이 큰 건 알겠네. 하지만 진홍백사 부대라면 부대원이 겨우 열 명밖에 되지 않네만?"

"알고 있습니다."

"그런 곳의 대장인 이 사람보다는 저기 저 사람이 더 낫지 않은가? 그는 무황성에서 알아주는 독의 고수라네. 그의 부대를 보게. 오십 명이나 되는 걸 보면 알 수 있지."

채봉추가 가리킨 사람은 독이 없다고 주장하던 사람이다.

소홍기는 채봉추가 왜 이렇게 나서는지 짐작할 수 있었다.

'저자가 아마 군사의 처조카였지?'

피식 웃음이 나왔다.

"저 사람이 무슨 연줄을 타고 올라왔는지 몰라도 독에 대해서는 항 대장이 훨씬 고수입니다."

"하지만 그의 지위를 생각하게. 한 번 공을 세웠다고 해서 그가 더 고수라고 보는 건 무리야."

"단지 지위 때문에 문제가 된다면 항 대장과 진홍백사 부대를 제 밑으로 보내주십시오. 확대 개편하여 청룡백사 부대로 만들겠습니다."

소홍기가 강하게 나오자 채봉추는 당황했다.

"아니, 그게… 그건 예산 때문에 곤란하네."

"예산은 제가 알아서 하겠습니다."

항정극은 아무런 연줄이 없는 데다가 다른 독의 고수들에게 견제까지 받아왔다. 그래서 일개 조 규모밖에 되지 않는 최소규모의 전투 부대를 이끌 수밖에 없었다.

항정극은 자기 실력에 비해 박대를 받아 억울한 것이 많았다. 이제 자신을 알아보는 사람을 만났다고 생각하자 크게 감격했다.

그가 고개를 깊이 숙였다.

"감사합니다! 열심히 하겠습니다!"

소홍기가 항정극의 어깨를 두드렸다.

"일단 독의 정체부터 알아내라. 필요한 사람은 누구라도 데려다 쓰고. 최대한 서둘러라. 그동안 우리는 적의 습격에 대비하겠다."

"알겠습니다!"

무사들은 모두 물을 토해냈다. 하지만 상당수의 무사는 잠시 마셨던 것만으로도 중독이 되었다.

당장은 아무런 표가 나지 않았다. 활동에도 불편함이 없었다. 하지만 겁을 먹은 무사들이 독을 몰아내기 위해 운기를 시작하자 반응이 나타났다.

"크윽. 뱃속이 찢어지는 것 같아."

"창자를 빨래 짜듯 쥐어짜고 있어!"

독에 대해 조사하던 항정극이 소홍기를 찾아왔다.

"죄송합니다. 제가 알아내는 것이 너무 늦어서 피해가 적지 않습니다."

"자네가 아니었다면 피해가 더 컸을 거야. 그래, 무슨 독인지는 알아냈나?"

"독을 만든 자는 저보다 훨씬 뛰어난 독공의 고수 같습니다. 어지간한 사람은 독이 들어 있다는 것조차 알지 못할 정도로 은밀한 독입니다. 연못의 물고기가 아직도 살아 있을 정도입니다. 내공을 익힌 자가 운기해야만 독성이 드러납니다. 의심스러운 독이 몇 가지 있지만 어느 것인지는 알아내지 못했습니다."

"곤란하군. 독성은 어떠한가?"

"큰 연못에 희석되어 많이 약해졌습니다. 그럼에도 불구하고 무사들의 전투력을 떨어뜨리기에는 충분합니다."

"보통 독이 아니군. 해독할 수 있겠나?"

"가능합니다. 다만 시간이 좀 걸릴 것 같습니다."

"어쩔 수 없겠지. 그 정도만 해도 다행이다. 그런데 누구 짓일까?"

"이 정도로 감지하기 힘들면서 이만큼의 독성을 보인다면… 아무래도……."

"역시 마의의 짓일까?"

"이런 종류의 독은 귀합니다. 그걸 연못 하나를 통째로 물들일 만큼 많이 가진 사람은 몇 명 없습니다."

"몇 명? 마의의 짓이 아닐 수도 있다는 소리인가?"

항정극이 확신을 가지고 대답했다.

"이번 일은 연못 하나에 국한된 문제가 아닙니다. 적은 우리가 어디에 머물지 알 수 없었을 테니 이 일대의 연못이란 연못 전부에 독을 탔을 겁니다. 그만큼 많은 독을 가진 사람은 천하에 오직 한 명밖에 없습니다. 이건 마의의 독입니다.

제 목을 걸 수 있습니다."

소홍기가 주먹을 꽉 쥐었다.

"곧 놈들이 나타나겠군."

*　　　*　　　*

상황을 전해 들은 수뇌부는 암울한 분위기에 휩싸였다.

장로 중 하나가 급히 말했다.

"중독당한 무사들의 수가 너무 많소. 전력 손실이 심각하오. 즉시 후퇴해야 하오!"

군사 채봉추가 고개를 가로저었다.

"후퇴해서는 안 됩니다."

"그게 무슨 소리인가? 그럼 사혈련의 속셈대로 움직여야 한다는 건가?"

"우리의 후퇴. 그것이 바로 적이 노리는 것입니다."

"지금 그게 무슨 소리인가?"

"후퇴하는 적을 치는 것만큼 쉬운 싸움은 없습니다. 적은 우리가 도망치기를 기다리고 있습니다. 그래서 아직도 습격해 오지 않고 있는 것입니다. 이건 추격전을 벌여 손쉽게 이기려는 수작입니다."

장로 몇 명은 그 말이 그럴듯하다고 생각했다.

소기백이 다른 의견을 내놓았다.

"단지 독을 뿌려 우리를 쫓아내려 한 건지도 모르지 않나? 만약 그렇다면 놈들은 이쪽 방향에 그리 많은 병력이 없다는 뜻이네. 이건 그냥 허장성세인 거지."

"그럴 가능성도 있습니다. 만약 그런 경우라면 이건 놈들이 혹시나 해서 설치해 둔 덫이라는 뜻입니다. 놈들의 주력부대는 우리 예상대로 진초운 곁에 매복해 있을 겁니다. 그러니 우리는 원래 계획대로 공격해야 합니다."

또 다른 장로가 항의했다.

"그러다 적의 대군을 만난다면? 너무 위험하네!"

채봉추의 목소리가 커졌다.

"후퇴하다 적의 대군을 만나는 것보다는 훨씬 안전합니다!"

"후퇴할 기회조차 놓치는 꼴이지 않은가?"

"적의 주력은 진초운이라는 커다란 미끼에 걸려들었습니다. 우리가 후퇴하기를 기다리는 적의 숫자는 많지 않습니다. 남은 무사들만으로도 충분히 싸워 이길 수 있습니다."

"만약 그 생각이 틀렸다면 어쩔 셈인가?"

채봉추가 단호히 외쳤다.

"틀리지 않았습니다! 저를 믿으십시오!"

겉으로는 당당했지만 속으로는 불안한 마음이 있었다.

'만약 내가 틀렸다면? 적의 대군이 다가오고 있다면? 아니야. 이미 후퇴하기는 늦었어. 차라리 독에서 회복될 때까지 방어선을 펴는 것이 나아.'

"시간이 없습니다. 저를 믿고 따라와 주십시오."

수뇌부를 구성하는 장로들은 망설였다. 그들은 채봉추의 말이 옳고 그른지 판단하기 어려웠다. 그리고 그들의 마음속에서는 책임을 떠넘기고 싶은 유혹이 스멀스멀 일어났다.

'군사가 괜히 군사야? 이런 일은 군사의 판단이 옳겠지.'

'잘못돼도 내 탓은 아니니까.'

"알았네. 자네 뜻대로 하게."

허락을 받아낸 채봉추가 무사들에게 명령을 내렸다.

"전 부대는 방어 태세를 철저히 갖추라! 목책을 세우고 함정을 파라. 덫을 놓아라!"

소홍기가 그에게 질문했다.

"얼마나 머무실 생각이십니까?"

"무사들이 독을 해독하려면 얼마나 걸리나?"

"항정극의 말에 의하면 차근차근 해독한다고 했을 때 하루 정도는 걸릴 것 같다고 합니다."

"고수들이 지원하여 최대한 빨리 해독한다면?"

"그래도 두세 시진은 필요합니다."

"서두르게. 이곳에서 해독을 한 후 전진한다. 이곳에 적은, 우리를 상대할 만큼 남아 있지 않아."

소홍기는 불안했다.

"만약 예측이 틀리면 피해를 키우게 됩니다. 차라리 일부 부대를 매복시키고 나머지는 후퇴하는 것이 낫지 않겠습니까?"

채봉추가 고집을 부렸다.

"전쟁을 끝낼 수 있는 기회다. 텅 빈 적의 본거지를 놔두고 이깟 일로 겁먹고 돌아간다면 세상이 우리를 비웃을 거야."

"저도 쓸데없는 걱정이기를 바랍니다만……."

"쓸데없는 걱정이다. 우리가 지금 후퇴한다면 뒤를 공격당하게 된다. 그러면 끝장이지. 차라리 독에서 회복될 때까지 여기서 버티며 싸우는 것이 낫다."

"그러면 피해가 꽤 클 겁니다."

"더 좋은 방법이 있으면 이야기해 보게. 내 들어는 주겠다."

소홍기라고 해서 뾰족한 수가 있지는 않았다.

"알겠습니다. 일단 방어진지부터 만들겠습니다."

불과 반 시진 후에, 외곽 경계에 나갔던 무사들이 일제히 복귀했다.

"대부대가 몰려오고 있습니다. 사혈련이 틀림없습니다."

무황성 무사들은 바짝 긴장하며 무기를 움켜쥐었다.

잠시 후에 사혈련의 대부대가 몰려들었다. 그 선두에서 마의 탁광산의 제자인 손귀평이 소리를 질렀다.

"으하하하! 내가 바로 손귀평이다! 무황성의 잡놈들아! 내 독 맛이 어떠냐!"

소홍기가 나섰다.

"이 비열한 놈들! 정정당당하게 싸우지 못하고 독을 쓰는 걸 보니 네놈은 개자식들이 틀림없구나!"

그 정도 욕으로는 손귀평을 열받게 할 수 없었다.

"미련한 놈들아! 싸움은 원래 이기는 놈이 장땡인 거다!"

끝없이 밀려오는 사혈련의 무사들을 보며 장로 소기백이 탄식했다.

"허어. 정말로 우리가 후퇴하기를 기다리며 매복하고 있었군. 군사의 판단이 옳았어."

칭찬을 들었음에도 채봉추의 얼굴은 조금도 밝아지지 않았다.

"적의 수가 너무 많습니다. 이렇게 많을 수는 없는데……."

"많긴 많군. 어디서 저렇게 많은 수가 나왔을까? 어중이떠중이 모은 것이면 좋으련만……."

채봉추가 입술을 깨물었다.

"저런 병력을 만들려면, 한 가지 방법밖에 없습니다."

"한 가지?"

"놈들이 미끼를 물지 않았습니다."

장로들은 깜짝 놀랐다.

"뭣이? 놈들이 진초운을 공격하러 가지 않았다는 뜻인가? 그럴 리가 없다. 분명히 사혈련의 대부대가 그쪽으로 가고 있다는 보고를 받았잖은가?"

채봉추가 꽉 깨문 입술에서 피라도 흐를 것 같았다.

"우리가 중간에 방향을 틀었듯이, 놈들도 같은 짓을 했습니다. 저게 바로 놈들의 주력부대입니다."

장로들의 얼굴이 창백해졌다. 소기백이 급히 물었다.

"그럼 어떻게 할 참인가?"

채봉추의 얼굴은 극도로 어두웠다.

"독이 든 물을 무사들이 마신 시점에서, 우리에게는 선택의 여지가 없어졌습니다. 무공을 펼칠 수 없게 된 무사들과 함께 후퇴를 한다는 건 죽여달라고 비는 것과 마찬가지입니다. 일단 부하들이 독기운에서 벗어날 때까지 적과 싸운 후, 그 후에 승부를 보아야 합니다."

"하나, 독을 마신 무사의 수가 전체의 절반이네. 삼만 명의 무사들 중에 절반이 독을 마셨어. 전부 해독을 하려면 빨라도 앞으로 두 시진은 더 있어야 한단 말일세."

"중독된 자들은 뒤에서 해독에 노력하고 있습니다. 멀쩡한 무사들을 외곽에 배치했습니다. 어쩔 수 없습니다. 최소한의 피해로 두 시진을 버티는 수밖에 없습니다."

장로들이 서로 얼굴을 돌아보았다. 한숨이 저절로 나왔다.

소홍기가 용기를 북돋기 위해서 말했다.

"그래도 고수들은 현재 중독당한 사람이 없습니다. 해볼 만할 겁니다."

소기백이 할 수 없다는 듯이 검을 잡았다.

"우리도 나서야겠군. 오랜만에 실컷 싸워보겠어. 군사, 자네 덕분이야."

*　　　*　　　*

사혈련 쪽에서도 시간을 끌 생각은 없었다. 부대 전체를 지휘하고 있는 것은 사혈련의 장로 석봉남이다.

손귀평이 석봉남에게 조언했다.

"놈들이 독을 마신 지 반 시진이 지났습니다. 앞으로 두세 시진만 지나면 모두 해독할 겁니다."

"고수들은 벌써 해독했겠지."

"고수들에게는 어차피 큰 영향을 끼치지 못하는 독입니다."

"요즘 약왕전의 재정이 어렵다더니, 설마 값싼 독을 쓴 건 아니겠지?"

"절대로 아닙니다. 적이 눈치 채지 못하게 하기 위해서 어쩔 수 없었습니다."

"하긴. 아무리 약왕전이라고 해도 설마 이런 때에 돈을 빼돌리지는 않았겠지."

석봉남이 무황성 무사들을 향해 손을 쭉 뻗었다. 그리고는 공력을 담아 큰 소리로 고함을 질렀다.

"적은 중독되어 있다! 한 놈 목에 은자 열 냥씩이다! 전원, 공격하라!"

삼만여 명에 달하는 사혈련 무사들이 일제히 함성을 지르며 돌격했다.

"우와아아아!"

"공을 세워라!"

무황성 무사들은 바짝 긴장했다. 고수와 일반 무사를 따로 가릴 것 없이 이를 악물었다.

"젠장. 이러다 다 죽는 거 아냐?"

"두 시진만 버티자. 그러면 수가 난다고."

삼만여 명의 사혈련 무사들을 가장 먼저 맞은 것은 급히 만들어놓은 함정들이었다. 곳곳의 땅이 움푹움푹 꺼졌다. 구덩이 속에는 나무 송곳들이 잔뜩 박혀 있었다.

"으아악!"

풀숲 속에 숨겨진 간단한 기관 장치들도 있었다. 선두의 무사들이 풀숲을 함부로 달리다 줄을 건드리면 잔뜩 당겨진 화살들이 발사돼 뒤따르는 자의 가슴에 박혔다.

"커억!"

하지만 함정의 개수가 모자라도 너무 모자랐다. 그나마도 무황성 무사들 주위에 빙 둘러서 설치되어 있었다. 한 방향에서 공격해 오는 사혈련의 삼만 무사들 중에 함정에 당한 숫자는 기껏해야 백여 명이었다.

사혈련 무사들은 속도를 늦추지 않았다. 무황성 무사들과의 거리가 코앞으로 다가왔다.

이번에는 무황성 무사들 쪽에서 암기가 쏟아지듯 날아왔다. 비처럼 날아오는 암기에 이백여 명의 사혈련 무사들이 죽어 자빠졌다.

하지만 그게 끝이었다.

다음 순간, 사혈련 무사들과 무황성 무사들이 정면으로 격돌했다. 사방에서 칼이 휘둘러지고 곳곳에서 피가 분수처럼 뿜어졌다.

"크아악!"

"죽어라!"

채봉추가 뒤에서 독려하는 고함을 질렀다.

"두 시진만 막아라! 두 시진 동안 뚫리면 안 된다!"

사혈련의 장로 석봉남도 마주 소리쳤다.

"으하하하! 한 시진이면 몰살시킬 수 있다! 늦기 전에 공을 세워 돈을 벌어라! 으하하하!"

싸움은 치열했다. 그리고 대등했다.

적어도 처음에는 대등한 전투가 벌어졌다. 하지만 숫자 차이는 어쩔 수가 없었다.

채봉추가 이를 악물었다.

"고수의 숫자는 비슷하지만 역시 그것만 가지고는 어렵습니다."

소기백이 안타까운 표정으로 대답했다.

"일반 무사의 숫자가 너무 많이 차이가 나."

"뒤로 물러설 수도 없습니다. 뒤쪽에는 독을 치료 중인 무사들이 만 오천 명이나 있습니다."

소기백은 당장이라도 뛰어나가고 싶었다. 하지만 저 싸움터 한복판에 뛰어들어 봤자 표도 나지 않을 것 같았다.

"군사! 이대로 가면 패배가 뻔하다. 다 죽기 전에 어서 묘수를 내라."

채봉추의 얼굴은 너무 구겨져서 이제 걸레나 다름없었다.

"예상보다… 빨리 무너지고 있습니다. 이대로는……."

소기백의 목소리가 다급해졌다. 그가 채봉추의 멱살이라도 잡을 것처럼 외쳤다.

"자네는 군사 아닌가? 방법을 찾아내란 말이다!"

채봉추가 망설이다 대답했다.

"지금 적의 뒤를 습격한다면 방법이 없는 것은 아니나……."

"적의 뒤? 좋다. 우리 장로들이 가겠다!"

채봉추의 고개가 힘없이 가로저어졌다.

"몇 분이 가셔서는 어림도 없습니다. 최소한 수천 명 정도의 무사가 있어야 가능한 일입니다."

"수, 수천 명? 그런 숫자의 무사들이 갑자기 어디서 난다는 말이냐?"

"어쩔 수 없습니다. 지금은 싸움이 밀리지 않게 하는 게 더 중요합니다. 무사들이 해독을 마칠 때까지 버텨야 합니다."

소기백이 싸움터를 노려보았다. 다른 방법이 없다면 그가 택할 수 있는 길은 하나뿐이었다.

"할 수 없지. 우리도 전투에 참여한다!"

소기백이 검을 들고 싸움터에 뛰어들었다. 위태위태한 부분 쪽에 달려든 그가 검을 휘두르며 소리쳤다.

"소기백이 여기 있다!"

그의 검에 맞은 무사 몇 명이 피를 뿌리며 쓰러졌다. 그러나 즉시 사혈련의 고수들이 뛰어나와 소기백을 상대했다.

채봉추도 검을 뽑았다.

"지금 후퇴하면 독을 치료 중인 만 오천 명은 다 죽는다. 싸움을 하는 자들도 많이 죽겠지. 삼만 명이 왔는데 몇천 명밖에 살아남지 못할 거야. 최소한 반이라도 살리려면 죽을 각오로 버티는 수밖에……."

그가 경공을 발휘해 싸움터에 뛰어들며 소리를 질렀다.

"채봉추가 간다!"

그가 전장에 뛰어든 즉시 사혈련의 고수 몇 명이 그를 요격하기 위해서 달려왔다.

그들이 새빨갛게 충혈된 눈으로 소리쳤다.

"으하하하! 채봉추의 목은 은자 천 냥짜리다!"

"천 냥은 내 몫이다! 손대지 마라!"

*   *   *

진초운과 진유기동부대가 막 산을 타 넘었다. 그들은 눈앞에 펼쳐진 광경에 입을 떡 벌렸다.

왕주파가 더듬거리며 말했다.

"대장님, 저거 아무래도… 우리 무황성과 사혈련이 싸우는 것 같습니다."

진초운도 알고 있었다. 공력을 끌어올려 감각을 극대화하고, 시력 역시 잔뜩 높였다.

"알아. 군사나 소기백 할아버지 얼굴이 보인다. 성질 더러운 소홍기도……."

음자룡이 검을 잡았다.

"도와야 합니다."

"어떻게?"

"당연히 뛰어들어 같이 싸워야 하지 않겠습니까?"

"겨우 백 명으로?"

"대장님께서 계시니 우리는 그냥 백 명이 아닙니다."

진초운은 병법서를 많이 읽었다. 대가라고 할 수는 없지만 적어도 지금 판세를 보는 눈 정도는 가지고 있다.

"아무리 내가 나선다 해도 그냥 뛰어들어서는 도움이 못

돼. 저건 이미 진 싸움이야."

음자룡이 항의했다.

"대장님에게 실망입니다. 그래서 구경만 하자는 겁니까?"

진초운이 인상을 썼다.

"이게 죽으려고 개기네?"

"지금 상황이 농담할 때입니까?"

"누가 구경만 한대냐? 공격 준비부터 하자."

대들던 음자룡이 멈칫했다.

"예? 하지만 방금, 그냥 뛰어들어서는 도움이 못 된다고, 진 싸움이라고 했잖습니까?"

"아무 생각 없이 그냥 뛰어들면 망해. 그러니까 준비를 해서 뛰어들어야지."

"어떤……?"

진초운이 비단 상자를 메고 오는 무사를 불렀다.

"야, 비단 풀어. 다른 놈들은 기다란 작대기 하나씩 꺾어와. 깃대로 쓸 수 있을 만큼 충분히 곧고 긴 놈으로."

"뭘 어떻게 하시려고……."

"먹물 가진 놈 있지?"

"물론입니다. 긴급 보고를 위해서 넉넉히 가지고 있습니다."

"지금부터 깃발을 만든다. 부대 이름은 되는대로 적어. 기왕이면 있는 부대 이름을 적는 게 좋겠다."

가만히 듣고 있던 왕주파가 주먹으로 손바닥을 쳤다.

"무슨 생각이신지 알겠습니다. 허장성세의 계책을 쓰시려는 겁니까?"

"병법 이름이야 뭐면 어때? 어쨌든 우리가 잘해야 아군이 사는 거야. 그러니까 정신 똑바로 차리고 잘 들어. 지금부터 어떻게 하냐 하면 말이야……."

*　　　*　　　*

채봉추는 좌절했다.

"내 인생에서 가장 긴 두 시진이로구나."

무황성의 무사들이 일방적으로 밀렸다. 얼마나 죽었는지 계산조차 되지 않았다.

문득 진초운이 생각났다.

"그를 미끼로 쓴 벌을 받는 것일까?"

그때였다. 채봉추가 갑자기 입을 떡 벌렸다. 그의 눈이 튀어나올 것 같았다.

그는 도저히 믿어지지 않는 것을 보았다.

"진… 초운?"

진초운의 몸이 하늘로 솟아올랐다. 단전에서 뇌기를 잔뜩 끌어올렸다.

그가 떠오른 곳은 사혈련의 후방이었다. 뇌기를 흑룡검에 잔뜩 밀어 넣었다. 흑룡검이 그 뇌기를 증폭시켰다.

진초운이 함성을 질렀다.

"진초운이 왔다!"

함성과 함께 검을 휘둘렀다. 흑룡검을 타고 번개가 사방으로 줄기줄기 폭사되었다.

콰과과광!

귀를 찢는 폭음과 함께 거의 동시에 수십 곳에 번개가 떨어졌다. 번개에 직격당한 자는 비명 한마디 지르지 못하고 죽었다. 근처에 서 있던 자들 역시 즉사만 면했다 뿐이지 그대로 무력화되어 쓰러졌다.

싸움이 한창이었지만 진초운이 일으킨 소란이 너무 컸다. 자연히 모든 사람의 시선이 사혈련의 뒤를 향했다. 당장 목이 떨어지게 된 급박한 상황의 사람을 제외한 모두가 진초운 쪽을 쳐다보았다.

진초운은 아직도 하늘에 뜬 채였다. 그의 몸은 천천히 하강하고 있었다.

그가 뇌기를 뿌릴 때는 주변의 기류가 반응한다. 그것이 그의 몸을 떠받쳐 천천히 떨어지는 효과를 주었다. 그것은 능공허도나 허공답보처럼 아예 하늘을 나는 것과는 비교할 수 없었다. 단지 부수적인 효과일 뿐이다.

하지만 무공 수위가 낮은 무사들이 보기에는 어차피 그게 그거였다. 무섭기는 매한가지였다.

사혈련의 무사들이 외쳤다.

"진초운이다!"

"금룡이 나타났다."

진초운의 몸 주위에서는 여전히 번개가 파지직거렸다. 진초운은 단전에 남은 뇌의 기운 전부를 끌어올렸다. 단 일 푼도 남기지 않았다. 몸 주위에서 파지직거리는 번개들의 수가 급격히 늘어났다.

"으하하하! 너희들은 함정에 걸렸다! 내 뒤를 봐라!"

진초운의 뒤쪽 산에서 백여 개의 깃발이 펄럭였다. 그 깃발들은 천천히 산 아래로 내려오고 있었다.

진초운은 사람들이 산을 오래 볼 틈을 주지 않았다. 끌어올렸던 뇌의 기운을 모조리 흑룡검에 밀어 넣었다. 흑룡검이 가진 특별한 능력이 그 기운을 잔뜩 증폭시켰다.

진초운이 검을 크게 휘둘렀다.

"한 놈도 놓치지 않고 모조리 죽여 버리겠다!"

검은빛 칼날을 타고 아까보다 더 많은 양의 번개가 쏟아졌다. 거의 백여 줄기에 달하는 번개가 땅에 쏟아졌다.

콰과과광!

흩뿌려진 검기에 백여 명의 무사가 그대로 작살났다. 대부분은 비명도 지르지 못하고 죽었다.

"으아아악!"

즉사하지 않은 자들 몇이 고통에 찬 비명을 질러댔다.

진초운이 펼친 뇌기가 아무리 강해도 백여 개로 나눠 뿌리면 그 위력은 급격히 약해진다. 칼 좀 쓴다는 고수들은 그 공격을 막아내거나 견딜 수 있다.

문제는 무사들이다. 무사들에게 그건 죽음의 손길이나 다름없었다. 피하는 건 불가능했다.

사혈련 무사들 사이에 공포가 빠르게 퍼졌다. 그들이 보기에 진초운의 모습은 하늘에서 내려오는 신장이나 다름없었다.

상황이 이상하게 흐른다는 걸 깨달은 석봉남이 급히 외쳤다.

"겁먹지 마라! 저건 가짜다!"

석봉남이 가짜라고 한 건 산을 타고 내려오는 깃발들을 두고 한 말이다. 그는 무공이 높아 산속에 다른 병력이 없음을 단숨에 꿰뚫어 보았다.

그런데 현재 사람들의 시선을 잡고 있는 것은 진초운이다. 일반 무사들에게 석봉남의 말은 마치 진초운이 가짜라고 하는 것처럼 들렸다.

"가짜일 리가 없잖아……."

"석봉남 저 개새끼가 우리를 속여서 죽이려는 거야……."

천천히 떨어지던 진초운의 하강 속도가 갑자기 가속되었다. 사람들이 무슨 일인지 깨닫기도 전에 진초운의 몸이 거꾸로 뒤집히며 땅에 꽂혔다.

꽈아아앙!

다시 거대한 폭음이 터졌다. 진초운이 떨어진 곳을 중심으로 반경 삼 장이 통째로 폭발했다. 진초운은 토의 기운을 아낌없이 사용했다. 삼 장 내의 모든 무사들이 하늘로 튕겨져 올라갔다. 그 뒤로 어마어마한 흙무더기가 솟았다.

진초운이 나타나서 보여준 단 세 수의 무공은 하나하나가 인간의 능력을 벗어난 것처럼 보였다. 그것이 금룡 대협이라는 명성과 어우러져 상승 효과를 발휘했다.

대부분의 사혈련 무사들이 겁을 먹었다.

"사, 사람이 아니야."

"칼 몇 번만 휘두르면 우리 같은 건 시체도 찾지 못할 거야."

"금룡은 금강불괴라 칼이 들어가지 않는다고 들었어. 우리 힘으로 어떻게 할 수 없는 괴물이야."

석봉남이 고래고래 소리를 질렀다.

"놈은 겨우 한 명이다. 삼만 명으로 한 명을 못 이길 리가 없… 허억!"

진초운이 떨어진 곳은 사혈련 주력부대의 후방이다. 석봉남이 있던 곳 역시 후방이다. 진초운과 석봉남 사이의 거리는 그리 멀지 않았다.

진초운이 짙은 흙먼지 속에서 튀어나왔다. 그는 석봉남을 노렸다.

"니가 대가리구나!"

그가 무공고수가 되기 전에 개천 마을에서 싸움을 하면서 배운 최고의 병법은 두목부터 쳐야 한다는 것이다. 검제 진양백이 남긴 병법서가 많은 도움이 됐지만 결정적인 순간에 튀어나오는 것은 언제나 이것이다.

놀란 석봉남이 급히 검을 빼서 진초운을 향해 휘둘렀다.

석봉남은 명색이 사혈련 장로다. 그의 검이 수십 개로 갈라지며 진초운의 전신 요혈을 노렸다. 허초가 없었다. 칼날 하나하나가 전부 진짜 공격이었다.

진초운의 입가에 웃음이 맺혔다.

'검이 나뉘면, 힘도 나뉘었겠군.'

즉시 금의 기운이 온몸에 퍼져 피부를 쇠처럼 단단하게 만들었다. 목의 기운이 호신강기를 만들었다.

진초운은 석봉남의 공격을 피하지 않았다. 그대로 돌격했다.

석봉남은 속으로 환성을 질렀다.

'진초운이 내 손에 죽는구나!'

진초운의 온몸에 석봉남의 검이 명중했다.

카가가강!

불꽃이 요란하게 튀었다. 석봉남의 칼은 진초운의 피부조차 베지 못했다.

석봉남은 손을 타고 오는 반탄력에 놀라 뒤로 급히 물러섰다.

"정말로 금강불… 컥!"

진초운이 더 빨랐다. 그의 검이 석봉남의 심장을 꿰뚫었다.

잠시 시간이 정지한 듯했다. 무려 육만여 명이 있는 싸움터가 쥐 죽은 듯이 조용해졌다.

진초운이 검을 천천히 뽑았다. 지지대를 잃은 석봉남의 몸이 스르르 무너졌다. 이미 목숨이 끊어진 후였다.

진초운이 검을 휘둘러 석봉남의 머리를 베었다. 그것을 칼에 꽂아 높이 들었다.

"나 진초운이 사혈련의 대장을 죽였다!"

사혈련 무사들은 석봉남이 죽는 꼴을 구경할 수밖에 없었다. 싸움이 결판나는 속도가 너무 빨랐다. 석봉남이 단 한 번 공격하고, 진초운 역시 돌격해서 칼로 찌른 것이 전부다. 말 그대로 어어 하는 사이에 싸움이 끝났다.

진초운이 보인 어마어마한 무위와 지휘관의 죽음, 그리고 산을 타고 내려오는 수많은 깃발들이 사혈련 무사들의 사기를 바닥에 떨어뜨렸다.

"석봉남 장로가 단 한 수에……."

"정말 금강불괴였어. 장로의 칼로도 죽일 수 없어."

군사 채봉추는 바보가 아니다. 그도 진초운의 무공에 놀랐지만 그냥 놀란 채로 구경만 하지는 않았다.

'이건 기회다!'

그는 내력을 돋워 큰 소리로 명령을 내렸다.

"금룡 대협이 매복 부대를 데리고 왔다! 전원 돌격하라! 적을 양쪽에서 짓눌러 박살을 내라!"

무황성 무사들은 원래 세부 작전 내용까지 전해 듣지 못했다. 진초운이 매복했다고 외치고 채봉추도 그렇다고 하니 그런가 보다 할 뿐이다.

오히려, 다 졌다고 생각한 싸움의 판도가 변하자 기운이 솟았다. 그들이 함성을 질렀다.

"우와아아!"

"이제 우리 차례다!"

죽어간 동료들을 생각하며 복수에 이를 갈았다.

"한 새끼도 놓치지 마!"

싸움 분위기가 완전히 바뀌었다. 사혈련의 지휘관들이 무사들에게 명령을 내렸다.

"속지 마라! 저건 가짜다! 아직 우리가 더 우세하다!"

그러나 일단 무너지기 시작한 부대에 그런 명령은 하나마나였다.

"도망쳐라!"

"뒤쪽에는 진초운이 있다! 옆으로 피해라!"

가장 쉬운 싸움은 도망치는 적을 추격할 때다. 그때는 숫자의 차이 따위는 의미없다. 삼만 명에 가까운 사혈련 무사들을 살아남은 만여 명의 무황성 무사들이 추격했다. 모두 복수심에 불타올랐다.

"다 죽여 버려!"

손귀평도 도망쳤다.

"젠장! 하필 진초운이 나타나다니!"

그의 앞에 진초운이 정말로 나타났다.

"어딜 튀려고!"

깜짝 놀란 손귀평이 걸음을 급히 멈췄다. 손귀평은 진초운을 따라온 깃발들의 정체를 알아보았다.

"지, 진초운. 이 개자식. 저런 사기나 치다니!"

진초운이 피식 웃었다.

"미친놈! 싸움은 원래 무슨 수를 쓰든 이기는 놈이 장땡인 거야."

손귀평이 아까 한 말이다. 손귀평이 악을 썼다.

"네놈의 명성을 생각하면 정정당당해야 할 것 아니냐!"

"명성? 돈 안 되는 거엔 관심없다. 그리고 우리 소교에게 들으니 너도 죄 많이 지었다며? 저승에 가서 네가 죽인 사람들에게 엎드려 빌어라."

손귀평이 눈알을 굴렸다. 갑자기 품에서 작은 주머니를 하나 꺼냈다.

"이 보물을 줄 테니 나를 살려다오!"

그가 주머니를 한번 꽉 쥔 후 진초운에게 집어 던졌다. 진초운은 혹시 돈인가 싶어 주머니를 가볍게 받았다. 그 속에서 진득한 액체가 흘러나와 진초운의 손에 묻었다.

손귀평이 웃음을 터뜨렸다.

"으하하하! 진초운도 계략에는 약하구나! 네 이놈! 난 방금 독이 든 병을 깨뜨리고 던졌다! 그 독은 우리 사부님께서 아끼시던 극독이다! 그걸 손으로 잡았으니 넌 죽은 목숨이다!"

진초운이 기운을 운기했다. 독의 종류까지는 알 수 없었다. 그래도 흡수가 가능할 만큼 좋은 독인지는 판단이 가능했다.

"쳇. 별로 먹을 것도 없네."

그의 몸이 앞으로 쓰윽 나섰다. 손귀평이 깜짝 놀라 뒤로 물러서려고 했다. 하지만 어느새 진초운의 손이 손귀평의 목을 잡아챘다.

"너나 처먹어."

독 주머니를 그대로 손귀평의 주둥이에 쑤셔 넣었다. 손은 손귀평의 옷에 쓱쓱 닦았다.

손귀평의 눈이 커졌다. 급히 독공을 운기했다. 하지만 독의 독성이 너무 강했다. 순식간에 손귀평의 몸이 시커멓게 변색되었다.

"끄, 끄륵."

그것이 그가 남긴 마지막 소리였다. 그대로 목이 젖혀지며 목숨이 끊어졌다.

진초운은 손귀평의 시체를 바닥에 던져 버렸다. 다른 사람이 건드리지 못하도록 시체 주위에 큰 원을 그리고 '독(毒)'이라고 써 넣었다.

굳이 그렇게 하지 않아도 어차피 코를 찌르는 독한 냄새를 풍기는 새까만 시체를 건드릴 사람은 없다. 무림인들의 싸움터에서 그런 시체가 보인다면 백 중 구십구는 중독당해 죽은 것이기 때문이다.

진초운이 사혈련을 추격 중인 무황성 무사들을 보았다.

"저 일까지 도와줄 건 없겠네."

얼마나 일방적인 싸움이 될지 너무 잘 알기에 끼어들지 않았다.

"나는 남아 있는 부상자들이나 보호해야겠다. 사혈련 놈들이 무슨 흉계를 또 꾸밀지 모르니까."

사혈련의 흉계는 더 이상 없었다.

장로 소기백이 제일 먼저 진초운에게 달려왔다.

"초운이, 정말 적절한 순간에 와주었네. 자네 덕에 모두 살았어!"

다른 사람들도 앞 다투어 진초운에게 다가와서 칭찬을 늘어놓았다.

"역시 금룡 대협!"

"언제 올지 기다리고 있었소!"

군사 채봉추는 조금 늦게 다가왔다. 찔리는 것이 많아서 발걸음이 잘 떼어지지 않았다.

그래도 그는 닳고 닳은 무황성의 군사다. 부담스러운 마음을 감추고 웃음을 지었다.

"금룡 대협 덕분에 위기를 넘겼소이다. 허허허."

진초운이 그를 꼬나보았다.

"지금 웃음이 나와요?"

"이겼지 않소? 이럴 때 안 웃으면 언제 웃으란 거요?"

진초운이 쓰러진 사람들을 가리켰다. 그중 상당수는 죽었고 나머지도 중상이라 몸을 일으키지 못했다.

"당한 사람이 오천 명은 되겠네요. 저 사람들 보기 미안하지도 않아요?"

"험험. 비록 작전에 착오가 생겼으나 오천은 예상보다 적은 수로써……."

"착오 같은 소리 하고 자빠졌네. 죽은 사람들은 숫자가 아니라고요. 자기가 잘못해서 저 사람들 죽게 만들었으면 미안해해야지, 착오는 무슨."

진초운의 말은 꽤나 모욕적이었다. 하지만 채봉추는 따지고 들 수 없었다. 정의를 명분으로 하는 사람들에게는 따질 수 없을 만큼 옳은 말이기 때문이다.

"나도 실수를 통감하고 있소. 전사자의 가족과 중상자에게는 최대한 보상을 할 방침이오."

진초운이 채봉추를 노려보다가 다른 장로들을 둘러보았다. 그 눈빛이 하도 날카로워 장로들이 몸을 움찔거렸다.

진초운이 그들에게 따졌다.

"그럼 이제 내 문제를 좀 따지자고요. 나보고 사혈련의 전방 보급 기지를 치라고 했죠?"

"아참, 그건 어떻게 됐나?"

"아차암? 정보가 얼마나 단단히 샜는지 그놈들이 일찌감치 보급품 다 빼돌리고 매복하고 있던데 아차암?"

"미, 미안하군."

"게다가 여기에 이 많은 무사들은 뭐예요?"

"우리는 사혈련을 공격하기 위한 정상적인 작전 활동을 하고 있는 중이라네."

진초운이 코웃음을 쳤다.

"흥. 이거 아무리 봐도 양동작전인데요?"

"오해라네."

"나와 부하들을 적의 보급 기지로 보내고, 그 정보를 적에게 흘리고, 적이 그쪽으로 몰리면 그 틈에 다른 전략 목표를 공격하는 수법이잖아요. 그런데 그거 하나 제대로 못해서 작전을 적에게 간파당하고, 이렇게 거꾸로 당하는⋯ 그 꼴이 난 분위기네요?"

정통으로 핵심을 찔린 채봉추가 흠칫했다. 그 기척이 진초운에게 잡혔다. 진초운에게는 그것이면 충분했다. 그가 채봉추를 향해 돌아섰다.

"와! 이거 진짜 돌아가시겠네. 나랑 내 부하들을 미끼로 건 거 맞네?"

진초운이 채봉추의 멱살을 향해 손을 내밀었다. 놀란 채봉추가 뒤로 물러섰다. 진초운이 더 빨랐다. 채봉추의 멱살을 거세게 잡았다.

그가 채봉추의 얼굴을 바짝 끌어당겼다. 이를 드러내며 으르렁거렸다.

"죽고 싶지?"

第四章

채봉추의 경호무사 십여 명이 즉시 검을 뽑아 진초운을
겨누었다.

"무엄하다!"

진유기동부대 무사 백여 명 역시 검을 뽑아 그 경호무사들
을 겨누었다.

왕주파가 소리쳤다.

"이것들이 감히 누구에게 칼을 겨눠? 우리 대장님께서 중
요한 말씀 하고 계시는 거 안 보여?"

진유기동부대 무사들은 이미 진초운에게 흠뻑 빠져 있었
다. 왕주파 역시 마찬가지였다.

진유기동부대는 이제 자신들이 미끼로 사용된 것을 알았다. 백여 명의 무사들이 살벌한 표정으로 검을 들고 노려보았다.

진초운은 경호무사들이 뭘 하든 신경도 쓰지 않았다. 그는 채봉추를 노려보며 낮은 목소리로 경고했다.

"당신, 나한테 빚졌어. 이 빚, 돌아가서 받을 테니까 그때까지 기다려."

채봉추는 등에 식은땀이 흘렀다. 급히 변명했다.

"대의를 위해서 어쩔 수 없었소. 당신들의 희생으로 전쟁을 빨리 끝낼 수 있다면, 나는 다시 그런 일이 생긴다 하더라도 같은 결정을 할 것이오."

진초운이 채봉추를 휙 밀었다. 싸늘하게 웃었다.

"같은 결정? 내가 빚을 받고 나서도 그따위 결정을 할 수 있을까? 헛소리 말고 목이나 잘 간수해."

*　　　　*　　　　*

사혈련을 추격했던 부대들이 속속 복귀하였다. 그들이 돌아오자 비로소 제대로 된 전황 집계가 이루어졌다.

청룡각주 소홍기가 장로들에게 보고했다.

"교전 및 추격 결과 삼만 명의 적군 중 만여 명을 죽이거나 무력화시켰습니다."

소기백 장로가 질문했다.

"아군의 피해는 얼마나 되느냐?"

"사망이 삼천, 거동이 어려울 정도로 중상을 입은 자가 이천입니다."

장로들의 얼굴이 밝아졌다.

"대승이로군."

"허허허. 어쩐지 예감이 좋더라니."

장로 중 한 명이 일어섰다.

"이 기회에 적을 끝까지 추격해야 하오!"

군사 채봉추가 수염을 쓰다듬으며 고개를 끄덕였다.

"확실히 좋은 기회입니다."

그들이 서 있는 곳 한복판에 의자 하나가 날아왔다. 급히 만든 것으로 보이는 의자가 땅바닥에 부딪치며 산산이 부서졌다.

장로들이 즉시 고개를 돌렸다.

수뇌부 회의에서 보고를 받던 진초운이 일어서 있었다. 의자는 그가 앉아 있던 것이었다.

진초운이 일어선 채로 이죽거렸다.

"좋은 기회? 당신이 그러고도 군사야?"

채봉추도 일어섰다.

"뭐가 문제라는 건가? 도망치는 적을 추격하는 것처럼 쉬운 싸움은 없다."

"여기가 사혈련 영역인 건 잊었어? 그렇게 추격해서 사혈련 본부까지 가게? 거기서 놈들의 병력이 합쳐지면 우리보다 적을 것 같아? 가서 한번 박 터지게 죽어보잔 거야?"

"승기를 잡았으니 이길지도 모른다!"

"우리 편 이만 오천 명이 전멸하고 나서 깃발 꽂으면 그게 이긴 거야? 무슨 작전을 그따위로 짜?"

채봉추의 얼굴이 분노로 붉어졌다.

"그럼 어떻게 하자는 건가!"

진초운이 단호하게 말했다.

"돌아가야지."

"뭣? 이 기회를 버리자고?"

"기회는 무슨 얼어죽을 기회야? 최소한의 피해로 이길 생각은 안 하고, 몇 명이 죽든 상관없이 이기기만 하면 된다니! 당신 정파 맞아? 무늬만 정파 아냐?"

채봉추가 소리를 버럭 질렀다.

"어린 놈이! 전쟁을 이기기가 그리 쉬운 줄 아느냐!"

진초운도 소리쳤다.

"다 죽어버리는 전쟁 따위 용납할 생각 없어!"

"네가 말하는 것은 이상이고 환상이다! 현실은 그렇게 녹록치 않아!"

"사람을 미끼로 던지는 놈은 아가리 닥쳐! 내가 그걸 현실로 만들겠어!"

장로들이 두 사람을 뜯어말렸다.

"진정들 하시게, 진정들."

"금룡 대협이 이렇게 흥분해서야 쓰나. 남들이 보네. 사기도 생각해야지."

사방이 트인 장소에서 말싸움이 나자 무슨 일인가 싶어 모여든 무사의 숫자만 수천 명이다.

진초운의 등장이 매복 작전에 의한 게 아니라는 것은 이미 밝혀졌다. 진유기동부대의 무사들이 동네방네 소문을 퍼뜨린 덕분이다.

이제 무사들은 자기네들이 몰살당할 위기에서 빠져나왔다는 것을 알았다. 그리고 누가 작전을 잘못 짜 자기들을 죽음의 위험에 빠뜨렸는지, 누가 다 죽게 된 자신들을 살려주었는지 확실히 알았다.

그들은 채봉추를 경멸의 눈으로, 진초운은 존경의 눈으로 쳐다보았다.

"금룡 대협이 없었으면 아마 우린 다 죽었을 거야."

"군사의 작전이 사혈련 것만도 못했으니 당연했겠지."

"장로들도 다 헛거야. 아무 도움이 못 됐잖아."

"이제 믿을 건 진초운 대협밖에 없겠지?"

"진초운 대협과 함께라면 승리만이 있을 것 같아."

분위기가 일방적으로 흘렀다. 무사들이 진초운의 이름을 외치며 주먹을 높이 들었다.

"진초운! 진초운!"

채봉추는 더 이상 자기주장을 밀어붙일 수 없다는 것을 깨달았다.

'이제 대세는 진초운이구나.'

그걸 아는 상황에서 더 이상 추격을 지시할 수 없었다.

"돌아갑시다."

무사들 사이에서 환성이 터졌다.

"와아! 진초운 대협 만세!"

"금룡 대협 만세!"

＊　　　＊　　　＊

사혈련주 서문창의 손이 부들부들 떨렸다. 분노해서였다.

"그, 그 작전이 실패했다고?"

마의 탁광산이 머리를 땅에 처박았다.

"죄송합니다. 결정적인 순간에 진초운이 나타날 줄은 몰랐습니다."

"진초운, 진초운, 진초운 그 개자식이 또 내 일을 방해했다고? 내, 내가 천하를 가지겠다는데 그놈이 왜 방해를 하냔 말이다!"

"원래 그런 놈이니 고정하시옵소… 케엑!"

서문창에게 걸어차인 탁광산이 바닥을 뒹굴었다.

"독을 쓰면 확실히 승세를 잡을 수 있다고 했잖아! 어떻게 된 거냐!"

"제, 제가 만든 독은 정확히 놈들을 무력화시켰으나, 진초운 때문에……."

"또 진초운! 그 개자식 지금 어디에 있느냐? 내가 직접 가서 때려죽이겠다!"

"련주님이 두려워 무황성으로 꽁무니를 뺐습니다."

"으아아아! 진초운! 반드시 죽여 버리겠다!"

*   *   *

단백호가 술잔을 떨어뜨렸다. 명장이 만든 값비싼 술잔이 바닥을 굴렀다.

"작전이 실패를 했어?"

호대곡이 고개를 깊이 숙였다.

"결정적인 순간에 진초운이 나타났습니다."

단백호가 어색한 웃음을 지었다.

"하하, 하. 대곡이, 말이 되지 않잖아. 그놈 하나 더 나타났다고 해서 삼만 명이나 되는 사혈련 무사들이 도망치지는 않았을 거 아냐?"

"그놈이 겨우 백 명의 무사를 이용해 많은 병력이 나타난 것처럼 사기를 쳤습니다. 사혈련의 무사들이 거기 속아 넘어가 매복에 걸린 것으로 착각, 모두 도망쳐 버렸습니다."

"사실이구나? 정말로 작전이 실패했구나?"

"죄송합니다."

단백호가 한숨을 크게 내쉬었다.

"진초운. 미리 제거했어야 했어. 노출될 위험을 감수하고 서라도 진초운부터 제거했어야 했어. 잠시의 망설임 때문에 강적을 만들었구나."

"제대로 보필해 드리지 못해 죄송합니다."

"그런데, 양측의 피해는 어느 정도야?"

"사혈련의 무사 약 일만이 죽거나 중상을 입었습니다. 약 일만 정도는 뿔뿔이 흩어져 도망쳤으며 현재 그중 일부만이 사혈련으로 복귀했습니다. 반면에 무황성 쪽은 오천여 명이 죽거나 중상을 입었습니다."

"사혈련이 확실히 졌군."

"사혈련의 피해는 주로 도망치는 과정에서 생긴 것입니다. 말 그대로 패주했습니다."

"사혈련의 주력부대가 큰 싸움에서 지다니. 이건 예정보다 너무 빠르잖아."

"이후 세력 구도가 달라질 수밖에 없습니다."

"그렇겠지. 중립을 지키던 자들이 무황성 쪽에 붙겠지. 돈에 팔리는 낭인무사들도 기왕이면 무황성에 고용되기를 원할 거고. 사혈련이 낭인무사를 고용하려면 돈이 더 많이 들 테니 숫자를 늘리기 힘들 거야."

"이 한 번의 전투로 사혈련은 전력상 우위를 잃을 것이 분명합니다."

반쯤 넋이 나갔던 단백호의 눈빛이 서서히 살아났다.

"그럼 무황성은 이 기회를 놓치지 않으려고 하겠군."

"대공세를 준비할 겁니다."

"사혈련이 막아낼 수 있을까?"

"알 수 없습니다. 하지만 어느 쪽이 이기든 만신창이가 될 겁니다. 현재 전력은 무황성과 사혈련 중 어느 쪽도 일방적 우위를 가지지 못합니다."

단백호의 눈빛이 이제 반짝반짝 빛나기 시작했다.

"그래. 생각해 보니 이게 우리에게 꼭 해가 되는 상황은 아니군. 이건 계획을 더 앞당길 기회야."

호대곡은 크게 당황했다.

"문주님, 서둘러 먹는 밥은 체하기 쉬운 법입니다. 우리는 이미 대업을 예정보다 몇 년이나 서두르고 있습니다."

"아니야. 기회가 오면 잡아야지. 지금 상황이 바로 기회다. 호대곡, 무림이 머지않아 내 손에 들어올 것이다!"

그의 눈에서 열기가 이글거렸다. 호대곡이 그 모습을 보다 할 수 없다는 듯이 머리를 숙였다.

"최선을 다하겠습니다!"

*　　　*　　　*

무황성은 축제 분위기였다.

무림에서 방귀 좀 뀐다는 사람들이 몰려와 무황성주에게 축하 인사를 건넸다. 거리가 먼 자는 전서구를 날렸고, 가까운 자는 직접 찾아오는 것을 마다하지 않았다.

"동방 대협, 대승을 축하합니다."

동방극은 연신 웃음을 터뜨렸다.

"하하하. 이게 어디 저 혼자만의 승리이겠습니까? 다 무림 평화를 위한 큰 진전이지요."

"어떻게 그런 신묘한 작전을 생각해 내셨습니까? 정말 놀라고 또 놀랐습니다."

"으하하하. 제 모든 역량을 기울였습니다."

동방극 앞에서는 모두 침을 튀기며 그를 칭찬했다. 하지만 시간이 지나 무슨 일이 벌어졌는지에 대한 보고가 그들에게 들어가게 되자 상황이 변했다. 동방극을 칭찬하던 사람들은 뒤늦게 진실을 알고 깜짝 놀랐다.

"뭣이? 무황성이 사혈련의 계략에 말려들었는데, 그걸 진초운이 뒤집은 거라고?"

"금룡을 속여서 미끼로 사용했다는 말이냐? 허어. 이럴 수가. 동방극이 미쳤군, 미쳤어."

진실을 알았다고 해서 그걸 동방극에게 따지는 사람은 아무도 없었다. 그러기에는 현재 동방극의 위세가 너무 대단했다. 대신에 뒤에서 손가락질을 수없이 받았다.

축제 분위기는 무황성 인근에 사는 사람들에게도 전염되었다. 다들 전쟁이 끝나기라도 한 것처럼 들떴다.

그리고 마침내 진초운과 무황성 주력부대가 돌아왔다.

무황성주 동방극은 성문 밖에까지 나와 무사들을 맞았다. 수많은 무사들과 인근에 사는 주민들이 개선하는 부대를 환영하기 위해서 길가에 늘어섰다.

동방극이 돌아오는 무사들을 향해 크게 외쳤다.

"자랑스런 무황성의 건아들이여! 잘 싸웠다! 잘 이겼다! 잘 돌아왔다!"

내공이 깃든 그의 목소리는 주변을 쩌렁쩌렁 울렸다.

이만 오천에 달하는 무사들은 가슴을 내밀고 당당하게 행군했다. 발을 맞추지는 못했지만 그들의 얼굴에 가득한 자부심이 전해졌다.

사람들이 환성을 질렀다.

"와아!"

"무황성 만세!"

"진초운 만세!"

환성은 오래가지 않았다. 곧 잦아들었다. 만세를 부르던 사람들의 팔이 서서히 내려왔다.

당당히 걸어오는 무사들 중 상당수는 몸에 붕대를 두르고 있었다. 붕대 사이로 배어 나오는 검붉은 핏자국은 일반인이 보기에 부담스러웠다.

사람들이 수군거렸다.

"이, 이게 어떻게 된 거지?"

"대승을 했다면서 왜……."

무황성은 이번 전투에 삼만여 명의 무사를 투입했다. 그리고 사망 삼천에 중상 이천이라는 피해를 입었다.

무림인이 중상이라는 소리를 들으려면 스스로 행군할 수 없거나 팔이라도 하나 잘려야 한다. 그런 자들만 중상자로 세었기 때문에 숫자가 이천으로 줄었을 뿐이다.

싸움에 직접 참가한 무사들의 경우 중상은 아니더라도 대부분은 어딘가 베인 상처 하나씩은 다 가지고 있었다. 만약 금창약이 없었다면 상처가 곪아 상당수가 죽을 수도 있었을 만큼 큰 상처였다.

몸에 피 묻은 붕대를 감은 무사들이 걸을 때만 해도 그나마 괜찮았다. 그 뒤로는 수레에 실려 오는 부상자들이 보였다. 팔다리가 떨어져 나간 그들의 모습이 사람들을 질리게 했다.

대열의 마지막에는 삼천 구의 시체가 따라왔다. 수많은 수레가 죽은 자를 싣고 돌아왔다.

사람들이 질린 얼굴로 중얼거렸다.

"내 살아생전에 저렇게 많은 시체는 처음 봐."

"이겼다고 좋아했는데… 그게 아닌가?"

"혹시 진 거 아냐?"

그 모습만 보면 패잔병이 따로 없었다. 더 이상 환성을 지르는 사람은 없었다.

동방극의 좋은 기분이 단숨에 날아갔다.

"군사는 뭘 하기에 행군 대형을 저렇게 갖추었나? 부상자들은 나중에 따로 들이면 될 것을. 시체는 무림명숙 것만 가져오고 나머지는 현장에 묻었어야지. 무사들도 붕대를 옷 속에 넣으면 보기 좋잖은가?"

무황성에 남아 있던 장로들 중 하나가 맞장구를 쳤다.

"아무래도 이번 싸움이 얼마나 치열했는지 자랑하고 싶었나 봅니다."

"공을 세웠다는 걸 강조하고 싶었나 보군. 그래도 그렇지. 사람들 눈이 있는데. 쯧쯧."

마침내 대열의 선두가 동방극 앞에 다가왔다. 최선두는 진초운이었다.

동방극이 불쾌해하던 얼굴빛을 재빨리 감추고 환하게 웃으며 두 팔을 벌렸다.

"어서 오시게, 진초운. 정말 수고가 많았다!"

진초운이 걸음을 멈췄다. 짝다리를 짚고 가만히 서서 동방극을 꼬나보았다.

"수고?"

"그래. 정말 수고했다."

"수고 같은 소리 하고 자빠졌네."

"뭐, 뭣이?"

진초운이 갑자기 검을 뽑으며 동방극에게 달려들었다.

"감히 날 팔아먹었잖아!"

진초운의 칼은 매서웠다. 하지만 동방극이 괜히 무황성주가 된 건 아니다.

그는 즉시 검을 뽑아 진초운의 공격을 맞받아쳤다. 격과 발의 수법이 절묘하게 조화되었다.

파앙!

충돌의 결과로 공기 터지는 소리만 요란했다. 두 자루의 검은 서로 부딪쳐 보지도 못했다. 서로 간의 기의 충돌로 강력한 반탄력이 발생했다. 그 반탄력의 틈새를 노리고 서로의 기운이 상대를 노렸다.

서로의 공격이 만만치 않았다. 동방극이 한 걸음 물러서며 그 기운을 해소시켰다.

진초운은 두 걸음 물러섰다. 사람들은 누가 몇 걸음 물러섰는지를 머릿속으로 셌다.

동방극이 성난 목소리로 외쳤다.

"진초운! 이게 무슨 짓이냐!"

진초운도 외쳤다.

"우리를 함정에 몰아넣고 세운 작전이 겨우 그따위였냐?

멍청한 작전 때문에 삼천 명이 죽고 이천 명이 죽어간다. 이 무능한 개자식아!"

동방극의 얼굴이 일그러졌다.

'남들이 보는 곳에서 이렇게 대놓고 따질 줄은 몰랐다. 하나 그건 대의를 위한 일이지. 그리고 방금 겨룸으로 보아 무공은 역시 내가 한 수 위다.'

자신만만해진 그가 호통을 쳤다.

"따질 일이 있으면 정식으로 따져라! 전시에 감히 상관에게 검을 들이댄 죄, 죽어도 변명할 말이 없으렷다?"

진초운도 바락바락 대들었다.

"지랄하고 자빠졌네. 누가 내 상관이냐? 내 위에 누가 있냐? 아무도 없어! 내가 니들 도와주러 왔지 니들 밑에 들어가려고 왔냐? 개소리할 거면 난 집에 갈 거다! 잡지 마!"

진초운이 바람 소리 요란하도록 몸을 획 돌렸다.

당황한 건 동방극이다. 그는 지금 상황에서 진초운의 전략적 가치가 얼마나 높은지 너무나 잘 안다.

'이대로 놓아주면 곤란해진다.'

그가 손을 들어 진초운을 잡으려 했다.

"진초운!"

그러나 둘 사이의 거리는 큰 널뛰기로 세 걸음이나 된다. 아무리 절묘한 금나수라고 해도 팔 길이보다 먼 거리에서 잡을 수는 없다.

군사 채봉추가 대열에서 뛰어나왔다.

"진초운, 자세한 건 들어가서 이야기합시다. 여긴 보는 눈이 많소."

공격군으로 나섰던 장로들도 나와서 진초운을 말렸다.

"이보게, 초운이. 들어가세. 일단 들어가세."

"금룡 대협, 가기 전에 술이라도 한잔해야 할 것 아니오? 들어갑시다."

진초운이 식식거렸다.

"물에 빠진 놈 구해줬더니 보따리 내놓으라고 지랄하는데 참으란 말이에요?"

소기백이 그를 달랬다.

"어허. 일단 들어가서 이야기하자니까. 내 얼굴을 봐서라도 좀 참게."

밀고 당기는 실랑이를 반 각쯤 한 후에야 진초운은 무황성 안쪽으로 성큼성큼 걸어갔다. 동방극은 안중에도 없었다.

동방극은 열이 뻗쳤다. 하지만 지금 사람들 앞에서 따지고 들 수는 없었다.

'이렇게 많은 사람 앞에서 논리 싸움을 하면 내가 불리하지.'

화를 꾹 눌러 참았지만 투덜거림이 새어 나왔다.

"방자하기 이를 데 없군. 정녕 군법으로 처벌할 수 없다고 생각하는 걸까?"

장로 하나가 고개를 가로저었다.

"불가능합니다. 따지고 보면 그는 우리의 명령을 받지 않는 외부인입니다."

"군법 판결은 어차피 우리가 하는 것이지. 우리가 가능하다고 해석하면 그만 아닌가?"

"군법으로 처벌하려고 하면 저자가 가만히 있겠습니까? 그는 무림잡배가 아니라 금룡입니다. 그러다가 무황성을 떠나겠다고 하면 어떻게 막으려고 그러십니까?"

동방극이 콧김을 뿜었다.

"흥. 방금 손을 섞어보니 진초운의 무공은 내 아래가 분명하더군. 그렇다면 감히 내 앞에서 도망칠 수는 없어. 내가 제압해서 지하 감옥에 가두는 방법도 있지."

"그럼 진유회는 어쩌시려고요? 단백호가 사혈련과 손을 잡은 것이 거의 분명한 이 시점에서 진유회까지 사혈련에 붙으면 어떻게 이 전쟁을 이기려고 하십니까? 말 그대로 기름을 뒤집어쓰고 불구덩이에 뛰어드는 짓입니다."

동방극은 그래도 미련이 남았다.

"이번 전투의 승리로 전세가 우리에게 유리하게 변했네. 그렇다면 진유회도 함부로 옮겨가지 못할 거야."

"정말 답답하십니다. 이번 작전에 참가했던 무사들이 진초운을 추앙하고 있습니다. 거의 숭배나 다름없습니다. 우리의 주력이나 다름없는 이만 오천 명의 무사가 진초운을 떠받든다는 말입니다. 그런 때에 그를 잡아서 지하 감옥에 가두다니요. 지금 무황성이 두 조각 나기를 바라십니까?"

동방극은 더 불평하고 싶었다. 하지만 이번 전투에 참가했다 돌아온 장로들이 비협조적으로 나왔다.

"험험. 상황이 그 정도인가?"

"지금 시점에서 진초운을 지하 감옥에 가둔다는 건, 우리 무황성을 사혈련의 입에 떠먹여 주는 거나 다름없습니다. 꿈도 꾸지 마십시오."

동방극도 더 이상 처벌을 주장할 수 없었다. 상한 자존심을 조금이라도 회복시켜 보려고 일부러 한탄을 했다.

"허어. 우리 무황성이 어쩌다 상인의 눈치나 보게 됐는지… 일이 이렇게 될 줄 알았다면 그를 크게 쓰지 않는 건데……."

"이상한 소리 하지 마시고 들어가서 진초운부터 달래십시오. 지금은 그 수밖에 없습니다."

*　　　*　　　*

무황성의 수뇌부 회의실은 평소보다 몇 배로 엄중히 지켜졌다. 평소보다 훨씬 많은 무사들이 주변을 감시했다. 심지어 비밀 암살 무사까지 투입되었다. 그런 곳에서 첩자가 숨어 엿듣는다는 건 불가능하다.

진초운은 유미미를 만나러 가지도 않고 회의실부터 찾아 갔다. 그가 자리까지 잡고 앉은 후에야 무황성의 장로들이 우르르 들어왔다.

조금 늦게 들어온 동방극은 진초운을 보고 뭔가 이상함을 느꼈다.

"이보게, 그새 화를 풀었나?"

진초운은 심각한 표정으로 생각에 잠겨 있었다.

"조금 전만 해도 화가 나서 펄펄 뛰더니, 지금은 또 생각에 잠겨 있다니. 생각보다 성격의 변화가 심하군."

진초운이 동방극을 힐끗 보았다. 곱지 않은 소리가 나왔다.

"화야 났지. 화 많이 났는데, 지금은 다른 게 더 중요하니까 참고 있는 거야."

이제는 아까와 같은 구경꾼이 없다. 동방극은 그 말투를 넘기지 않고 곧바로 호통을 쳤다.

"어허! 아직도 그런 말투인가? 한 번은 용서해도 두 번은 용서 못한다!"

진초운의 한쪽 입꼬리가 슬그머니 올라갔다.

"용서 못하면?"

"조금 전에 경험해 보고도 정신을 못 차렸느냐? 무림인은 힘으로 스스로를 증명하는 법. 네 녀석보다 고수를 만났으면 숙이는 맛이 있어야지!"

진초운이 일부러 땅이 꺼져라 한숨을 쉬었다.

"에휴우. 왜 그따위 개판인 작전이 나왔나 했더니 저런 미련한 인간이 무황성주를 하고 있어서였군."

"뭐, 뭣이?"

"나와 내 부하들을 미끼로 쓴 거로도 부족해서, 적이 파놓은 함정에 주력부대를 들이밀기까지 했잖아. 무황성주 영감, 당신 그거 알아? 전쟁터에서 지휘관이 무능하면 그건 죽을죄야, 죽을죄."

동방극이 검을 뽑았다.

"네 이놈! 내 무림의 선배로서 너의 그 오만방자한 태도를 뜯어고쳐 주겠다."

동방극의 생각은 간단했다.

'고분고분하게 말을 듣게 하려면 실력 차이를 확실히 보여주는 게 제일 좋겠지.'

진초운은 일어서지 않았다.

"아까는 내가 좀 밀리는 척했어. 당신이 내 연기를 못 알아봤으면 다른 사람들도 모르겠네. 잘됐어."

"뭣이? 그따위 허풍을 내가 믿을 줄 아느냐?"

"내가 왜 사람들이 다 보는 데서 덤벼든 거 같아? 당신 얼굴 보니까 눈이 돌아가서 그랬을까?"

"그건 연극이 아니었다! 나의 우위가 확실했단 말이다!"

진초운이 천장을 올려다보았다.

"한심해."

동방극의 얼굴이 시뻘게졌다.

"네 이노옴!"

"누구는 전쟁 끝내보겠다고 연극까지 하는데 어떤 돌대가리들은 무슨 일이 벌어지는지도 모르고 난리잖아. 아, 한심해라."

동방극이 잡은 검이 부르르 떨렸다. 날카로운 검기가 칼날을 온통 뒤덮었다.

"내 너를 기필코……."

장로 소기백이 벌떡 일어나 동방극을 막아섰다.

"성주, 좀 참으시오. 지금 상황에서 둘이 싸운다면 사혈련 좋은 일만 시켜주는 거요."

진초운이 소기백의 뒤쪽에서 손을 휘휘 저었다.

"내가 당신을 깨버리면 일껏 짠 작전 다 무너져. 우린 당분간은 절대로 싸우면 안 돼. 우리 사이에 빚 청산은."

진초운의 한쪽 입꼬리가 쓰윽 올라갔다.

"전쟁 끝나고 하자고. 난 뒤통수 맞은 건 절대로 안 잊어먹거든. 우리 미미가 왜 나를 뒤끝의 진초운이라고 부르는지 확실히 가르쳐 주겠어."

*　　　*　　　*

진초운과 동방극은 단 한 번만을 겨루었다. 겉으로 드러난 모습은 분명히 진초운의 열세였다.

그 겨룸의 목격자는 대단히 많았다. 그중에서 진초운이 일부러 물러섰음을 알아볼 만한 고수는 아무도 없었다. 직접 부딪친 동방극조차 못 알아본 걸 다른 사람이 알아볼 수 있을 리가 없다.

그 대결에 대한 소문이 빠르게 퍼졌다.

"자네 소문 들었나? 금룡 대협과 무황성주가 한판 붙었다는 거야."

"헛! 어쩌다 그렇게 됐나?"

"작전에 참가한 무사들에게 들었는데, 무황성이 진초운 대협을 사혈련에 미끼로 던져 주는 작전을 짰대."

"무황성 이놈들, 이제 보니 개자식이네. 금룡 대협께서 도대체 어떤 분이신데 감히… 그래서?"

"그렇게까지 했는데도 무황성의 작전은 대실패를 했다더군. 사혈련의 함정에 빠져서 전멸될 뻔했대."

"그게 무슨 소리인가? 내가 듣기로는 분명히 대승을 했다고 하던데?"

"그렇지. 결정적인 순간에 진초운 대협께서 짜잔 하고 나타나셨으니까. 그분 혼자서 사혈련 삼만 무사를 쫓아버리시는데 그야말로 신장이 강림하는 것 같았다더군."

"허어. 삼만 무사를… 사람의 능력이 아니군."

"하지만 그분의 무공도 일반 무사들에게나 통하는가 봐. 왜 그런 거 있잖은가? 암기의 고수는 하수들에게 위협적이어도 고수를 만나면 힘을 못 쓴다든지 하는 거."

"하지만 진초운 대협은 진짜 고수시라고."

"그게 상황이 변했어. 이번에 진초운 대협께서 돌아오시자마자 무황성주와 한판 붙었는데……."

"꿀꺽. 붙었는데?"

"술이 모자란데?"

"수, 술이… 알았네. 내가 한 병 더 삼세. 그래서 어떻게 됐나?"

"딱 한 번 검으로 격돌했는데, 무황성주는 한 걸음 물러서고, 금룡 대협께선 두 걸음 물러서셨다고 하더군."

"허어, 안타깝군. 금룡 대협의 공력이 밀린다는 뜻 아닌가?"

"그건 어쩔 수 없네. 금룡 대협은 아직 이십대란 말일세. 아무리 천재라고 해도 오랜 세월 공력을 닦아온 무황성주를 이길 수는 없지."

"그거야 그렇지. 그래도 나는 금룡 대협이 대단하시다고 생각하네. 무황성주를 한 걸음 물러서게 했으니까. 우리 같은 사람들은 꿈도 못 꾼다고."

"하하하. 당연한 것 아닌가? 그 정도도 하지 못하고서야 어찌 사혈련의 삼만 무사를 쫓아낼 수 있겠나?"

사혈련주 서문창이 고개를 끄덕였다.

"그런 일이 있었단 말이지……."

마의 탁광산이 땅바닥에 넙죽 엎드린 상태로 대답했다.

"그 덕분에 우리는 진초운의 무공 특징을 정확히 분석해 낼 수 있었습니다."

"정확히? 그래, 그놈의 무공은 어떤 종류이지?"

"일단 그의 무공은 일반 무사들에게 큰 위력을 발휘합니다. 하지만 고수들은 상황이 조금 다릅니다."

"달라? 혹시 고수들에게는 위협이 되지 못하나?"

"물론 고수들에게도 위협적이긴 합니다. 그러나 지난번에 그가 뇌기를 가진 검기를 이용해 공격했을 때, 고수들은 대부분 그 공격을 피하거나 막아냈습니다. 죽은 건 거의 다 일반 무사들입니다."

"그렇군. 하수들에게는 통하지만 고수들에게는 쉽게 통하지 않는다는 거군. 그리고 일 대 일의 대결에서는 동방극에게 다소 밀리는 정도이고."

"조사된 자료를 근거로 판단하건대, 틀림없습니다."

안심한 서문창이 웃음을 흘렸다.

"후후후. 역시 내 상대는 아니구나."

"천하에 련주님의 상대는 없습니다. 련주님께서는 천 명의 영재들 사이에서 살아남은 단 한 분이시잖습니까?"

"당연한 소리를 하는군. 여하튼 집단전에서는 지나칠 정도로 위협적인 놈이야. 뭔가 대비책을 세워야겠구나."

탁광산이 큰소리를 쳤다.

"놈의 무공 특성이 밝혀진 이상 이제 저 혼자서도 죽일 수 있습니다."

"설마. 상대는 진초운이라고, 진초운."

"제가 가진 비장의 독이 있습니다. 지난번에 쓴 것보다 훨씬 뛰어난 독 중의 독입니다. 그것을 쓴다면 그놈을 죽일 수 있습니다."

"기회가 오면 그렇게 해봐. 그나저나 번개를 사용했다는 말이지. 검제의 후손이고… 그럼 검제의 무공을 얻었다는 건이제 의심할 여지가 없군."

"틀림없습니다."

"그놈이 휘두르는 검은 칼날이 새까맣다며? 그럼 그게 바로 전설의 흑룡검이겠지?"

"놈을 쳐 죽인 후 흑룡검을 련주님께 바치겠습니다."

서문창이 웃음을 흘렸다.

"호호호. 내가 이미 무기를 가리지 않는 경지이나, 그래도 흑룡검은 탐이 나는군. 그건 절대로 부러지지 않는, 이 세상에서 가장 단단한 검이니까."

                    *   *   *

　단백호가 고개를 끄덕였다.

　"그래도 의외의 성과가 있구나. 이제야 진초운의 정확한 무공 수위를 알게 됐어."

　운벽아가 그의 팔에 매달린 채 말했다.

　"제깟 놈이 아무리 잘나도 어차피 문주님의 상대는 아니었어요. 문주님은 천하무적이시잖아요."

　"그거야 당연하지. 하지만 놈에 대한 정확한 정보를 알아냈다는 건 큰 가치가 있다. 그동안 너무 의외의 상황을 많이 겪었어. 이제 정말 단 하나의 변수도 용납하고 싶지 않군."

　한쪽에 서 있던 호대곡이 말했다.

　"진초운이 어떤 과정을 거쳐 싸움을 승리로 이끌었는지 그 소문이 파다하게 퍼졌습니다."

　"진초운의 명성은 올라가고 무황성은 욕을 먹겠지. 당연히 무황성이 소문이 퍼지는 걸 막으려고 했을 텐데?"

　"목격자가 수만 명입니다. 그중에 진초운이 자기도 모르게 미끼로 사용됐다는 것을 들은 사람만도 수천 명입니다. 사실을 떠들 입의 숫자가 그렇게 많은 현실에서 사건의 전모를 숨긴다는 건 불가능합니다."

　"쯧쯧. 그나저나 번개를 뿌려댔다고 했으니 그놈이 가진 검이 바로 흑룡검이라는 걸 눈치 챈 자들이 많겠군."

"그렇습니다. 검제의 진전을 이었다는 것도 빠른 속도로 소문이 나고 있습니다."

"놈의 어깨가 으쓱하겠어."

운벽아가 조그맣게 웃으며 단백호의 귓가에 속삭였다.

"문주니임, 이번 일은 진초운이 죽기 전에 마지막으로 받은 행운이 될 거예요."

"그 잠시의 영광도 주고 싶지 않았다. 하지만 이미 지난 일이니 어쩔 수가 없지. 그보다 대곡이."

"예!"

"어떻게든 진초운을 압박할 방법을 찾아야 한다. 그의 약점은 없을까? 예를 들면 그의 가족을 인질로 삼을 수 있다면 일이 쉬워질 텐데."

"가족이라고는 부모밖에 없습니다."

"잡을 수 없을까?"

"전에 말씀드렸다시피, 진초운의 부모는 문주님께 수련동이 개천 마을 근처에 있다고 사기 치고 한몫 챙겨 도망친 바로 그 부부입니다."

단백호가 주먹을 쥐었다.

"그 생각만 하면 아직도 속이 쓰리군. 감히 나에게 사기를 친 대담한 연놈… 진초운과 짜고 친 게 틀림없다. 진초운 그놈은 그때부터 나를 방해하고 있었던 거야."

"예?"

"생각을 해봐라. 진초운은 검제의 무공을 익혔다. 검제의 수련동 발굴에도 진초운이 참여했다."

"역시 모든 것을 알면서 모르는 척한 사악한 놈입니다."

"그놈의 부모도 수련동에 대해서 알고 있었으니 나에게 그런 사기를 쳤겠지. 미리 다 알고 나를 농락한 거야."

"하지만 그 위치는 잘못 알려주었습니다. 수련동이 개천 마을 근처에 있는 건 맞았지만 그 방향은 다른 쪽이었습니다."

"그러니까 사기지. 하여간 그 연놈을 잡을 수만 있으면 협박거리로 쓸 수 있을 텐데……."

호대곡이 고개를 가로저었다.

"잡을 수 있었으면 벌써 잡았을 겁니다. 아예 개천 마을로 돌아가지도 않았습니다. 어디로 숨어버렸는지 종적을 찾을 수 없습니다."

*   *   *

진초운이 유미미와 함께 무황성을 어슬렁거렸다. 그를 본 무사들이 고개를 살짝 숙이며 인사했다.

동방극와 채봉추가 권모술수를 준비하고 있지만 그건 수뇌부에 국한된 일이다.

지금 무황성에 있는 사람들 중에 지난번 전투에서 진초운이 무슨 일을 했는지 모르는 사람은 없다. 그들 중 상당수는 진초운 덕분에 목숨을 건졌다. 특히 독에 당했던 자들은 진초운을 생명의 은인 비슷하게 생각했다.

가끔은 진초운을 보면 고마운 마음에 엎드려 절하는 자도 있었다.

"우리 부대가 살아난 것은 모두 진 대협 덕분입니다!"

양이 있으면 음도 있는 것이 세상의 이치다. 진초운이 존경을 받는 만큼 무황성 수뇌부는 욕을 먹었다.

성주 동방극이 군사 채봉추와 함께 무황성을 바쁘게 걸어 갔다. 그를 본 무사들이 고개를 숙였다.

그러나 일부 무사는 못 본 척 외면했다. 그들의 그런 모습이 무공고수인 동방극의 눈에 뜨이지 않을 리 없다.

동방극은 불쾌했다.

"우리 무황성의 기강이 땅에 떨어졌군. 군사, 이게 어떻게 된 일인가?"

채봉추가 씁쓸한 얼굴로 대답했다.

"이번 작전은 단순한 실패로 끝난 것이 아닙니다. 진초운이라는 영웅이 나왔습니다. 그가 빛나는 만큼 우리는 무능력한 존재로 인식되고 있습니다."

"작전은 자네가 세웠는데 왜 나까지 도매금으로 넘어가나?"

"비록 제가 작전을 짠 것은 사실이나 그걸 승인하신 분은 성주님이십니다. 무사들이 그걸 모를 리 있겠습니까?"

"커험. 이거 억울하군. 난 자네를 믿은 죄밖에 없는데."

"성주님, 그게 문제가 아닙니다. 지금은 전시입니다. 사람들이 진초운만 바라보고 있습니다. 이대로 진행되다가 잘못하면……."

"잘못하면?"

"성주님의 자리가 위태로울지도 모릅니다."

동방극의 얼굴이 굳어졌다.

"내 자리라니? 지난 백 년 동안 성주는 우리 가문에서 나왔다. 아무도 우리 가문의 권위에 도전하지 못했다."

채봉추가 조용히 말했다.

"지난 백 년 동안은 무림에 진초운이 없었습니다."

동방극의 얼굴이 무섭게 일그러졌다.

*　　　*　　　*

무황성 깊은 곳에, 동방극과 채봉추가 자리를 잡고 앉았다. 두 사람의 앞에는 간단한 술상이 놓여 있었다.

채봉추가 걱정을 담아 말했다.

"진초운이 손을 쓰기 어려울 만큼 커졌습니다."

동방극이 불쾌한 표정으로 술을 입에 털어 넣었다.

"나도 봤다. 그가 명성을 얻는 만큼 우리는 무능하다고 욕을 먹고 있지."

"기존에 중립을 표방하던 문파들이 우리 쪽을 지지하기 시작했습니다. 하지만⋯⋯."

"정확히 말하면 우리가 아니라 진초운을 지지하는 거지. 우리의 능력은 못 믿어도 진초운은 믿는다는 말을 공공연히 하고 돌아다니고 있다."

둘 사이에 잠시 침묵이 흘렀다. 갑자기 채봉추가 술병을 잡더니 그대로 들이켰다. 목젖이 꿀떡거리도록 술을 들이부은 그가 병을 거칠게 내려놓았다. 그의 목소리가 높아졌다.

"억울합니다. 병법에 이르기를 승패는 병가지상사라고 했습니다. 우리는 단 한 번 실수했을 뿐입니다. 그냥 지나갔으면 묻힐 일이었습니다. 기회주의자 진초운이 그 실수를 부풀려 명성을 얻었습니다."

요사이 동방극와 채봉추의 사이는 별로 좋은 편이 아니었다. 주로 동방극이 채봉추를 구박해 왔다. 하지만 이제 동방극도 사정이 급해졌다.

"아네, 알아. 내가 자네 마음 왜 모르겠는가?"

"지금이 전쟁 중만 아니었으면 가만두지 않았을 겁니다."

"그래, 그게 문제지. 지금 급한 건 사혈련을 물리치는 거라네. 그리고 그것 못지않게 중요한 건."

"성주님과 우리 무황성의 권위를 되찾는 거지요."

"그렇지. 어떻게든 손을 써야 해. 꼭 나 개인의 자리보전 때문에 하는 말은 아니네. 이대로 놔두면 무황성보다 진초운의 세력이 더 강해질 위험이 있어."

채봉추의 눈빛이 독해졌다.

"이제 방법은 하나밖에 없습니다."

동방극이 침을 삼켰다.

"하나면 어떤가? 좋은 방법이겠지? 기대가 되는군."

채봉추의 목소리가 낮아졌다.

"진초운에게 사혈련주 서문창의 목을 따오게 하면 모든 문제는 단숨에 해결됩니다."

동방극이 불쾌한 듯 말했다.

"서문창을 암살하라는 말인가? 그건 나도 불가능한 일이네. 자네마저 진초운을 나보다 높게 평가한 건가?"

채봉추가 재빨리 고개를 가로저었다.

"아닙니다. 그건 진초운이라고 해도 불가능한 일입니다. 아마 그는 그 과정에서 죽을 겁니다."

동방극이 잠시 생각을 하더니 턱수염을 천천히 쓰다듬었다.

"무슨 뜻인지 알겠네. 차도살인지계를 쓰겠다는 거군. 하지만 지금 시점에서 진초운을 잃는다는 건 우리에게 너무 불리한 일이지. 군사, 우리는 권위를 되찾는 것은 물론이고 전쟁에서도 이겨야 하네."

"걱정하지 마십시오. 그는 금룡 진초운입니다. 쉽게 당할 리가 없습니다. 죽을 때까지 사혈련에 심각한 타격을 줄 겁니다. 하지만 후속 지원 없이 살아남을 수는 없습니다."

"그래도 손해야. 우리는 그를 지지하는 여러 문파와 그가 가진 돈이 필요해."

"그 모든 것을 우리 수중에 넣는 것은 어렵지 않습니다. 진초운이 사혈련주를 죽이려고 쳐들어갔다가 살해당했다는 것을 강조하면 됩니다. 그걸 명분으로 내세우면 그를 지지하는 세력을 흡수할 수 있습니다."

"흐음. 자신있나?"

"이런 일은 비각이 전문입니다. 맡겨주십시오."

동방극이 조금 망설였다.

"확실히 구미가 당기기는 하지만 일이 잘못됐을 때는 뒷감당이 어렵겠어. 그리고 양심에 조금 걸리는군. 수법이 너무 심하잖아. 우리는 정파의 상징이나 다름없잖은가?"

채봉추는 단호했다.

"성주님, 독하지 않으면 장부가 아니라고 했습니다. 승리를 위해서는 어쩔 수 없습니다. 우리 두 명의 양심을 속이면, 그 대신에 수많은 사람의 생명을 구할 수 있습니다."

"우리 둘의 양심에, 진초운의 목숨까지 더해야겠지. 진초운과 함께 움직이는 무사들의 목숨도 함께……."

동방극은 확실한 대답을 하지 않았다. 하지만 채봉추는 그를 잘 안다.

'거절할 거라면 벌써 했겠지. 성주도 진초운이 제거되기를 원하는 게 틀림없어.'

"어쩔 수 없습니다. 우리는 이미 진초운을 한 번 미끼로 썼습니다. 죄책감은 그때 가진 것으로 충분합니다. 다시 미안해 할 필요는 없습니다."

동방극이 안타까운 얼굴로 말했다.

"할 수 없지. 이게 다 세상을 구하기 위해서니까. 그런데… 진초운이 하려고 할까? 지난번 일도 있는데……."

채봉추의 얼굴이 밝아졌다. 그가 자신만만하게 설명했다.

"그는 이미 사람들이 보는 앞에서 전쟁을 끝내겠다고 큰소리쳤습니다. 최소한의 피해로 전쟁을 승리하겠다는 말을 들은 사람의 수가 수만 명입니다."

"그렇지. 경솔한 자 같으니라고."

"그것 때문에 그의 명성이 더 올라갔습니다. 그러니 그 약속을 지키라고 하겠습니다."

"못 지키겠다고 하면?"

"금룡 대협이라는 이름이 있으니 거절하기 힘들 겁니다. 그리고 만에 하나 거절한다면 받아들일 수밖에 없는 조건을 추가로 걸면 됩니다."

"그래. 진초운이라면 목숨을 걸고서라도 하려고 들 거야. 아직 세상 물정을 모르는 젊은이니까. 그런데 군사, 진초운이 사혈련주를 죽이는 데 성공한다면 어떻게 될까?"

"그럴 가능성은 극히 드뭅니다."

"드물기는 하지만 전혀 없는 건 아니지."

"만에 하나라도 진초운이 정말 사혈련주를 죽인다면, 당연히 우리는 두 가지 목적 중 하나인 전쟁의 승리를 얻을 수 있습니다. 하지만 그 부작용으로……."

"부작용?"

"나머지 하나의 목적은 완전히 실패하게 될 겁니다. 즉, 우리 무황성 전체보다 진초운 한 명의 명성이 더 높아질 수 있습니다."

동방극의 눈빛이 조금 차가워졌다.

"서문창을 죽이는 데 성공한다고 해도 살아 돌아올 확률은 더 낮겠지. 문제는 우리 상대가 진초운이란 말이지. 그러니까 그 경우에 대한 대비책이 필요해."

第五章

진초운이 무황성을 어슬렁거리다 소주아를 발견했다. 소주아도 거의 동시에 진초운을 발견했다.

소주아는 젊은 남자와 대화를 하고 있었다. 진초운이 혼잣 말을 중얼거렸다.

"어? 주아 아가씨다. 저 남자는 애인인가?"

그의 혼잣말이 소주아의 귀에 쏙 들어왔다. 소주아는 즉시 남자를 버려두고 진초운에게 빠른 걸음으로 다가왔다. 그녀 가 예쁘게 미소를 지으며 말했다.

"일 이야기하느라 바빠서 진 대협이 오시는 것도 몰랐네 요. 그런데 식사는 하셨어요?"

"아뇨. 지금 먹으러 가는 중이에요."

"그래요? 저도 배고픈데……."

"같이 먹을까요?"

소주아의 얼굴이 환해졌다.

"네에!"

　조금 전까지 소주아에게 밥이나 먹으러 가자고 보채던 남자는 동방극의 손자인 동방철현이었다. 멀어지는 진초운의 등을 노려보는 그의 눈빛이 독사처럼 날카로워졌다.

　"진초운. 운이 좋아 명성 좀 얻었다고 하지만 원래는 땅이나 파던 천한 놈. 그런 놈이 감히 나의 주아를 노리다니. 네놈 따위에게 주아를 넘겨줄 줄 알고? 천한 놈이 귀한 분의 것을 넘보면 어떻게 되는지 가르쳐 주마."

＊　　　＊　　　＊

　진초운 덕분에 무황성은 전쟁의 승부수를 던진 전투에서 승리했다. 그 전투에서 사혈련이 입은 피해는 무사 일만여 명에 달했다. 무황성 역시 피해가 적지 않아 오천여 명의 무사가 죽거나 중상을 입었다.

　무황성이 승리한 것은 틀림없고, 전쟁의 흐름을 무황성에 유리하게 바꾼 것도 사실이다. 하지만 그 정도만으로는 전쟁이 끝나지 않는다. 사혈련은 여전히 수많은 무사를 가지고 있었다.

결정적으로, 작전 목표였던 서문창이 멀쩡히 살아 있다. 흐름은 바뀌었으나 사람들이 느끼는 현실은 거기서 거기였다.

무황성과 사혈련 두 곳 모두 전쟁이라는 수렁에 빠졌다. 여러 무림문파들도 마찬가지였다. 크고 작은 전투가 곳곳에서 벌어졌다. 원수가 원수를 낳았다. 원한이 쌓이고 쌓였다.

이제는 상대를 누르고 이기는 것 외에 전쟁을 멈출 방법은 없었다.

채봉추가 수뇌부 회의에 진초운을 불렀다.

"진 대협, 전쟁이 점점 치열해지고 있소. 무림의 뜻있는 협객들이 피를 흘린단 말이오. 이 사태를 멈추기 위해서 얼마 전에 한 말의 책임을 져주어야겠소."

"책임? 무슨 책임?"

"지난번에 수많은 사람들 앞에서, 최소한의 피해로 전쟁을 끝내겠다고 약속했잖소?"

진초운이 배를 쨌다.

"기억 안 나."

채봉추의 얼굴이 굳었다. 그는 진초운이 거절할지도 모른다고 생각했다. 하지만 이렇게 대놓고 잡아뗄 거라고는 상상도 하지 못했다.

채봉추가 소리를 버럭 질렀다.

"그게 무슨 말이오? 그때 그 말을 들은 사람이 수만 명이거늘!"

증인들이 있음을 가르쳐 주자 진초운이 재빨리 말을 바꾸었다.

"아아, 그거? 처음부터 그거라고 말을 하지. 맞아. 내가 그 일을 현실로 만들겠다고 말했지."

"그러니 책임을 지시오."

"근데 그게 나 혼자 전쟁을 끝내겠다는 소리일 리가 없잖아. 말이 돼? 나 혼자서 사혈련을 어떻게 물리쳐?"

"분명히 큰소리쳤잖소?"

"사람 말을 제대로 들어야지. 당연히 다 같이 힘을 합쳐 사혈련을 물리쳐야지. 나는 내가 그 일을 이끌겠다는 이야기였어."

채봉추는 불안한 마음이 들었다.

'적극적으로 나오지 않는군. 우리 계획을 눈치 채고 미리 빼는 걸까? 하지만 금룡은 이런 일을 마다할 사람이 아니야. 그것이 세상에 알려진 진초운인데……'

새로운 의심이 들었다.

'혹시… 진초운은 전쟁을 가능한 한 길게 끌고 싶은 것이 아닐까? 전쟁이 길어지면 명성을 높일 기회가 많을 테니까. 내가 진초운이라도 그렇게 했을 거야.'

그의 추측은 틀렸다. 진초운은 어떻게든 전쟁을 끝내고 싶었다. 하지만 다른 것이 걸렸다.

'이제 채봉추의 작전은 믿을 수 없어.'

서로의 눈빛이 허공에서 부딪쳤다. 불꽃이 튀었다.

아쉽기로 따지면 진초운도 채봉추 못지않다. 하지만 현재 상황에서 겉보기에 아쉬운 사람은 채봉추이다.

채봉추가 주먹을 꽉 쥐었다.

"역시 상인이군. 거래를 원하시오?"

진초운이 가볍게 고개를 끄덕였다.

"물론."

"무엇을 원하시오?"

진초운의 대답은 간단했다.

"작전권."

진초운이 말하는 작전권이란 그리 특별한 것이 아니다.

'무황성의 명령을 받지 않고 내 마음대로 움직일 수 있는 권한 정도는 가져야지 안심이 되지.'

채봉추가 생각하는 작전권은 특별한 것이다.

'우리 무황성의 최고 작전권을 원하다니. 역시 진초운. 내가 우려하던 그대로다.'

"작전권이면 되겠소?"

진초운이 한마디 덧붙였다.

"물론 병력도."

진초운이 말한 병력 역시 특별히 대단한 것을 의미하지는 않는다.

'사황성을 속여먹으려면 바람 잡아줄 사람이 최소한 천 명은 있어야 하니까.'

당연히 채봉추는 더 큰 것을 상상했다.

'작전권에 더해서 무황성의 병력 동원권을 원하는구나. 진초운, 무황성을 날로 먹을 셈이냐?'

그의 눈빛이 독해졌다.

'네가 그렇게 나온다면 나도 더 이상 거리낄 것이 없다.'

"이건 나 혼자 결정할 수 있는 일이 아니다. 성주님과 상의해 보겠다."

진초운이 혀를 찼다.

"쯧. 해주기 싫은가 보네."

'천 명 정도 마음대로 쓰게 해달라는데 성주를 찾아야 하다니. 조금 협상하다가 안 되면 내가 한 오백 명 정도로 양보해야겠다. 전쟁은 끝내야 하니까.'

나름대로 꿍꿍이가 있던 채봉추는 속으로 회심의 미소를 지었다.

'작전권과 병력 동원권이라니. 무황성을 그렇게 쉽게 먹을 줄 알았더냐? 후후후. 곧 죽을 녀석이 꿈을 꾸는구나.'

채봉추가 단호하게 말했다.

"규정이다. 기다려라."

무황성주 동방극이 탁자를 내려쳤다.

"뭣이? 진초운이 우리 무황성 전체의 작전권과 병력 동원권을 달라고 했다고? 방자하기가 이를 데 없군. 그럼 나는 손가락이나 빨고 있으라는 이야기인가?"

채봉추가 동방극을 살살 긁었다.

"진초운은 지난번에 세운 공과 세상에서의 명성을 믿고 그런 요구를 하고 있습니다."

"금룡의 이름이 높은 건 나도 안다. 움직이게 하는 데 대가가 필요하겠지. 하지만 이건 심하잖아. 전쟁이 터진 지금 그 두 가지를 요구한다는 건 우리 무황성의 모든 힘을 달라고 하는 것과 다름없잖아!"

"지난번에 말씀드릴 때보다 상황이 더 나쁩니다. 아무래도 진초운이 성주님의 자리를 노리는 것 같습니다."

동방극의 목소리가 커졌다.

"용납할 수 없다!"

"하지만 우리는 진초운이 필요합니다. 사혈련을 무너뜨리기 전에는 그를 무시할 수 없습니다."

"자네는 조상님들이 우리 가문이 성주가 되게 하기 위해서 얼마나 노력하셨는지 아는가?"

"물론 알고 있습니다."

"무황성을 넘기느니 차라리 진초운을 내치는 게 낫다."

"하지만 그의 전쟁 수행 능력은 탁월합니다. 지금으로서는 그가 반드시 있어야 합니다."

"그래도 성주 자리는 내놓을 수 없다. 군사, 계획을 백지화시켜라. 이 일은 더 이상 언급하지 마라!"

채봉추는 동방극의 언급 금지 명령을 무시했다.

"우리의 목표는 진초운을 이용하는 것입니다. 성주 자리를 내놓을 필요는 없습니다. 단지 성주님의 권한을 아주 잠시 동안 그에게 맡기는 것뿐이지요."

동방극이 멈칫했다.

"아주 잠시? 그럼 내 자리는?"

"당연히 성주님 것이지요. 우리 무황성은 무인들이 모여 만든 조직입니다. 성주 자리를 진초운 같은 상인 따위에게 넘길 리 없잖습니까?"

"흐음. 좋은 방법이 있는가?"

채봉추가 무의식적으로 주변을 둘러보았다. 맹주의 집무실에는 그들 둘뿐이었다.

"일단 진초운이 원하는 대로 그에게 무황성의 작전권과 병력 동원권을 주어야 합니다."

"그럼 전쟁 수행 능력 전부가 그자에게 넘어간다. 진초운은 보통 인간이 아니야. 그 힘을 이용해서 무황성을 먹어버릴지도 모르지."

"그 권한을 개인 진초운에게 넘기지 않으면 됩니다."

"그게 무슨 소리인가?"

"진초운을 총사령장군에 임명하십시오."

"총사령장군?"

"무황성의 작전권과 병력 동원권. 그 두 가지를 모두 가지는 자리입니다. 진초운을 총사령장군으로 임명하면 자연히 그 두 가지의 권한도 같이 넘어갑니다."

"그런 자리가 있었나? 처음 듣는군."

"평소에는 없는 자리입니다. 하지만 무황성의 과거 역사를 보면 총사령장군이 임명되는 경우가 몇 번 있었습니다. 무황성주가 직접 전쟁을 지휘하기 어려운 상황에 빠졌을 때 믿을 만한 사람에게 맡기는 자리입니다."

"호오. 높은 자리겠군."

"무황성 서열 이위의 직위입니다."

"서열 이위라니. 그건 너무 높지 않은가?"

"과거에는 장로들 중에서 가장 세력이 강한 사람을 임명했으니 서열이 높을 수밖에 없습니다. 진초운처럼 외부인에게 임명하는 건 처음 있는 일입니다."

"그런데 그게 어떻게 진초운을 이용하는 길인가? 정식으로 자리를 주면 성주 자리에 바짝 다가서는 것 아닌가?"

채봉추의 입가에 웃음이 맺혔다.

"그 자리를 임명한 사람이 성주님인 것이 중요합니다. 그 말은, 성주님께서 언제든지 다른 사람으로 교체할 수 있다는 뜻이기도 합니다."

"원하면 언제든지?"

"워낙 강한 힘을 가진 자리이기에 만들어져 있는 안전장치입니다. 해고한다고 한마디만 하시면 그것으로 총사령장군 자리에서 쫓겨납니다. 그럼 그는 더 이상 아무런 명분도 가지지 못합니다."

"확실한 거겠지?"

"총사령장군은 전쟁 중에 여러 번 바뀌는 자리입니다. 돌아가면서 했던 전쟁도 있습니다."

동방극의 입가에도 웃음이 맺혔다.

"그럼 진초운에게 그 자리를 주면서 서문창의 목을 따오라고 하면 되겠군. 진초운은 상인이니 이익이라 생각하고 서문창을 찾아가겠지. 그리고 거기서 죽으면 계획대로 되는 거고."

"만에 하나라도 살아서 도망쳐 왔을 때는 성주님께서 해고하면 그만입니다."

"허허. 이거 정말 완벽한 살인멸구에 토사구팽의 계책이군."

"물론 준비를 철저히 해야 합니다."

"맞아. 진초운을 속이는 문제도 그렇고. 특히 장로들을 잘 설득해야지."

"설득은 어렵지 않을 겁니다. 몇몇 장로들과 진초운의 관계는 나쁘지 않습니다. 그들을 이용하면 됩니다."

동방극이 조금 불안한 표정으로 말했다.

"그런데 군사, 이렇게까지 일을 벌였는데 그자가 서문창을 죽이는 데 성공하고, 거기다가 살아서 돌아오기까지 하면 어떻게 하지? 해고한다고 해서 진초운의 올라간 명성까지 없어지는 건 아니잖은가?"

"살아 돌아올 수 없습니다."

"자네도 알다시피 그 인간은 불가능한 일을 여러 번 성공했잖아. 위험한 일인 걸 아니까 분명히 대비를 할 거야."

채봉추의 얼굴에 싸늘한 웃음이 맺혔다.

"말씀드렸다시피 이건 차도살인의 계책입니다. 단순히 그를 서문창에게 보내기만 한다면 어떻게 계책이라고 하겠습니까? 제가 다 알아서 하겠습니다."

＊　　　＊　　　＊

장로들에 대한 설득 작업은 어렵지 않았다. 그들은 진초운의 값어치를 높게 평가하고 있었기에 굳이 반대할 이유도 없었다.

장로 소기백이 가장 열렬히 찬성했다.

"초운이라면 총사령장군의 자격이 있지. 암, 그렇고말고."

진초운에게 적대적이던 세 명의 장로는 단백호와 연루되어 자리에서 물러났다. 그 일을 밝혀낸 것도 진초운 덕분이다.

그래서 빈 장로 자리를 새로 차지한 자들은 진초운에게 약간의 고마움까지 느끼고 있었다. 그들이 소기백과 함께 진초운을 지지했다.

"금룡 대협이라면 믿고 맡길 수 있소."

수뇌부 회의에 참가한 진초운에게 동방극이 말했다.

"원하는 대로 총사령장군의 직위를 주겠다."

진초운이 원한 것은 그렇게 거창한 자리가 아니다.

"총사령장군? 그게 뭔데?"

장로 소기백이 재빨리 설명했다.

"초운이, 자네가 원한 대로 무황성 전체의 작전권과 병력 동원권을 가지는 자리라네. 무황성 서열 이위의 자리이지. 임명과 해고의 권한을 모두 가진 사람은 오직 성주님뿐이지. 우리 장로들은 총사령장군의 임명을 반대할 수는 있어도 해고는 하지 못한다네."

진초운은 그때서야 자신이 원한 것이 잘못 전해졌다는 걸 눈치 챘다.

'어라? 내가 원한 건 바람잡이 천 명인데…….'

총사령장군 자리는 기대도 하지 않았다. 하지만 굴러들어 온 떡을 맛도 보지 않고 뱉어낼 생각은 없다. 오히려 공짜라면 양잿물도 먹으려고 들 인간이 진초운이다.

"아아, 그렇군요."

그는 동방극과 채봉추에게 원한이 좀 있다. 그래서 말을 함부로 한다.

하지만 소기백 장로에게까지 함부로 하지는 않았다. 마구 대하기에는 소주아와의 관계가 껄끄러웠다. 더 정확히 말하자면 소주아를 핑계로 빼돌린 천년하수오가 껄끄러웠다.

소기백에게만 잘할 수는 없었다. 다른 장로들이 덤으로 있었다. 그들에게도 기본적인 예의는 지켰다.

'이 사람들은 멍청한 것 말고는 잘못이 없지. 동방극이 시키는 대로 한 것뿐일 테니까.'

대신에 동방극에 대해서는 용서가 없었다. 그가 동방극을 쳐다보며 말했다.

"그럼 이제 내가 총사령장군이야?"

동방극의 얼굴에 불쾌감이 대놓고 드러났다.

"그렇다."

진초운이 자리에서 일어났다. 우선 문을 열고 바깥쪽을 지키고 있는 무사들을 불렀다.

"사혈련이 쳐들어온 게 아닌 이상 아무도 접근 못하게 해요. 이 안의 내용은 누구도 엿듣지 못해야 해요. 내 감각에 잡히는 자는 첩자로 간주하고 목을 베겠어요."

진초운의 명령을 직접 받은 무사들이 즉시 차렷 자세를 취하며 외쳤다.

"알겠습니다!"

진초운은 문을 안쪽에서 단단히 잠갔다. 천장 쪽을 올려다

보며 말했다.

"거기 숨은 사람. 입장은 알겠는데 이거 들으면 안 되거든? 보내줄 때 그냥 가지?"

천장에는 무황성 비밀 암살 무사가 적의 첩자가 접근하지 못하게 하기 위해서 잠복하고 있었다.

위치를 들켰다면 더 이상 잠복의 의미가 없다. 천장 안의 기척이 조용히 사라졌다.

진초운은 주변에 엿듣는 자가 없는 것을 확인한 후 사람들에게 선언했다.

"사람들이 많이 죽었어요. 이 시간에도 곳곳에서 싸움이 벌어지고 있어요. 그러니까 이 망할 놈의 전쟁, 이제 그만 끝내야겠어요."

동방극의 목소리가 거칠어졌다.

"마음만 먹으면 당장이라도 끝낼 수 있다는 듯이 말하는군."

진초운이 채봉추에게 질문했다.

"서문창만 죽이면 되는 거지?"

채봉추는 속으로 환성을 질렀다.

'어떻게 꼬여서 그리로 보내나 걱정했는데 네가 알아서 나서주는구나. 하긴, 전쟁을 당장 끝내려면 그 방법밖에 없지.'

채봉추의 목소리가 밝아졌다.

"물론이다. 서문창이 죽은 사혈련은 서로 간에 권력을 잡기 위해서 내분이 일어날 것이다. 그때부터는 우리 상대가 되지 않는다. 놈들도 그걸 알고 있다. 따라서 서문창이 죽는다면 사혈련이 먼저 전쟁을 끝내려고 할 거다."

"단백호 정도는 무황성이 처리할 거지?"

"단백호가 서문창에게 돈을 대고 있을 가능성이 높다. 하지만 그는 일개 상인일 뿐이다. 사혈련이 무너진 후에 철저히 조사해서 끝장을 보겠다."

진초운이 손뼉을 짝 소리나도록 쳤다.

"여러분, 군사가 그러는데 서문창만 죽이면 전쟁이 끝난대요. 그럼 서문창을 죽여야지요. 그게 제일 확실하고, 간단한 방법이지요."

채봉추가 일부러 고개를 가로저었다.

"여기에 그걸 모르는 사람이 없다. 하지만 서문창을 죽일 수 있는 사람은 없다. 서문창은 천 명의 영재들 중에서 살아남은 단 한 명이다. 그는 암살이 불가능해. 우리 무황성의 비밀 암살 무사를 전부 동원한다고 해도 불가능하다."

'그러니 네가 가란 말이다.'

진초운이 자신만만하게 말했다.

"서문창은 내가 죽여."

채봉추는 웃음이 나오려는 것을 억지로 참았다.

'그게 아니라 서문창에게 네가 죽겠지.'

"그는 사혈련에 있다. 그런 곳을 혼자서 갈 수 있는 사람은 역시 금룡밖에 없겠지. 훌륭하다. 금룡이라면 충분히 성공할 수 있다."

진초운이 손가락을 하나 세워 좌우로 흔들었다.

"농담이시겠지. 누가 혼자 간다고 했어?"

채봉추는 깜짝 놀랐다.

"뭣이?"

"그럴 거라면 왜 총사령장군이 됐겠어? 당연히 병력을 잔뜩 끌고 갈 거야."

그 말에 채봉추는 머리를 돌로 맞은 것 같았다.

'이럴 수가! 그래서 작전권과 병력 동원을 원했구나!'

"전면전으로 가려는 생각이냐? 그러면 너무 많은 사람이 죽는다고 반대한 것은 바로 너다!"

진초운이 혀를 찼다.

"쯧쯧. 군사 머리가 이만큼밖에 안 돌아가니까 사혈련 따위가 전쟁을 일으키도록 구경이나 하고 있었지."

"뭐가 어쩌고 어째?"

"세부 작전은 차근차근 알려줄 테니까 나중에 듣기로 하고, 일단 무황성에 몰래 침투할 방법이 있어야 하는데……."

"재주가 좋으니 혼자 잘해보아라."

"흥. 혼자서는 안 한다니까. 바람을 잡아줄 무사들이 좀 필요해. 그런데 사혈련에 너무 많이 들어가면 안 들킬 방법이 없단 말이야. 하늘이라도 날아서 들어간다면 모를까……."

장로 소기백이 얼른 말했다.

"비연대를 쓰면 되겠군."

진초운이 웃음을 지었다.

"농담도 잘하시네. 그런 부대가 진짜 있다면 당연히 쓰죠. 하지만 그건 술집에서나 떠도는 소문이잖아요."

소기백이 채봉추를 돌아보았다. 채봉추가 내키지 않는 표정으로 입을 열었다.

"예전에 무황성에 찾아와서, 연을 타고 하늘을 나는 부대 이야기를 한 적이 있지?"

"물론이지. 술집에서 들었어. 그런데 그게 왜? 설마⋯⋯."

"비연대는 실제로 존재한다. 우리가 사혈련 본부를 공격하는 최후의 순간이 오면 비연대가 먼저 연을 타고 침투하게 되어 있다. 놈들의 식량 창고 같은 주요 시설에 불을 질러 농성을 못하게 만드는 거지. 비연대의 존재는 비밀 암살 무사 못지않은 기밀이다."

"술집에 소문이 파다하던데 그게 무슨 기밀이야?"

"하늘을 날며 훈련하는 비연대의 특성상 눈에 뜨이지 않을 수가 없다. 그래서 일부러 황당한 내용을 섞어 소문을 퍼뜨렸다. 누군가 발견해서 주변에 말한다 해도 아무도 믿지 않게 하기 위한 수법이지."

진초운의 입이 벌어졌다.

"오호라. 그러니까 진짜로 하늘을 날 수 있다 그거지?"

'우리 미미가 하늘 한번 날아보고 싶다고 했잖아. 전쟁 끝

나고 나면 좀 태워달라고 하자.'

"먼 거리는 날지 못하지만 사혈련에 침투하기에는 충분할 만큼 난다. 하지만 비연대는 정말 중요한 순간에만 사용하는 전략 부대다. 너에게 내줄 수 없다."

"지금 상황이 안 중요해 보여? 무슨 군사가 이래? 당신도 혹시 낙하우산이야?"

"뭐, 뭣이? 낙하우산은 비연대의 장비일 뿐이다. 나와는 상관없다!"

"무황성의 작전권과 병력 동원권은 이제 내 거잖아. 그러니까 비연대 당장 내놔."

*　　　*　　　*

무한문의 총관 호대곡이 단백호에게 보고했다.

"문주님, 보고드릴 일이 있습니다."

"보고?"

"무황성의 일입니다."

단백호는 시큰둥했다.

"흥. 그곳에 심어놓은 첩자들이 전멸했다. 소문이나 주워들은 정도로는 곤란하다."

"아닙니다. 기밀 정보입니다."

단백호의 표정이 눈에 띄게 밝아졌다.

"새로운 정보? 살아남은 첩자가 있었나?"

"진초운 때문에 첩자들이 전멸한 이후로, 제가 노력에 노력을 거듭하여 새로운 정보선을 만들었습니다."

단백호가 웃음을 터뜨렸다.

"하하하. 역시 대곡이야. 자네라면 해낼 줄 알았어. 정말 수고했다!"

"하지만 문제가 조금 있습니다. 정보선이 만들어진 지 얼마 안 되어 정보를 우리 마음대로 얻을 수 없습니다. 흘러들어 오는 정보를 받는 것이 고작입니다."

밝아졌던 단백호의 표정이 다시 어두워졌다.

"아직 그 정도가 한계인가… 할 수 없지. 그래도 기밀 정보를 얻었다며? 도움이 될 만한 건가?"

호대곡이 가슴을 내밀었다.

"놈들의 다음 작전 계획을 알아냈습니다."

"작전 계획?"

"무황성은 대규모로 병력을 동원해 사혈련을 직접 칠 생각입니다."

"승세를 잡은 시점에서 대규모 병력 동원이라… 역시 승부를 보려는 건가?"

"그렇습니다. 그리고 그 부대를 지휘하는 자가 바로 진초운입니다."

"무황성에서 그 일을 할 만한 인물은 역시 그놈밖에 없겠지. 그런데 그 정도는 우리도 예상하던 일이다. 기밀 정보이 기는 하지만 특별할 건 없어."

"그 작전의 세부 내역 중 일부를 알아냈습니다."

단백호가 벌떡 일어섰다.

"뭣이? 확실한가?"

"얻어낸 정보는 비록 일부분이기는 하나, 그것으로 전체 작전을 추정하기에 문제가 없을 만큼 핵심적인 것이었습니다."

"놈들의 역공작이 아닌 것이 확실하냔 말이다."

"무황성에서 보이는 움직임이 정보와 일치합니다. 최소한 대규모 병력 이동 계획만은 틀림없습니다."

"그래. 중요한 건 세부 내역이 아니지. 무황성의 주력이 사혈련 쪽으로 움직인다는 게 더 중요하지."

옆에서 듣고 있던 운벽아가 단백호에게 말했다.

"문주님, 이건 기회예요. 이 기회를 이용해서 무림을 차지하세요."

"당연하지. 호대곡, 사혈련에 이 정보를 보내라."

"사혈련에 말입니까?"

"그래. 진초운이 작정하고 움직였다면 사혈련이 버텨낼 리 없다. 미리 알고 있어야 대비하겠지."

"그러다가 미리 대비한 사혈련이 일방적으로 이길 위험이 있습니다."

"상대가 진초운이다. 그런 일은 일어나지 않아. 운이 좋으면 양패구상이겠지. 최소한 교착 상태에라도 빠질 것이다. 그러니까 이게 기회라는 거다."

"무슨 말씀이신지 알겠습니다. 즉시 사혈련에 정보를 보내겠습니다."

"드디어."

단백호의 눈빛이 이글이글 불타올랐다.

"때가 되었다."

*　　　*　　　*

사혈련주 서문창이 조금 의외라는 듯이 물었다.

"무황성 놈들의 작전 계획을 입수했다고?"

사마이지의 온몸은 붕대와 부목으로 뒤덮여 있었다. 서문창에게 맞아서 생긴 상처였다.

서문창은 전쟁이 한창 진행 중인 것을 감안해 사혈련 정보 조직의 총수인 사마이지를 즉시 자르지는 않았다. 하지만 사마이지는 이대로 시간이 흐르면 어떻게 될지 너무나 잘 알고 있었다.

'후임자가 결정되기 전에 공을 세우지 못하면 난 끝장이다. 살아남지 못해.'

그래서 그는 정찰전을 독촉해 닥치는 대로 정보를 모았다. 그리고 원하는 것을 얻자마자 서문창에게 달려왔다.

그가 바닥에 넙죽 엎드린 채 대답했다.

"예. 비록 일부분에 불과하지만 꽤 중요한 정보를 입수했습니다. 이 일에 제 모든 능력을 쏟아 부었습니다."

서문창의 표정은 탐탁지 않았다.

"네 녀석 말을 믿었다가 손해를 본 것이 얼마인지 아냐? 아마 또 진초운에게 농락당했을 거야."

긴장한 사마이지의 얼굴에서 땀이 뚝뚝 떨어졌다.

"또한……."

"또한?"

"단백호에게서도 정보가 넘어왔습니다. 그것 역시 놈들의 이번 작전 계획에 관한 것입니다."

서문창의 표정이 크게 변했다.

"이거 재미있군. 만약 양쪽에서 입수한 정보가 같은 내용이라면 그 가치가 대단히 크겠구나!"

사마이지의 목소리가 살짝 떨렸다.

"그, 그게… 같은 내용이 아닙니다."

"뭣이?"

"양쪽에서 입수한 정보가 서로 전혀 다릅니다. 완전히 별개의 작전 계획으로 보입니다."

서문창이 벌떡 일어나 소리쳤다.

"이 미친놈아! 그따위 것을 알아오고도 네가 정찰전주란 말이냐? 아직도 정신을 못 차렸구나. 내 네놈의 목을 당장 쳐

버리겠다!"

사마이지의 몸이 더 땅에 달라붙었다. 마치 땅에 붙은 목은 베이지 않는다는 듯이 필사적으로 붙었다. 그러면서 급히 말했다.

"하나, 두 개의 정보 중에 최소한 하나는 확실한 작전 계획이라고 판단됩니다."

"둘 다 아니라면? 둘 중 하나를 골라야 하는 것만 해도 불안한데, 만약 둘 다 거짓이라면 어떻게 하라는 거냐? 그때는 네놈의 목 하나로는 끝나지 않아!"

"그, 그야……."

그가 탁광산을 힐끗거렸다.

'진초운에게 사기당한 이후로 마의가 내 첩자들을 더 많이 빼앗아갔지. 그 첩자들도 이번 조사에 참여했으니 마의를 끌어들일까? 공을 나누는 건 아쉽지만 잘못됐을 때 벌도 나눠지니 그게 낫겠다.'

"마의가 거느린 첩자가 많습니다. 그가 이번 일에 기여한 공이 적지 않으니……."

탁광산이 펄쩍 뛰었다.

"저는 단지 조금 도와준 것뿐입니다!"

'정찰전이 탐나기는 하지만 그건 네놈이 그 자리에서 잘리고 난 다음이다. 네놈이 책임을 다 지고 끝장나야 내가 부담 없이 정찰전을 차지할 것 아니냐?

당황한 사마이지가 목소리를 높였다.

"허어. 그 공이 어찌 적다고 할 수 있소?"

탁광산은 도매금으로 말려들 생각이 조금도 없었다.

"인사치레나 한 것을 공이라고 하다니. 마음을 너무 크게 쓰시는 듯하오!"

서문창은 기가 찼다.

"이것들이 지금 무슨 짓을 하는 거냐? 정찰전을 맡은 건 사마이지 네놈이 아니냐? 엉뚱하게 약왕전의 마의를 물고 늘어지다니!"

탁광산의 얼굴에 승리의 미소가 비쳤다.

'후후. 나의 승리다.'

서문창이 그런 탁광산에게 책을 집어 던졌다.

"네놈도 마찬가지다! 약왕전이 정찰전을 도와줬으면 도와준 만큼 책임을 느껴야 할 것 아니냐!"

사마이지와 탁광산이 머리를 숙였다. 서문창이 화를 낼 때는 너무 따지고 들지 않는 것이 최고임을 두 사람 다 경험으로 알고 있었다.

서문창의 호통 소리가 더 커졌다.

"네놈들이 똑바로 못하니까 이번 일처럼 둘 중 어느 게 옳은지 알 수 없는 정보만 물어오는 것 아니냐? 둘 다 거짓인지도 모르……."

서문창이 갑자기 입을 다물었다. 생각에 골똘히 잠겼다.

"가만… 둘 다? 둘 다 거짓이라는 말은 둘 다 진실일 수도 있다는 말인가? 만약 그렇다면……."

사마이지와 탁광산은 서로를 잡아먹을 듯이 노려보았다. 하지만 서문창의 생각을 방해하지 않기 위해서 입도 뻥끗 하지 않고 조용히 있었다.

*　　　*　　　*

무황성과 사혈련은 경쟁적으로 무사를 긁어모았다. 급격한 전력의 집중으로 자잘한 전투는 거의 사라졌다. 일시적으로 전쟁이 중단된 것처럼 보였다.

폭풍 전의 고요였다.

무황성은 최대한 무사를 끌어 모았다. 무황성에 줄을 대고 있는 열두 개의 거대 문파에서 전투 부대들을 추가로 차출했다. 그 열두 문파에 줄을 대고 있는 백사십사 개의 군소 문파에서도 마찬가지 일이 일어났다.

무사들이 차출된 문파는 그만큼 수비 능력이 약해졌다. 그 공백을 메우기 위해서 엄청난 숫자의 낭인무사가 고용되었다. 그 일에는 막대한 돈이 필요했다. 그 자금이 모두 무황성에서 흘러나왔다. 무황성이 가진 돈이 빠르게 줄어들었다.

무황성은 모을 수 있는 한 최대한 힘을 모았다. 수많은 전투 부대와 무사들이 한자리에 모였다.

다 모아놓고 보니 무사의 숫자가 무려 사만에 달했다. 진초운을 미끼로 사용했던 때보다 더 많은 숫자였다.

동방극이 진초운에게 말했다.

"네가 요청한 대로 최대한 많은 무사를 모았다. 우리와 협력 관계에 있는 문파들이 위험을 감수하고 무사를 보내주었다. 이는 우리 무황성의 전력을 다 모은 거라고 할 수 있다."

진초운은 가득 모여든 무사들을 보고 만족했다.

"사만 명이라. 이 정도면 사혈련도 우습게보지 못하겠네."

"하지만 사혈련은 이미 오만 명의 무사를 모았다. 더구나 놈들은 방어하는 입장이다."

진초운이 히죽 웃었다.

"도둑이나 강도가 오만 마리나 모인 거잖아. 하나둘씩 잡으려면 정말 오래 걸리는데, 이 기회에 벼락 맞아 다 죽어버렸으면 속이 다 시원하겠네."

"진초운, 오만 무사를 너무 우습게보는군."

"당연하지. 숫자가 아무리 많아도 대가리 잘린 뱀은 결국 발버둥 치다 죽어."

"자신을 믿는 것도 좋지만 그게 지나치면 오만이 되는 법이다."

"괜찮아. 내 오만이 어디 당신만 하겠어?"

* * *

진초운이 고일산과 전귀사견을 조용히 불렀다.

"고일산, 만약 무슨 일이 생기면 니가 책임지고 우리 미미를 숨겨라."

전귀사견 중 첫째가 질문했다.

"무슨 일이라니요?"

"나도 몰라. 어쨌든 미미는 반드시 지켜."

고일산이 장담했다.

"설사 무황성이 모두 날아가더라도 미미 아가씨는 안전하게 지킬 수 있습니다."

"그거 확실하지?"

"무황성 내에 비밀 암살 무사로 있을 때 만들어놓은 은닉처가 있습니다. 무황성에서도 모르는 장소입니다."

"그 정도면 안심해도 되겠네. 그럼 난 믿고 간다."

"건승하십시오."

첫째가 고일산에게 웃어 보였다.

"호호. 일산아, 그 장소 말이야. 이 동네가 위험해지면 우리도 이용할 수 있지?"

고일산이 아무렇지도 않게 대답했다.

"없다."

*   *   *

사만 명에 이르는 무황성 주력부대는 사혈련을 향해 진격을 시작했다.

유래를 찾기 힘든 대병력의 이동이다. 군소 사파들은 감히 그 앞을 가로막지 못했다. 오히려 그들의 눈에 뜨일까 봐 도망치기 바빴다.

공격 부대의 진격로상에 와혈파라는 문파가 있었다.

와혈파는 이름이 조금 알려진 사파다. 그들은 지금 짐을 싸느라 한창이었다.

와혈파 문주가 직접 나서서 부하들을 독촉했다.

"서둘러라! 돈이 될 만한 것부터 먼저 실으란 말이다! 어? 네놈들 거기서 뭐 하는 거냐!"

젊은 사파 무사 몇 명이 검을 든 채 살기등등하게 서 있었다. 그들 중 하나가 거칠게 항의했다.

"할아버지, 우리가 이대로 물러설 수는 없습니다!"

와혈파 문주는 어이가 없었다.

"물러서지 않으면? 사만 명을 상대로 이백 명밖에 없는 우리가 뭘 할 수 있다는 거냐? 아니지. 절반을 사혈련에 보내고 백 명밖에 안 남았잖느냐? 우리는 할 만큼 했다."

손자가 당당하게 외쳤다.

"유격전을 펼치는 겁니다."

"유격전? 사만 명을 상대로?"

"적의 수가 많은 건 사실입니다. 하지만 수가 많아도 너무 많습니다. 분명히 대열에서 떨어져서 이동하는 부대들이 있을 겁니다. 유격전으로 그것을 요격하면 우리 명성이 얼마나 올라가겠습니까?"

문주가 땅 위의 돌을 하나 주우며 물었다.

"명성을 올리기 위해 유격전을 하자고?"

손자는 멋도 모르고 자랑스럽게 설명했다.

"또한 사황성에서 나중에 이 사실을 알면 우리에게 얼마나 고마워하겠습니까? 아마 큰 특혜를 내릴 것⋯⋯."

문주의 손에서 주먹만 한 돌멩이가 날아갔다.

"이 바보 자식아!"

돌멩이가 정신없이 떠들던 손자의 머리통을 정통으로 때렸다.

"케엑!"

"놈들의 수가 사만이다, 사만. 그 속에 고수는 얼마나 많겠냐? 네가 노리는 떨어져서 움직인 부대가 만약 유격 부대를 유인하기 위해 준비된 거라면 우리는 몰살이다! 몰살!"

손자는 피가 줄줄 흐르는 머리통을 부여잡고 억울한 듯이 말을 꺼냈다.

"하나⋯⋯."

문주는 말할 기회도 주지 않았다.

"만약 떨어져 나온 부대에 진초운이라도 있어봐라. 뼈도 못 추린다."

"위험한 만큼 큰 보상이……."

"사혈련이 얼마나 입을 잘 닦는 놈들인지 아직도 모르느
냐? 미리 계약한 것도 아니고 알아서 유격전이라니. 니가 지
금 내가 힘들여 키운 와혈파를 말아먹겠다는 거냐?"

"할아버지, 전 그게 아니라……."

"시끄럽다. 상대는 진초운이다. 돈 되는 건 몽땅 싸들고 일
단 튀어야 한다!"

와혈파만 도망친 것이 아니다. 무황성 주력부대의 진격로
상에 있는 사파들은 단 하나의 예외 없이 도망쳤다.

각 사파의 행동은 사혈련주 서문창에게 그대로 보고되었다.

서문창이 탁자를 거칠게 두드렸다.

"충성심이라고는 좁쌀만큼도 없는 놈들 같으니라고. 이번
엔 어디라고?"

사마이지가 즉시 보고했다.

"와혈파입니다."

"와혈파? 어디에 줄을 대던 곳이야?"

"백혈파에서 관리하던 문파입니다."

"백혈파 이 병신 같은 놈들은 그런 거 하나 제대로 못해?
열두 놈 중에 하나로 뽑아줬으면 제대로 해야 할 거 아냐?"

"맞습니다. 무황성 놈들이 감히 우리 사혈련을, 아니, 문주 님을 목표로 오고 있으면 목숨을 바쳐서 막았어야 합니다. 놈 들에게 조금이라도 피해를 줬어야 합니다. 싸워보지도 않고 도망친 놈들 따위는 나중에 멸문시켜 버리십시오."

"당연히 그럴 거다!"

서문창이 의자에 앉은 채로 몸을 옆으로 휙 돌리며 다리를 꼬았다.

"에이. 이놈이나 저놈이나. 하여간 인생에 도움이 되는 놈 이 없어."

"제가 있잖습니까? 하하하."

사마이지의 기가 살아나자 탁광산이 끼어들었다.

"어차피 이번 작전에서 군소 사파들은 중요하지 않습니다. 적을 공격하든 말든 결과는 마찬가지입니다."

"이건 나에 대한 성의 문제다. 하여간 내가 무림을 제패하 고 나면 이번에 도망친 놈들은 모두 피눈물을 흘리게 하고야 말겠다!"

탁광산이 즉시 주장을 바꾸었다.

"물론 그러셔야지요. 이 탁광산, 련주님을 위해 이번에 도 망친 놈들을 모조리 독살하겠습니다."

서문창은 몇 번이나 더 툴툴거린 후 자리에 바로 앉았다.

"우리 주력부대는 예정대로 전진하고 있겠지?"

"그렇습니다. 이대로 계속 간다면 놈들의 주력부대와 정면으로 부딪치게 됩니다."

"좋아. 작전은 그대로 진행하라고. 이번에 놈들을 확실히 뭉개 버리기만 하면 전쟁은 우리가 이긴 거나 다름없어. 특히 진초운을 죽일 절호의 기회니까 절대로 실패하지 말도록. 실패한다면 네 목숨으로 갚도록 하겠다."

사마이지가 탁광산을 힐끗거리다가 앞으로 나섰다.

"련주님, 저를 믿으십시오. 제 작전은 완벽합니다. 제가 직접 진초운을 죽이겠습니다. 천하는 이제 곧 련주님의 것이 될 겁니다!"

서문창이 으르렁거렸다.

"사마이지, 이번이 정말 마지막 기회다. 이번에도 실패한다면 네 목숨은 없다."

사마이지는 자신만만했다.

"모든 것은 완벽합니다. 실패할 수가 없습니다."

*　　　*　　　*

무황성 주력부대의 지휘관들이 진초운에게 보고했다.

"총사령, 현재까지 특별한 교전은 없습니다."

"귀찮게 구는 놈들도 없어요?"

"공격해 오는 자가 아무도 없습니다."

진초운이 머리를 긁었다.

"아무도 없을 줄은 몰랐는데… 사혈련 놈들의 움직임은 그대로인가요?"

"예. 오만여 명의 무사가 사혈련에서 출발했다는 첩보를 입수했습니다."

"이동 경로는요?"

"놈들이 보안에 엄청난 신경을 쓰고 있어 첩자들이 정확한 정보를 얻어내지는 못했습니다."

"오만 명이나 되는데 그중에 첩자가 없어요?"

"힘들게 정보를 얻어낸다고 해도 우리 쪽으로 전달할 방법이 마땅히 없습니다."

"그래도 그렇게 많은 병력 이동이 몰래 이루어질 수는 없잖아요."

"물론입니다. 현재 대규모 병력 이동이 관찰된 곳이 여러 건 보고가 되었습니다. 그 수가 수만 명 규모입니다."

"어디로 가는지 정도는 알 수 있겠네요."

"정확하지는 않지만 대략적인 방향은 파악했습니다. 현재까지는 우리의 예상대로 움직이고 있습니다. 계속해서 정보 수집을 하고 있으니 믿고 기다려 주십시오."

"알았어요. 우리도 다음 단계를 준비하자고요."

第六章

진유의방은 사혈련의 세력권에도 잔뜩 깔려 있다. 그리고 사혈련의 무사라고 해서 치료에 차별을 두지 않는다.

그 진유의방에 물건을 공급하는 곳이 바로 진유상단이다. 진유상단은 무황성과 사혈련이 싸우고 있을 때도 천지 사방에 물건을 운송했다.

사혈련에서 멀지 않은 곳에 진유상단의 수레들이 도착했다. 진유의방의 의원이 뛰어나와 그들을 맞았다.

"어서 오십시오. 요즘 세상이 흉흉한데 참 고생이 많습니다."

상단을 이끈 상인이 웃음을 지었다.

"하하. 우리야 상인인데 무림인들의 전쟁과 큰 상관이 있겠습니까?"

"그야 그렇지요. 먼 길을 오느라 수고하셨는데 짐을 내려놓고 좀 쉬십시오. 그런데……."

의원이 상단의 수레를 힐끗거렸다.

"이번에는 수레가 좀 많군요."

사혈련 정찰전 첩자 출신으로 이제는 진초운의 심복이 된 상인의 얼굴이 살짝 굳었다. 호송무사로 위장해서 따라온 진유장 정보대 무사들도 바짝 긴장했다.

상인이 과장되게 손을 내저으며 웃음을 터뜨렸다.

"하하하. 이거 좋은 일인지 모르겠지만, 전쟁이 터지고 나니 주문량이 훨씬 늘었습니다. 아무래도 전쟁터에서는 이런저런 것이 많이 필요한 법이니까요."

"아아, 그렇군요."

"그나저나 먼 길을 왔더니 피곤합니다. 목이라도 축이게 술이라도 한잔 마셨으면 합니다만?"

"아, 이런 실례를. 이쪽으로 오십시오."

상인이 의원을 데리고 사라지자, 의원에서 일꾼으로 일하던 마행수가 정보대 무사들에게 접근하며 속삭였다.

"고향에 흐르는 개천에서 미꾸라지 잡던 때가 생각나네."

정보대 무사 중 하나가 대답했다.

"개천 하면 개천의 개천이 진짜 개천이지."

마행수가 더 낮아진 목소리로 말했다.

"잘 오셨소. 나도 진유정보대 밥을 먹고 있소."

"거점은 확보되었소?"

"창고를 가진 집으로 준비해 두었소. 평범한 집 중에 골랐으니 아무도 신경 쓰지 않을 것이오."

정보대의 무사가 고개를 끄덕였다.

"좋소. 모두 잠든 시간을 기다려 짐을 옮기겠소."

마행수가 수레들을 힐끗거렸다.

"그런데 무슨 물건이기에 이리도 조심해서 처리하는 것이오?"

"내용물은 나도 모르오. 절대로 개봉하지 말고 옮겨두라는 명령을 받았을 뿐이오."

*　　　*　　　*

진초운이 이끄는 무황성 주력부대와 사혈련의 반격부대 사이의 거리는 점점 가까워졌다. 두 부대는 서로 정면으로 충돌할 듯한 경로로 움직였다.

온 세상이 그 이야기로 연일 시끄러웠다.

"무황성의 무사가 사만 명, 사혈련이 오만 명이야. 정말 어마어마한 전투가 될 거야."

"총 구만 명이라니… 그중에 고수는 또 얼마나 많을까?"

"무림인들이 그렇게 많이 싸우면 아마 땅이 뒤집어지고 하늘이 갈라지겠지?"

"구경 한 번 했으면 좋겠는데……."

"아서게, 이 사람아. 우리 같은 사람이 그런 거 구경하다가는 눈먼 칼에 맞아 죽기 딱 좋아."

"먼 곳에서 구경만 하는 것도 안 될까?"

"첩자인 줄 알고 당장 목을 날려 버릴걸?"

"하긴. 그런데 자네는 누가 이길 것 같나?"

"아무래도 진초운 대협께서 이끄는 무황성 아닐까?"

"하지만 사혈련 쪽의 무사 숫자가 만 명이나 더 많다고."

"누가 이길지는 붙어봐야 알겠지. 하지만 나는 금룡 대협께서 계시는 무황성 쪽이 이길 거라고 보네."

"그래, 금룡 대협은 보통 분이 아니시니까."

사람들이 금룡 대협에 대한 이야기를 하는 바로 그 순간에, 진초운은 무황성 주력부대와 함께 있지 않았다.

그는 한 무리의 무사들과 함께 산을 타고 있었다.

진초운이 독촉했다.

"서두르자고."

백여 명에 달하는 무사들이 그의 뒤를 따라 움직였다. 무사들은 빠른 이동을 위해서 마른 음식과 검 외에 어떠한 것도 휴대하지 않았다.

비연대장 탁백풍이 거칠어진 숨을 내쉬었다.

"후우. 후우. 최선을 다하고 있습니다."

진초운은 마음이 급했다.

"뭐 이래? 정예 중의 정예라고 들었는데, 겨우 그거 걷고 그렇게 힘들어하네. 비웅대하고 초마대는 이 정도쯤이야 거뜬하게 따라왔는데."

"우리가 느린 것이 아니라 총사령께서 빠르신 겁니다. 현재 우리의 이동 속도는 일반 무사가 단거리를 경공으로 달리는 것과 맞먹습니다."

"정예 부대니까 일반 무사보다는 훨씬 빨라야지."

"적의 매복이 없는지 정찰을 철저히 하며 이동하고 있습니다. 벌써 며칠째 경공을 펼치고 있습니다. 그럼에도 불구하고 이 속도를 유지하고 있습니다. 우리는 빠릅니다."

진초운도 독촉한다고 해서 답이 나오지 않는 건 안다. 그래서 다른 대안을 내놓았다.

"바쁘니까 할 수 없지. 여기서 분리하자."

"분리… 라니 그게 무슨 말씀이십니까?"

"내가 먼저 가야지. 혹시 위험 요소가 있으면 먼저 제거할 테니까 정찰 같은 거 때려치우고 최대한 서둘러서 쫓아와. 우리는 시간을 낭비할 여유가 없어."

"혼자 가시면 위험… 하실 리가 없군요. 알겠습니다."

　　　　　*　　　　　*　　　　　*

　진초운은 이제 비연대마저 떨어뜨려 놓고 혼자서 움직였다.

　그들이 어느 길로 어떻게 이동해야 되는지는 모두 결정되어 있었다. 무황성의 작전관 몇 명이 며칠 밤을 새워가며 사혈련에게 들키지 않고 접근할 수 있을 만한 길을 꼼꼼하게 설정해 두었다.

　진초운은 그 경로를 따라 움직이며 주변을 확실히 뒤졌다. 뒤따라오는 비연대가 적에게 걸리지 않도록 매복이 없는지 조사했다.

　공력을 소모시켜 가며 감각을 활성화시킨 채 전진하던 그가 달리기를 멈추었다.

　"어라?"

　뭔가 이상한 기분이 들었다. 단전의 기운을 더 끌어올렸다. 온몸의 인지감각이 최대한으로 살아났다.

　내공이 전투를 벌이는 것과 맞먹는 속도로 소모됐다. 대신에 반경 백 장 내의 움직임이 모조리 잡혔다.

　진초운의 눈이 숲 한쪽을 노려보았다. 그의 눈빛이 날카로워졌다.

　"매복이라……."

　끌어올렸던 공력을 가라앉혔다. 인지 능력이 최대치에서

빠르게 낮아졌다. 그렇다고 깜깜한 장님이 된 것은 아니다. 어느 정도 수준의 감지 능력은 유지시켰다.

진초운이 숲을 타고 조용히 움직였다. 풀이 밟히는 소리조차 들리지 않았다.

사혈련이 매복시킨 무사 두 명이 숲에 숨어 있었다. 하나는 더벅머리였고 다른 하나는 얼굴에 칼자국이 있었다.

더벅머리는 불안한 표정으로 주변을 계속 둘러보았다.

반쯤 드러누운 채로 편히 있던 칼자국이 그 모습을 보고 인상을 찡그리다 한마디 했다.

"아, 그놈 정말 정신 사납게 하네. 좀 조용히 못 있냐?"

더벅머리도 인상을 썼다.

"잘 살펴야 적이 나타나면 재빨리 도망칠 거 아냐?"

"무황성 놈들의 숫자가 사만 명이다, 사만 명. 그런 놈들이 조용히 움직일 것 같아? 놈들이 나타나면 쉽게 알아볼 수 있어. 그러니까 느긋하게 있다가 큰 소란이 일어나면 조용히 튀자. 쓸데없이 고생하지 말고."

"놈들의 정찰대 같은 것들이 먼저 오면 어떻게 하라고?"

"그래도 그냥 튀면 돼. 하여간 이상한 걸 보기만 하면 무조건 본대까지 튀라고 했잖아."

"그래도……."

"에이, 소심한 놈 같으니라고. 너, 그동안 했다고 자랑하던 강도질 그거 다 거짓말 아냐? 솔직히 말해봐. 너 강도가 아니라 좀도둑이지?"

"도둑이라니! 난 강도야, 강도!"

"그런데 왜 그렇게 겁이 많아?"

"강도짓할 때는 내가 돈 가진 놈보다 더 세니까 겁먹을 이유가 없잖아. 하지만 이 전쟁에서 나는 하수 중의 하수라고. 여기서 내 목숨은 파리 한 마리만큼의 가치도 없어."

그들에게서 가까운 거리에 진초운이 서 있었다. 그가 올라선 것은 가느다란 풀잎이었다. 부드럽게 휘어진 풀잎은 조금도 흔들리지 않았다.

진초운은 그들의 대화를 듣고 다음 행동을 결정했다.

'이야기를 들어보니 매복한 놈들의 본대가 어디에 따로 있다는 소리군. 아무래도 그것까지 정리해야겠네.'

더벅머리는 여전히 불안한 얼굴로 주변을 두리번거렸다. 그런 그의 눈앞에 진초운이 솟아나듯 나타났다. 검을 든 채 호통을 쳤다.

"이놈들!"

더벅머리의 반응은 빨랐다. 진초운이 나타남과 동시에 몸을 뒤로 날리며 소리를 질렀다.

"나왔다아!"

누워 있던 칼자국의 속도가 더 빨랐다.

"씨팔! 하필 우리 쪽이야!"

매복한 두 명은 진초운과 싸울 생각을 하지 않았다. 그가 누구인지 확인조차 하지 않았다. 그들은 그저 칼을 든 사람이 나타나는 것을 보자마자 도망쳤다. 애초에 그들이 받은 명령 자체가 그랬다.

진초운은 황당했다.

"사혈련 놈들, 이거… 오합지졸이 뭔지 온몸으로 보여주는 구나. 나야 잘됐지."

진초운은 도망치는 두 명을 뒤쫓기 시작했다. 그의 목표는 매복조들을 관리하는 본대였다.

한참을 쫓다 보니 숲에서 튀어나오는 무사가 두 명 더 있었 다.

"나, 나왔다!"

그들의 달려가는 방향 역시 진초운의 반대쪽이었다.

"매복이란 매복은 다 도망치네? 이거 일이 생각보다 쉽겠 는데? 길 안내나 확실히 해달라고."

진초운은 세 번의 매복을 만났다. 그들은 예외없이 도망쳤 으며 모두 한곳으로 이동했다.

그는 느긋하게 그들의 뒤를 따랐다. 마침내 숲이 사라지고 꽤 넓은 공터가 나타났다. 공터 한가운데에는 백여 명의 무사들이 앉아서 쉬고 있었다.

제일 먼저 도망쳤던 칼자국이 첫 번째로 공터에 뛰어들며 소리를 질렀다.

"적이다아아!"

사혈련 무사들이 즉시 일어섰다. 모두 병장기를 잡고 칼자국의 뒤쪽으로 노려보았다.

칼자국보다 조금 느리게 더벅머리가 숲을 빠져나왔다. 그와 동시에 사혈련 무사들 중 몇 명이 암기를 날렸다.

"저기 있다!"

"죽여라!"

더벅머리는 기겁을 했다. 날아오는 암기 몇 개는 쳐냈지만 모두 막아낼 수는 없었다.

"컥!"

작은 단검 한 자루가 그의 가슴에 박혔다. 더벅머리가 그대로 고꾸라졌다.

깜짝 놀란 칼자국이 외쳤다.

"우리 편도 몇 명 온단 말이다!"

사혈련 무사들은 칼자국의 외침을 신경도 쓰지 않았다. 무사들의 대장이 명령을 내렸다.

"숲을 튀어나오는 놈은 무조건 죽여!"

더벅머리 뒤로도 네 명의 매복자가 하나씩 숲을 빠져나왔다. 그들은 공터에 들어서는 순간 암기에 맞아 죽었다.

무사들은 서슬이 시퍼랬다. 칼자국은 감히 항의하지 못했다.

'말 잘못하면 나까지 죽이겠다.'

무사대장은 속으로 욕을 퍼붓고 있었다.

'젠장. 진초운이 하필 이쪽으로 오다니! 매복을 피하면서 움직였으면 다른 쪽 집결지로 갔을 텐데. 왜 정면으로 치고 들어오냐고. 젠장!'

사혈련 무사들도 떨고 있기는 마찬가지였다. 그들은 상대가 진초운이라는 것까지는 몰랐다. 하지만 약간의 정보는 가지고 있었다.

"우리가 노리는 놈이 꽤 대단한 고수라고 들었어."

"숲을 빠져나오느라 대비하지 못할 때가 최고의 기회야. 그때 상처라도 입혀야 싸우기 쉬워진다."

"누가 나오든 무조건 죽여. 그 수밖에 없다."

진초운은 어이가 없었다. 그가 숲을 빠져나가며 중얼거렸다.

"왜 니네 편끼리 죽이고 지랄이야?"

그의 목소리는 작았지만 백여 명의 무사들 귀에 똑똑히 들렸다. 즉시 암기가 소나기처럼 날아왔다. 화살을 날리는 자도 있었다.

진초운이 검을 휘휘 휘둘렀다. 칼바람이 매섭게 일어났다. 날아오던 암기가 그 기세에 휘말려 사방으로 흩어졌다.

사혈련 무사들은 바짝 긴장했다.

"보통 고수가 아니다!"

"암기는 통하지 않아! 검을 들어!"

진초운이 흑룡검을 어깨에 턱 걸쳤다.

"니들 사혈련이지?"

사혈련 무사 중 하나가 소리를 질렀다.

"그렇다! 우리를 해치면 사혈련이 가만있지 않을 것이다!"

진초운이 피식 웃었다.

"니들이 언제는 가만히 있었냐? 가만히 있는 날 건드린 건 너네 사혈련이잖아."

"네가 도대체 누군데 우리가 건드렸다고······."

무사의 눈에 진초운이 들고 있는 검이 보였다.

"칼날이 무뎌서 어깨에 걸쳐 놓아도 상관없는··· 새까만 색의 검··· 설마······."

다른 무사가 손가락을 진초운을 가리키며 고함을 질렀다.

"금룡이다아!"

무사들의 얼굴이 일제히 사색이 되었다.

"지, 진초운이다!"

"우린 이제 다 죽었다!"

진초운이 올 것을 알고 있던 무사대장이 소리쳤다.

"걱정하지 마라. 진초운은 사람 목숨을 함부로 빼앗지 않는다!"

사혈련 무사들의 얼굴이 조금 밝아졌다.

"그, 그래. 금룡 대협이잖아."

진초운의 입꼬리가 올라갔다.

"아주 지랄을 하고 똥을 싸는구나. 내가 좋은 분인 건 맞는데, 부처는 아니거든? 나 죽이려던 놈들이 어떤 꼴 당했는지 소문도 못 들었냐?"

사혈련 무사들의 몸이 부르르 떨렸다. 공포에 질려서였다.

진초운이 한 발 앞으로 내디뎠다. 백여 명의 무사들이 뒤로 서너 걸음 물러섰다.

무사대장이 다시 소리쳤다.

"지금 지원군이 밀려오고 있다. 조금만 버티면 살아날 수 있다!"

무사대장도 자기네가 진초운의 상대가 되지 않는다는 것은 안다. 하지만 그렇다고 도망칠 수도 없었다.

'진초운을 잠시라도 붙들어두지 못한다면 난 죽는다. 내가 먹은 마의 독은 다른 사람이 해독할 수 없어.'

진초운은 무사대장의 말을 믿지 않았다.

"지원군은 무슨 얼어죽을 지원군. 너, 부하들을 싸움터에 내밀고 혼자 튀려고 하는 거지?"

"아, 아니다."

"아니긴 뭐가 아니야? 내가 그런 놈을 몇 번이나 봤는지 알아? 천랑파 두목도 결국 도망치려다가 내 손에 죽었지. 하여간 사파 놈들은 다 똑같아."

그는 이 부대를 어떻게 처리할지 잠시 고민했다.

'비연대가 무사히 침투하려면 일을 너무 크게 벌이는 건 안 좋은데… 그렇다고 이것들을 놔두면 문제가 더 커질 거고… 다 묻어버리자니 기분이 좀 찜찜하고… 미치겠네.'

사혈련 무사 몇 명이 진초운의 눈치를 살피며 뒤로 슬금슬금 물러섰다. 진초운의 눈빛이 날카로워졌다.

"도망치는 놈은 진짜로 죽는다."

무사들의 다리가 얼어붙은 것처럼 멈췄다. 그들은 침만 꿀꺽 삼켰다.

진초운은 다시 고민에 빠졌다.

'이것들을 어떻게 처리해야 잘했다고 소문이 나려나.'

＊　　　＊　　　＊

비연대는 진초운보다 한참 뒤쪽에서 움직였다.

비연대장이 낮은 목소리로 명령했다.

"서둘러라. 진초운 대협의 전진 속도가 우리 예상보다 빠르다."

그들은 산등성이 하나의 중턱을 타고 도는 중이었다. 비연대의 무사 하나가 비연대장을 급히 불렀다.

"대장님, 저걸 좀 보십시오!"

고개를 돌린 비연대장이 입을 떡 벌렸다.

"저건……."

그들의 앞쪽으로 숲과 산이 있었다. 그 가운데에는 제법 넓은 평지가 있었다. 평지 한가운데에 백여 명의 무리가 모여 있는 것이 보였다.

그리고 그 평지를 향해 수많은 무사들이 몰려가고 있었다.

비연대는 유사시에 사혈련의 본진을 습격하는 것이 임무다. 비연대장은 임무를 위해서 사혈련의 수법에 대한 연구를 꾸준히 해왔다. 덕분에 그는 지금 무사들이 움직이는 모양이 무엇을 의미하는지 알고 있었다.

비연대장의 얼굴빛이 어두워졌다.

"만인일살대진… 저 기괴한 진을 펼칠 줄이야……."

그 말에 부하 무사들은 깜짝 놀랐다.

"대장님, 그 진은……."

"진 대협은, 죽음의 진에 빠졌다."

*　　　　*　　　　*

백여 명의 무사를 어떻게 처리할지 고민하던 진초운이 고개를 번쩍 들었다.

"어?"

이상한 느낌이 들었다. 단전의 기운을 끌어올렸다. 온몸의 감각이 활성화되었다. 가까운 곳의 움직임은 아주 세세하게 잡혔다. 먼 곳의 움직임도 소란스러운 것은 잡아낼 수 있었다.

진초운의 얼굴이 일그러졌다.

"진짜로… 지원군이 있구나. 더럽게 많네."

무사대장의 얼굴이 환해졌다.

"으하하하! 진초운! 걸렸구나!"

진초운의 몸이 앞으로 쏘아졌다. 백여 명의 무사들을 그대로 관통했다.

무사들은 감히 저항하지 못했다. 진초운이 자신들 사이를 뚫고 지나가는 것을 구경만 했다.

진초운이 무사대장의 멱살을 잡았다. 오른손에 든 흑룡검의 칼끝을 무사대장의 목젖에 들이댔다.

"니들 지금 규모가 얼마나 되냐?"

무사대장이 침을 꿀꺽 삼켰다. 목젖이 움직이다 칼끝에 닿았다. 날이 대충 세워진 흑룡검이라도 칼끝에 급소가 부딪치자 섬뜩했다. 등에서 식은땀이 흘렀다.

"이, 이건, 만인일살대진이라는 거다."

"거다? 죽을래?"

"거, 겁니다."

"그게 뭐 하는 진이야?"

"한 명의 초고수를 상대하기 위해서 만 명의 무사로 펼치는 진입니다."

간이 배 밖으로 나온 채 돌아다니는 진초운도 그 숫자에는 놀라지 않을 수 없었다.

"저게 지금 만 명이나 돼? 그렇게 많이 숨어 있는데 내가 왜 몰랐지?"

"그, 그게 이 진의 무서움입니다. 초고수가 매복자들을 잡으며 이동하면 이쪽으로, 그리고 매복자들을 피해 이동하면 자연스럽게 다른 쪽 집결지로 향하게 되어 있습니다."

"젠장. 그럼 만 명은 어디 숨어 있는 거야?"

"초고수가 이동할 것으로 예상되는 곳을 피해서 숨습니다. 진이 그들의 기척을 숨겨주고 거리까지 멀기 때문에 아무리 무공이 높아도 감지해 낼 수 없습니다."

"기가 막히네. 그래서? 탈출구는 어디야?"

"어, 없습니다."

"진짜 죽을래?"

무사대장의 몸이 부르르 떨렸다. 울상을 지었다.

"사, 살려주십시오. 정말 없습니다. 만인일살대진은 생문이 없습니다. 만 명의 무사가 초고수 한 명을 공격하는 진입니다. 초고수가 죽기 전에는 끝나지 않습니다."

"확실해?"

"진을 설치하는 데 시간이 오래 걸리기 때문에 초고수를 이곳으로 유인하는 일은 어렵습니다. 유인에 성공할 확률도 낮습니다. 하지만 일단 걸린 후에는 누구도 빠져나가지 못합니다."

*　　　*　　　*

진초운이 무사대장을 던져 버렸다. 그리고는 주변의 움직임을 다시 감지해 보았다.

"꽤 가깝게 왔네?"

진초운은 진법을 잘 모른다. 하지만 주워들은 건 많다.

"옛날에 땅을 팔 때 알던 아저씨들 말에 의하면 진법은 펼쳐지기 시작할 때가 가장 약하다 그랬어. 그러니까 지금이 제일 만만하다 그거지?"

그가 주변을 둘러보았다. 몰려드는 사람들이 내는 소리가 귀에 들렸다.

"만만한 건 아니네. 이건… 잘못하면 죽겠다."

진초운이 자신의 내력을 기반으로 생각해 보았다.

"나 혼자 만 명과 싸워서 이길 수 있을까?"

자기가 생각해도 우스웠다.

"말도 안 되는 소리. 반의반도 죽이기 전에 공력이 바닥날 거야. 그럼 튀는 건 가능할까? 쳇. 초고수를 상대하기 위한 진법인데 빠져나갈 수 있을 만큼 만만하게 만들어졌을 리가 없지. 이러면 곤란한데……."

*　　　*　　　*

만인일살대진의 지휘관인 사마이지가 진의 외곽에서 웃음을 터뜨렸다.

"으하하하. 드디어 진초운을 죽이게 됐다!"

진의 설치를 지휘한 진법가가 맞장구를 쳤다.

"진초운은 지금 만인일살대진에 정통으로 걸려들었습니다."

"흐흐흐. 놈은 확실히 죽은 목숨이겠지?"

"걸리지 않았다면 모를까, 걸린 후에 저기서 살아난 자는 단 한 명도 없습니다."

"놈이 움직이면?"

"초고수는 보통 자존심이 대단합니다. 그 공터에서 기다릴 겁니다."

"진초운은 보통 놈이 아니야. 놈이 먼저 숲으로 뛰어들면 어떻게 하지?"

"상관없습니다. 놈이 정신없이 싸우다 보면 다시 공터로 돌아가 있게 될 겁니다."

"놈의 경공이 대단하다던데 진 바깥으로 도망칠 수 있는 건 아니겠지?"

"초고수를 잡기 위해 만들어진 절진입니다. 그 정도 대비가 없겠습니까? 만 명의 무사 중 팔천 명 이상이 죽는다면 모를까, 그전에는 절대로 빠져나갈 수 없습니다."

"흐흐. 흐흐. 으하하하! 역시 진초운은 죽을 수밖에 없구나. 드디어 진초운을 죽이게 됐어!"

사마이지가 갑자기 웃음을 멈췄다.

"놈의 목을 반드시 잘라 와라. 괴물 같은 놈이니 어설프게 찔러서는 죽지 않을지 모른다. 목을 자르기 전에는 절대로 안심하지 마라."

*　　　*　　　*

진초운이 고개를 번쩍 들었다.

"가까이 왔네. 더 고민할 시간이 없어."

그가 오른손으로 검을 꽉 잡았다.

"내가 원래 무식해서 진의 파해법 같은 건 몰라. 그렇다고 해서 손놓고 있다가 당할 생각은 없어. 내가 그동안 모은 돈이 얼마나 많은데……."

그가 소리를 버럭 질렀다.

"돈을 못 써봤잖아!"

진초운이 몸을 날렸다. 그의 몸이 숲 속으로 스며들었다.

*　　　*　　　*

만인일살대진은 사혈련이 자랑하는 절진이다. 진에 걸려주기만 한다면 염라대왕이라도 죽일 수 있다고 알려져 있다.

하지만 치명적인 단점이 있다. 단 한 명의 초고수를 죽이기위해서 어마어마한 인명 피해를 감수해야 한다.

만인일살대진은 소규모의 부대가 초고수와 끝없이 충돌하는 구조를 가지고 있다. 그렇게 싸워 초고수가 지쳐 쓰러지도록 만든다. 결국 평지에서의 정면 대결보다 훨씬 많은 무사들이 죽을 수밖에 없다.

삼십 명의 무사들이 숲을 움직였다. 손에 검을 움켜쥐었지만 얼굴은 그다지 긴장하지 않고 있었다.

"진초운이 나타나면 죽도록 싸워야 하겠지? 진초운을 보고도망치면 우린 나중에 다 처형당해."

"괜찮아. 우린 만 명이나 된다고. 진초운이 설마 우리 앞에나타나겠어?"

"나타나도 상관없어. 진초운의 목을 잘라가는 사람에게 무공비급과 함께 상금이 십만 냥이 떨어진다고. 그러니까 진초운이 다른 곳에서 실컷 다친 후 우리 앞에 나타나 주면 돼. 우리가 목을 베서 상금을 나눠 갖자."

"하하하. 그거 좋지. 가장 먼저 목을 벤 사람은 두 배를 쳐 주기로 하자."

갑자기 그들의 정면에 사람이 하나 솟아났다. 진초운이었다.

"놀고 있네."

무사들이 놀라 검을 겨누었다. 호각 소리가 요란하게 터졌다.

사방에서 무사들이 움직이는 기척이 느껴졌다. 눈앞의 무사들은 바들바들 떨었지만 도망치지는 않았다.

진초운이 씨익 웃었다.

"겁먹지 마. 내 칼에 니들 피 묻히기는 싫으니까."

무사들의 얼굴이 조금 밝아졌다. 진초운이 그런 그들에게 한마디 더 던졌다.

"좋은 방법이 있는데 왜 피를 보겠어?"

진초운이 흑룡검을 들었다. 단전에서 화(火)의 기운이 솟아올랐다. 그 기운이 운기되어 화염으로 변했다. 흑룡검에서 불길이 솟았다.

진초운이 흑룡검을 이리저리 휘둘렀다. 그의 검이 움직이는 방향을 따라 불덩어리들이 툭툭 떨어졌다. 화의 기운으로 만든 불은 즉시 주변에 옮겨 붙었다. 뜨거운 불길이 주변 나무들을 집어삼키기 시작했다.

진초운의 웃음이 짙어졌다.

"만인일살대진? 백만 대군을 데려와 봐. 내가 이런 울창한 숲에서 펼치는 진법 따위를 두려워할 줄 알아?"

무사들은 상황이 어떻게 돌아가는지 깨달았다. 그들의 얼굴이 창백해졌다.

"화, 화공?"

진초운이 웃음을 터뜨렸다.

"크하하하. 모조리 통구이로 만들어주마!"

미친 듯이 웃는 그의 뒤로 거대한 화염이 치솟았다.

*　　　*　　　*

산중턱에서 싸움터를 보던 비연대장이 벌떡 일어섰다.

"불이다!"

비연대 무사 하나가 뒤따라 외쳤다.

"불길이 여기저기로 번지고 있습니다!"

상황은 명확했다. 너무 명확해서 의심할 여지가 없었다.

"진초운 대협께서 온 숲에 불을 지르고 계시구나."

높은 곳에서 보자 한눈에 모든 정황을 알아볼 수 있었다.

만인일살대진은 여전히 동작하고 있었다. 수많은 무사들이 진초운을 향해서 거대한 나선형 회오리처럼 모여들었다.

그리고 그 중심에서부터 불길이 솟았다. 불길은 진초운이 움직이는 경로를 따라 빠르게 번졌다.

비연대장이 안도의 한숨을 쉬며 털썩 주저앉았다.

"만인일살대진이 깨졌다. 저것으로도 진초운 대협을 어쩌지는 못하는구나."

＊　　　＊　　　＊

이미 숲은 화염지옥으로 변해 있었다. 진초운은 교전을 철저히 피했다. 대신에 사방팔방으로 돌아다니며 불을 질러댔다. 거기에 초반에 질러놓은 불이 더해졌다. 온 숲 전체가 불길에 휩싸였다. 그리고 그 속에 갇힌 사혈련의 무사들이 산불의 먹이가 되었다. 화마가 득세하여 무사들을 잡아먹었다.

사마이지는 고래고래 소리를 질러댔다.

"이게 어떻게 된 거냐? 갑자기 불이 왜 나냔 말이다!"

진법가가 당황한 목소리로 설명했다.

"진초운이 불을 질러 진을 파괴하고 있습니다."

"한 명을 상대할 때는 무적이라며! 어서 진초운을 죽여라!"

"산불이 진초운의 병력이 되어 움직입니다. 이제 적은 한 명이 아니라 화염의 대군으로 변했습니다. 이 상태에서는 진이 제대로 동작할 수 없습니다!"

"만인일살대진이 겨우, 겨우 산불 따위에 무너진단 말이냐? 당장 불을 끄고 진초운을 죽여라!"

"이미 늦었습니다. 날이 건조하고 숲이 울창하여 불길을 잡을 수 없… 컥!"

사마이지의 검이 진법가의 가슴을 꿰뚫었다.

"변명 따위나 하는 놈은 필요없다!"

그가 씩씩거리며 주변을 둘러보았다. 사방에서 연기가 치솟았다. 이미 숲은 화염지옥으로 변했다.

사마이지의 주변에 있는 무사는 삼십여 명이 고작이었다. 이곳 역시 진의 일부이기 때문에 더 이상의 병력은 모여 있지 않았다. 그래도 그들은 모두 정찰전의 무사들이었다. 다른 곳보다는 훨씬 강한 전투력을 가지고 있었다.

무사 하나가 사마이지를 독촉했다.

"전주님! 더 계시면 여기도 위험합니다! 후퇴해야 합니다!"

사마이지가 소리를 꽥 질렀다.

"후퇴라니! 진초운에게 만 명이나 잃으면 내가 돌아가서 살아남을 것 같으냐! 진초운을 죽이지 못하면 나는 련주님 손에 죽는단 말이다!"

"하나 이미 진이 무너졌습니다. 후퇴하지 않으시면 여기서 죽습니다!"

무사가 후퇴를 조르는 이유는 사마이지를 걱정해서 아니다.

'어서 좀 후퇴하자고. 우리도 살아야 할 거 아냐.'

사미이지에게 열기가 느껴질 정도로 산불이 가까워졌다. 그 번지는 속도가 대단히 빨랐다.

불길의 기세에 눌린 사마이지가 뒤로 조금씩 물러섰다. 그가 혼잣말을 했다.

"차라리 사혈련으로 돌아가지 않고 도망칠까? 사혈련이 전쟁에서 진다면 내가 살아남을 수 있을 텐데."

그때였다.

"너 이 개자식. 그 마음 바꾸면 죽는다!"

갑작스러운 호통에 사마이지가 고개를 돌렸다. 진초운이 그를 향해 걸어오고 있었다.

사마이지가 소리쳤다.

"저, 저놈을 죽여라!"

무사 몇 명이 반사적으로 반응했다. 누구인지 알아보지도 않고 진초운을 향해 검을 뻗으며 달려들었다.

진초운이 흑룡검을 거세게 휘둘렀다. 그의 검을 따라 화염이 뿌려졌다.

공격하던 무사들이 뒤로 튕겨져 나왔다. 주변은 이미 진초운의 검에서 뿜어진 불이 옮겨 붙어 불바다가 되어 있었다.

삼십여 명의 얼굴이 동시에 일그러졌다. 지금 순간에 불을 지르고 다니는 사람은 하나밖에 없다.

무사 중 하나가 소리쳤다.

"진초운이다!"

진초운이 소리쳤다.

"나다!"

무사들이 뒤로 주춤주춤 물러서며 합창했다.

"막아라! 막아라!"

진초운이 앞으로 저벅저벅 걸었다.

"막긴 개뿔이."

사마이지도 뒷걸음질을 쳤다. 진초운이 그를 째려보았다.

"도망치게?"

사마이지가 즉시 몸을 뒤로 돌렸다. 하지만 진초운이 더 빨랐다. 그의 몸이 무사들의 사이를 뚫고 사마이지를 쫓았다.

사마이지가 땅을 박차고 몸을 날렸다. 그러나 그의 몸이 채일 장을 움직이기도 전에 진초운이 위에서 떨어져 내렸다.

"잡았다!"

진초운의 발이 사마이지의 등판을 쾅 소리가 나도록 밟았다.

"케엑!"

사마이지의 몸이 그대로 바닥에 꽂혔다. 흙무더기가 솟을 정도로 거세게 땅에 처박혔다.

진초운이 엎어진 사마이지의 뒷목을 잡고 위로 들어 올렸다.

"니가 지금 죄없는 선량한 상인 한 분 죽이려고 도둑놈이랑 강도를 만 명이나 모아왔다는 거지?"

사마이지가 급히 변명했다.

"나, 나는 단지 명령을 받고……."

진초운이 이마로 사마이지의 얼굴을 받아버렸다.

"이게 아직도!"

"커억!"

"똑바로 대답 안 해? 사마이지, 니가 여기 두목이냐?"

"그, 그렇다. 케엑!"

진초운이 사마이지의 멱살을 쥐고 마구 뒤흔들었다.

"말꼬리가 짧다. 이게 어디서 감히 말꼬리를 잘라먹어?"

어찌나 거세게 흔드는지 사마이지의 골이 흔들렸다. 진초운에게 밟힌 후 내기의 흐름이 무척 불안정한 상태였다. 그 내기가 흔들림의 충격으로 점점 요동치기 시작했다.

'이대로 가면 운이 좋아야 주화입마다. 재수없으면 심맥이 가닥가닥 끊겨 죽는다. 진초운, 이 지독한 놈.'

진초운이야 자기 성질대로 멱살 잡고 흔드는 거였다. 하지만 당하는 사마이지는 진초운이 일부러 사악한 수법을 쓴다고 생각했다. 사마이지가 살기 위해서 말을 높였다.

"그렇… 습니다. 제가 여기, 여기 대장입니다."

진초운이 흔드는 것을 멈췄다. 대신에 으르렁거렸다.

"니놈이 이따위 진을 펼쳐서 저 많은 사람들이 불에 타 죽었다."

자기가 그랬다고는 절대로 말하지 않았다.

지금 상황은 전쟁에서 적의 대부대를 홀로 때려 부순 것이다. 영웅이 되고도 남을 일이다. 하지만 자신이 지른 불에 너무 많은 사람이 타 죽었기에 마음이 편치 않았다. 어떻게든 이 일의 책임을 떠넘기고 싶었다.

"이건 전부 네 탓이다."

사마이지가 진초운의 눈치를 살살 살피며 아부했다.

"전쟁터에서 적을 많이 죽이셨으니 당연히 훌륭한 장수라 칭송을 받으셔야 합니다. 금룡 대협께서 대승을 거두셨으니 저부터 경하드립니다."

"시끄럽고, 너 아까 한 말 사실이냐?"

"무슨 말 말씀이십니까?"

"사혈련에서 도망치겠다고 한 거 말야."

"무, 물론입니다. 살려만 주신다면 깊은 산속에 들어가 다시는 세상에 나오지 않겠습니다."

"네놈이 지은 죄가 얼만데 그렇게 편히 살려고 그래?"

"그, 그럼……."

"니가 아는 사혈련의 정보를 모조리 불어."

사마이지는 무슨 소리인지 대번에 깨달았다.

그는 정찰전이라는 사혈련 정보 조직의 총수다. 그러나 그 자리에 올라간 수법 자체가 서문창과의 거래에 의한 것이다. 자기 개인의 부귀영화를 위해서 조직을 팔았던 인물이다. 애초에 정찰전주가 될 만한 그릇이 아니었다.

그가 환한 얼굴로 말했다.

"제가 바로 정찰전주입니다. 사혈련의 기밀이란 기밀은 모조리 알고 있습니다. 걱정하지 마십시오. 전부 말씀드리겠습니다. 대신에 제 목숨은……."

"일단 내가 묻는 것들이나 대답해. 그러고 나서 너는 내 부하들에게 넘길 테니까, 거기서 자세히 불어."

"알겠습니다. 그러니까 제 목숨은……."

"만 명이나 되는 무사가 어디서 튀어나온 거야?"

"무황성 주력부대와 싸우러 간 무사들의 수가 무림맹에서 아는 것보다 좀 적습니다."

"그쪽으로 오만 명이 갔다며?"

"사실은 삼만 명만 가 있습니다. 그 많은 사람 숫자를 누가 다 세어보겠습니까? 이만 명쯤 속이는 건 쉬웠습니다. 그중 만 명을 따로 빼내 만인일살대진을 펼쳤습니다."

"니들, 내가 이쪽으로 오는 거 미리 알고 있었지?"

"그렇습니다. 일찌감치 알고 있었습니다."

"정보가 샜어. 그건 알겠는데, 그런데 그게 가짜 정보인지 아닌지 어떻게 알고 이렇게 많은 무사를 준비했어?"

"서로 다른 두 경로에서 들어온 정보를 종합해서 내린 결론입니다."

진초운의 눈썹이 꿈틀거렸다. 그가 생각하던 것 이상의 사태였다.

"두 경로?"

"하나는 무황성 쪽에서 직접 흘러나왔습니다. 다른 하나는 단백호 쪽에서 나온 정보입니다. 전혀 다른 두 정보가 모두 진실이라고 추정한 후, 하나로 조합해서 금룡 대협께서 별동대를 동원한다는 것을 알아냈습니다."

진초운이 이를 빠드득 갈았다.

"무황성이 또 흘렸구나. 양쪽에 다 흘렸어. 이 개자식들, 나랑 무슨 원수가 져서 계속 이러는 거야? 그것들도 확 갈아 마셔 버릴까?"

사마이지가 얼른 말했다.

"무황성과 싸우신다면 제 모든 능력을 다해서 도와드리겠습니다. 그러니까 제 목숨은……."

"목숨은 보장해 주지. 넌 죄가 너무 많아서 더는 안 돼. 그러니까."

진초운이 사마이지의 단전을 걷어찼다. 그의 발에서 일어난 강력한 경력이 사마이지의 단전을 단숨에 깨뜨렸다.

"끄아아악!"

단전이 깨지는 고통은 당장 죽을 것처럼 심하다. 바닥에서 뒹굴던 사마이지의 입에서 게거품이 흘러나왔다.

"꺼억. 꺼억."

진초운이 그런 사마이지를 물끄러미 내려다보았다.

"목숨만 살려준다. 딱 거기까지야."

상황을 정리한 진초운이 주변을 둘러보았다. 삼십여 명에 달하던 사혈련의 무사들은 이미 도망치고 아무도 없었다.

그가 서 있는 곳에도 슬슬 불길에 잠식되고 있었다. 사방에 매캐한 연기가 가득 찼다.

진초운이 꺽꺽대는 사마이지를 어깨에 들쳐 메었다.

"여기 더 있다가는 나까지 타 죽겠다."

*　　　*　　　*

산중턱에서 상황 돌아가는 것을 구경하던 비연대 무사들은 모두 멍하니 서 있었다.

비연대장이 중얼거렸다.

"만인일살대진이 완전히 날아갔군."

"저 아래 전체가 불구덩이가 됐는데 진 따위가 남아날 리 있겠습니까?"

"만인일살대진은 만 명의 무사가 동원된다고 들었는데, 그럼 얼마나 잡았을까?"

"불길이 너무 거셉니다. 반이라도 살아남았다면 운이 좋은 걸 겁니다."

"반이라… 최소한 오천은 날아갔겠구나. 허어, 혼자서 만 명의 적과 싸워 오천을 죽이고 나머지는 도망치게 만들다니……."

"화공을 이용했기에 가능한 수법이었습니다."

"지형지물을 이용하는 것도 능력이다."

"맞습니다. 금룡 대협 같은 사람이 몇 명만 있으면 천하를 상대로 한판 붙을 수 있을 겁니다."

무사들의 얼굴에 희망이 솟았다.

"대장님, 금룡 대협이 무공뿐만이 아니라 계책까지 저렇게 뛰어나다면……."

비연대장의 얼굴도 밝아져 있었다.

"우리도 살아남을지 모르지."

"하하하. 작전에 투입되면 반드시 죽어야 하는 임무라 밥이 모래알 같았는데 이런 길이 생길 줄은 몰랐습니다."

"아직 조그마한 가능성이다. 너무 큰 기대를 하면 곤란하다."

"하지만 그동안 우리는 사황성에 침투하는 임무가 떨어지지 않기만 바랐잖습니까? 거기 들어가면 틀림없이 죽으니까요. 죽었다고 생각했는데 조금이라도 살 수 있다는 희망이 생겼습니다. 이거 정말 축하할 일입니다."

"그래, 맞는 말이다. 금룡 대협과 함께라면 살 수 있을지 모르지. 그러니 다들 힘내자!"

"대장님, 그럼 우리도 어서 움직여야 하지 않겠습니까? 금룡 대협을 기다리게 하면 좀… 우리보고 느리다고 또 타박하실지 모릅니다."

"그렇지. 서두르자. 헛소문이겠지만 금룡 대협이 뒤끝이 좀 있다는 말이 있으니까."

第七章

서문창이 자리에서 벌떡 일어섰다.

"뭐, 뭐라고?"

그의 손이 분노를 못 이겨 부들부들 떨렸다.

"마의, 지금 뭐라고 했나? 다시 한 번 말해봐라."

탁광산은 사마이지가 했던 것처럼 바닥에 납작하게 엎드렸다.

"사마이지가 데려간 일만 무사가 진초운에게 당해… 반이 죽고 반은 도망쳤습니다."

"정보가, 정보가 틀렸느냐? 진초운이 대부대를 이끌고 왔느냐? 사마이지보다 더 많은 부대를 데리고 왔느냐?"

"진초운 한 명에게, 한 명에게 무너졌다고 합니다."

서문창의 얼굴이 걸레처럼 구겨졌다. 소리를 버럭 질렀다.

"그게 말이 되는 소리냐? 어떻게 혼자서 만 명을 이겨!"

"화공을 썼다고 합니다."

"화공?"

"사마이지가 만인일살대진을 펼친 곳이 하필… 숲이었다고 합니다."

"진초운처럼 강한 놈에게서 기척을 감추려면 숲에 설치하는 게 제일 좋다. 그런데?"

"비가 오지 않은 지 꽤 되었습니다. 날이 건조한데 진초운이 그 숲 전체에 불을 놓아… 반쯤은 불에 타 죽고, 나머지 반만 겨우 도망쳤다고 합니다."

사마이지가 이를 빠득빠득 갈았다.

"진초운. 진초운. 칼이 아니라 불을 질렀단 말이냐? 이런 개자식을 봤나!"

그의 고개가 번쩍 들렸다.

"그럼 그놈은 지금 어디 있느냐? 이곳으로 오고 있느냐?"

"알 수 없습니다."

"올 거다. 틀림없이 이리로 올 거다. 중간에 그만둘 놈이 아니야. 시작을 했으면 끝을 보는 놈이다. 경계를 철저히 하라! 그놈이 오면 이번에는 절대로 놓치지 않겠다!"

　　　　　*　　　　*　　　　*

　무황성 수뇌부 회의실에 무사 한 명이 뛰어들었다.

　"긴급 보고입니다!"

　수뇌부의 상당수는 무황성 주력부대를 지원하기 위해서 떠났다. 지금 이곳에는 성주 동방극과 군사 채봉추, 그리고 몇 명의 장로만이 남아 있었다.

　무사의 얼굴은 놀라움으로 가득 차 있었다. 그걸 본 무황성주 동방극이 긴장한 얼굴로 질문했다.

　"설마 우리 주력부대가 사혈련에게 패한 건 아니겠지?"

　"그게 아니라, 진초운 대협이 적과 충돌했습니다."

　동방극이 인상을 썼다.

　"사혈련에 도착하기 전에 말이냐?"

　"그렇습니다."

　채봉추가 급히 질문했다.

　"적의 규모가 어느 정도이더냐?"

　"일만 명의 무사가 만인일살대진을 펼쳤다고 합니다."

　동방극이 벌떡 일어섰다.

　"뭐야? 그게 무슨 소리냐? 만인일살대진이라니!"

　채봉추도 일어섰다.

　"정보가 샜습니다. 놈들은 진초운이 서문창을 암살하러 간다는 걸 알고 일찌감치 준비했습니다!"

"그 진은 제아무리 고수라고 해도 빠져나오지 못한다. 진초운이라고 해도 마찬가지겠지."

"만 명이나 되는 적과 부딪쳤습니다. 이제 진초운은 포기하셔야 합니다."

동방극이 탁자를 주먹으로 후려쳤다.

"젠장. 그는 그냥 죽어서는 안 된다. 죽더라도 서문창을 죽이고 죽었어야 한단 말이다. 군사!"

"말씀하십시오."

"철저히 조사해서 어떤 놈이 정보를 흘렸는지 반드시 알아내라!"

채봉추가 고개를 숙였다.

"알겠습니다!"

'진초운, 이거 미안하게 됐군. 자네는 너무 뛰어났어.'

그가 무사를 돌아보았다.

"진초운이 그냥 죽었을 리는 없다. 사혈련에 어느 정도 피해를 입혔느냐?"

"예? 아, 예. 최소한 오천은 죽었다고 합니다."

"헉! 오천이나?"

"그, 그렇습니다만 그게 사실……."

무사의 태도가 조금 이상했지만 채봉추는 신경 쓰지 않았다. 그의 말을 끊고 동방극을 돌아보았다.

"성주님, 오천이나 죽였다고 합니다. 승세는 이제 완전히

213

우리 쪽으로 돌아왔습니다."

"그게 무슨 소리인가?"

"사혈련은 지난번과 이번 두 번의 싸움으로 만 오천 명에 달하는 무사를 잃었습니다. 반면에 우리는 저번 전투에서 오천을 잃은 것이 고작입니다."

"싸움의 주도권이 계속 우리 쪽에 있군."

"그렇습니다. 더구나 사람들의 지지를 받는 진초운이 영웅적으로 싸우다가 사혈련의 손에 죽었습니다. 이번 일로 우리는 더 많은 사람들의 지지를 받게 될 겁니다."

"그렇겠지."

"또한 진초운의 진유회도 가만있을 리 없습니다. 이 모든 것을 무사로 환산한다면 능히 만 명에 달하는 전력이 됩니다."

동방극의 얼굴이 밝아졌다.

"병력에서 만 명의 이익을 봤고, 다시 만 명 값어치의 지원이 추가된다면……."

"싸움의 흐름이 우리 쪽에 있는 이때에 전력의 우위까지 가진다면, 승패는 이제 결정됐습니다."

동방극이 웃음을 터뜨렸다.

"허허허. 진초운. 그가 큰일을 하고 죽었군."

"전쟁이 끝나고 나면 무황성 안에 그의 사당을 크게 지어주어야겠습니다."

"그래, 응당 그래야지. 그건 군사가 알아서 하게."

"최대한 화려하게 짓겠습니다."

채봉추는 속으로 웃음을 지었다.

'이건 전황을 우리 쪽에 유리하게 바꾸기 위한 작전이었어. 진초운이 부담스러워서 제거한 게 아니야. 후후후. 아니고말고… 우후후후.'

그가 스스로에게 면죄부를 부여하느라 입을 다물자 한쪽에서 머뭇거리던 무사가 비로소 말할 기회를 잡았다.

"저… 제가 보고를 좀 잘못 드린 것 같습니다."

채봉추가 그를 돌아보았다.

"아아, 이런 좋은 일을 보고한 자네에게도 내 나중에 신경을 써주겠네."

"그게 아니라……."

"더 할 말이 있는가?"

"예. 진초운 대협이 화공으로 오천의 적을 태워 죽이시고……."

채봉추의 얼굴이 서서히 굳었다.

"화, 화공이라니?"

"화공으로 만인일살대진을 무너뜨리고 오천의 적을 태워 죽이셨습니다. 나머지 오천은 불길에 쫓겨 뿔뿔이 흩어져 달아났다고 합니다."

"직접 싸운 게 아니라 불을 놓았다?"

"예. 정말 놀라운 병법입니다."

채봉추의 얼굴이 일그러졌다.

"그럼 진초운은? 진초운은 어떻게 되었나? 죽었지? 그렇지?"

"여전히 임무를 수행 중이라고 보고가 들어왔습니다."

채봉추가 조금 비틀거렸다.

"그, 그랬군. 살아 있었군."

동방극도 놀란 얼굴이었다.

"대단하군. 진초운. 그런 수를 쓰다니. 어쩌면 진짜로 서문창을 죽일지도 모르겠어."

채봉추가 부정했다.

"사혈련도 상황을 알게 됐으니 방비를 더욱 철저히 할 겁니다. 아무리 진초운이라고 하더라도 성공하기 어렵습니다. 사혈련에 큰 피해를 주겠지만 서문창까지는 어떻게 하지 못하고 죽을 겁니다."

동방극이 사람 좋아 보이는 웃음을 지었다.

"그래도 나는 기대를 하고 싶다네. 그는 이제 내가 어떻게할 수 없는 사람이야. 나조차도 놀라게 하는 이런 능력을 보여주는 진초운이라면……."

동방극의 웃음 짓는 눈 속에서 차가운 빛이 짧게 번뜩였다.

"서문창과 같이 죽을 거야."

　　　　　*　　　　*　　　　*

　단백호는 마차 안에서 진초운의 소식을 들었다.

　"정녕 놀라운 놈이군. 꼼짝없이 죽을 줄 알았는데 화공으로 단숨에 상황을 뒤집어 버리다니."

　운벽아가 그의 팔짱을 낀 채 애교를 떨었다.

　"문주님이었다면 그런 잡기를 쓰지 않고 단숨에 깨버리셨을 텐데요?"

　단백호가 운벽아의 머리에 가볍게 꿀밤을 놓았다.

　"바보 같은 것. 그 상황에서는 힘이 능사가 아니다. 화공은 적절한 수법이었어."

　"아야야. 그래도 무공으로 이기는 게 더 멋있잖아요."

　"서문창과 싸울 힘을 남겨두려면 너무 무리하지 않는 게 좋다. 물론 나라면 애초에 그 진에 걸려들지도 않았겠지."

　"문주님이 아시는 걸 진초운은 몰랐던 거지요?"

　단백호가 쓴웃음을 지었다.

　"아니야. 생각해 보니 진초운이라면 진의 정체를 미리 파악했을 거다. 그는 그런 남자니까. 아마 화공을 쓰기 위해서 일부러 걸려준 거겠지."

　"문주님은 진초운을 너무 높게 평가하시는 것 같아요."

　"놈은 현 무림에서 나 다음가는 능력을 가지고 있다. 나에 비하면 태양 앞의 반딧불과 같은 놈이지만 그래도 인정할 건

217

인정해 줘야지."

운벽아가 아담한 크기의 머리를 단백호의 가슴에 파묻었다.

"우리 문주님, 마음도 넓으셔라."

단백호가 그녀의 머리를 쓰다듬으며 중얼거렸다.

"오히려 잘됐다. 어차피 서문창도 처리했어야 하는 인간이다. 기왕 이렇게 된 거 진초운이 죽여주면 좋겠군. 양패구상으로 둘 다 죽는다면 더 바랄 게 없겠지."

$$* \qquad * \qquad *$$

비연대는 진초운을 찾을 필요가 없었다. 진초운이 먼저 그들을 찾아왔다.

진초운의 옷은 여기저기에 검댕이가 묻어 있었다. 얼굴도 시커멨다. 불구덩이를 헤쳐 온 것이 확연히 드러났다.

비연대장이 혹시나 해서 질문했다.

"혹시 화상을… 입으셨습니까?"

진초운이 비연대장의 옷에 얼굴을 쓱쓱 닦았다.

"내가 당할 거라면 불 지르지도 않았어."

닦아낸 부분에서 뽀얀 맨살이 드러났다.

"그러실 줄 알았습니다. 그런데 저기 구겨놓은 녀석은 누구입니까?"

"사마이지."

"이름을 여쭤본 것이 아니라… 허억! 사혈련 정찰전주 사마이지!"

진초운이 히죽 웃었다.

"우리 일에 도움이 많이 되겠지?"

비연대장의 얼굴이 더 이상 밝아질 수 없을 정도로 빛났다.

"물론입니다. 저자는 사혈련의 방어 태세에 대한 정보는 물론이고 여러 기밀을 잔뜩 알고 있을 겁니다."

"그래서 데려왔어. 이제부터 저놈을 쥐어짜 봐. 쓸 만한 게 나와야 우리가 살아남을 확률이 올라가니까."

"알겠습니다! 이 기쁜 소식을 즉시 무황성에 보고하겠습니다!"

진초운이 인상을 썼다.

"보고? 그거 꼭 해야 해?"

"큰 공을 세우셨으니 당연히……."

"나 믿지?"

"무, 물론입니다. 우리 비연대는 이제 총사령님만 믿고 있습니다."

"그럼 보고하지 마."

"예?"

"우리가 그렇게 빨리 움직였는데도 불구하고 나 하나 노리고 만 명짜리 진을 설치했어. 내 움직임을 정확히 알지 못하면 그런 거 못해. 준비하는 시간이 긴 진이니까. 그게 뭘 의미할 것 같아?"

비연대장은 바보가 아니다.

"정보가… 샜다는 뜻입니까?"

"샜어. 이놈 조져 봤더니 샜다고 실토했어. 그것도 두 군데에서 샜대."

비연대장이 검을 잡았다.

"도대체 어떤 놈이 배신을 했습니까?"

"몰라. 그러니까 무황성에 알리지 마. 사마이지는 그냥 불타 죽은 거로 처리하자고."

"알겠습니다!"

비연대장이 부하들을 돌아보았다.

"너희들도 들었을 것이다. 이것은 무황성 내의 첩자를 잡기 위함이다. 또한 우리 모두의 목숨이 걸려 있는 일이기도 하다. 이 비밀을 죽는 한이 있어도 누설하지 마라!"

비연대원들이 일제히 외쳤다.

"알겠습니다!"

*   *   *

수많은 무사들이 사혈련을 빠져나와 이동했다. 모두 기세등등한 모습이었다.

무림인들의 싸움이라 하나 전쟁은 전쟁이다. 일반인들의 삶에 영향을 끼치지 않을 리 없다.

사혈련 주변에서 살던 사람들은 그 대규모 병력 이동을 쳐다보며 소곤거렸다.

"예전에도 오만 명이나 나갔다고 하더니, 이번에도 숫자가 어마어마한데?"

"매일매일 여러 부대가 나가잖아. 그동안 나간 숫자가 아마 만 명은 당연히 넘을 거야. 어쩌면 이만 명도 넘을지 모르겠군."

"사혈련이 많이 불리한가 봐. 저렇게 무사들을 계속 내보내는 걸 보니까 그런 생각이 드네."

"아닐지도 모르지. 무사들이 끝없이 나오는 걸 보라고. 이기고 있으니까 다른 곳에서 무사들을 보내주는 것 아니겠나?"

"누구 말이 맞는지는 전쟁이 끝나보면 알겠지. 그런데 이상하네. 사혈련이 무사를 이렇게 많이 모았었나?"

진유의방은 사혈련의 영역에도 두루 퍼져 있다. 과거에 마의 탁광산은 탁가의방 백 개를 파산 상태로 만들어 진초운에게 떠넘겼다. 그것이 불어 이제 사혈련 영역에 있는 진유의방의 수는 거의 이백여 개에 가까웠다.

진유의방은 기본적으로 환자를 가리지 않는다. 돈이 없는 자는 물론이고 사파의 무사라고 하더라도 받는다. 진유의방이 사혈련 지역에서 차지하는 의료 시설 비중이 너무 커서 이제는 누구도 그것을 없앨 수 없었다.

그 진유의방 중 한곳에서 업무를 보조하는 일을 담당하는 마행수가 환자를 안내했다.

환자가 그에게 질문했다.

"혹시 사혈련 무사들이 그렇게 바쁘게 간 곳이 어디인지 아십니까?"

마행수가 너털웃음을 터뜨렸다.

"허허. 그걸 제가 어떻게 알겠습니까?"

"진유의방은 금룡 대협의 사업체 아닙니까? 뭔가 좀 들으신 이야기가 없습니까?"

"저야 그냥 일꾼인걸요. 전쟁이 어떻게 돌아가는지는 알지 못한답니다."

"하긴, 그거야 그렇겠네요."

"의원님이 기다리고 계십니다. 이리 오시지요."

그날 밤에 마행수의 의방에 한 사람이 조용히 스며들었다. 진초운이었다.

진초운이 마행수의 몸을 슬며시 흔들었다.

"자요?"

마행수가 눈을 번쩍 떴다. 달조차 뜨지 않아 별빛 말고는 아무것도 없었지만 마행수는 진초운의 얼굴을 대충 구분할 수 있었다.

그가 즉시 몸을 일으켜 한쪽 무릎을 꿇었다.

"진유정보대 마행수, 대협을 뵙습니다."

"인사는 됐고요, 물건은 잘 있죠?"

"가까운 곳에 허름한 창고를 하나 빌려 보관해 두었습니다."

"잘했어요. 이제 준비는 다 됐네요. 다른 정보는 뭐 없어요?"

마행수가 누워 있던 바닥을 뜯더니 종이를 몇 장 꺼냈다.

"그동안 여기서 치료받은 사혈련 무사들에게서 주워들은 것들입니다. 그리고⋯ 사혈련 무사들의 이동이 감지되었습니다."

"이동이라니요?"

"정확한 수는 알 수 없지만 만 명에서 이만 명 정도 규모라고 합니다."

진초운은 사마이지를 쥐어짜서 얻은 정보를 가지고 암산을 해보았다.

"그 정도가 빠져나왔다면 사혈련에 남은 무사의 수는 얼마 안 되겠네요? 거의 텅텅 비었겠네."

"그럴 거라고 생각됩니다. 하지만 물자를 보관해야 하는 임무 때문에 잠입해서 알아보지는 못했습니다."

"고일산이 직접 왔다면 모를까, 사혈련 잠입은 쉬운 일이 아니에요. 알았어요. 그럼 시간 끌 게 없겠네."

*　　　　*　　　　*

진초운은 진유상단을 이용해 비연대의 장비들을 미리 옮겨놓았다. 그는 비연대가 자기 물건을 챙기는 것을 보며 상황을 설명했다.

"오늘은 달이 뜨지 않는 밤이야. 사혈련의 무사들은 우리를 잡겠다고 빠져나간 것 같고. 정보가 정확하다면 현재 사혈련에 남은 무사의 숫자는 아마 오천 명이 안 될 거야."

비연대 무사들의 얼굴이 환해졌다.

비연대장이 밝은 얼굴로 말했다.

"적의 수가 예상보다 적습니다. 도망칠 때 생각보다 많은 수가 살아남을 수 있겠습니다."

진초운이 고개를 끄덕였다.

"맞아. 완전히 텅텅 비면 더 좋겠지만 그건 말도 안 되는 소리고, 지금 습격한다면 정말 최소한의 피해로 일을 완수할 수 있을 거야."

비연대 무사들의 얼굴에 비장함이 떠올랐다.

적의 수가 많이 줄었다고 하지만 그래도 오천 명 대 백 명이다. 더구나 사혈련의 본거지에 있는 건 정예 무사들이다.

정면으로 싸운다면 몰살당하는 것이 당연하다. 그들의 목표는 몇 명이나 살아서 도망치느냐이지 이기는 것이 아니다.

지금은 그나마 나아진 상황이다. 예전이라면 살아 도망치는 것 자체를 꿈꾸지 못했다.

비연대장이 중얼거렸다.

"드디어 오늘……."

진초운이 그 말을 받았다.

"악당 두목의 제삿날이지."

*　　　*　　　*

진초운과 비연대는 분해된 자재를 가지고 사혈련에서 비교적 가까운 곳에 있는 산꼭대기에 올라갔다. 그곳에서 능숙한 솜씨로 연을 조립했다.

진초운이 조립된 연을 들어보았다.

"이거, 너무 가벼워서 영 믿음이 가지 않는데? 정말 이거 타고 하늘을 날 수 있는 거야?"

비연대장이 큰 소리를 쳤다.

"저는 이 비연을 타고 하늘을 난 경험이 백 번이나 있습니다."

"그러다 죽는 사람은 없어?"

"연습용 대형 연은 사망자가 없습니다."

"연습용? 그럼 이거는?"

"실전용은 작게 만들어졌기 때문에… 훈련 두 번에 한 번은 사망자가 나옵니다."

진초운의 얼굴이 일그러졌다.

"가만, 이거 이야기가 다르잖아. 이거 무지하게 위험하네."

"하지만 백 명 중에 한 명입니다. 정확히 말하면 반 명입니다. 그 정도 위험은 감수할 수 있습니다."

"백 번이나 이걸 타고 용케 살아남았네?"

"그래서 비연대장이 되었습니다. 저와 경쟁하던 동기들은 모두 연이 추락해서 죽었습니다."

천하의 진초운도 그 소리에는 입을 다물지 못했다.

"무, 무황성도 참 지독한 부대를 만들었네. 비연대가 왜 그렇게 기밀인가 했더니, 적이 알까 봐 무서워서가 아니라 사람 마구 죽어가는 부대라서 숨긴 거 아냐? 평판 나빠질까 봐 비밀로 한 거 같은데?"

"저로서는 알 수 없습니다."

"과거야 어떻든 이번이 마지막이야. 다들 준비하자고. 나비처럼 날아가서 콱 쏴야지."

그때였다. 비연대 무사 한 명이 급히 다가왔다.

"문제가 생겼습니다."

"문제라니?"

"낙하우산이 하나 모자랍니다."

비연대장의 얼굴이 굳었다.

"숫자를 정확히 확인해서 보냈다. 이제 와서 모자란다니. 그게 무슨 소리냐?"

"낙하우산 중 하나가 파손되었습니다. 그걸 타고 뛰어내리면 틀림없이 죽습니다."

"여분은?"

"운송 물량의 부피를 최소한으로 줄이기 위해서 여분은 넣지 않았습니다."

비연대장이 입술을 깨물었다.

"할 수 없군. 한 명은 남는 수밖에."

무사들 중 몇 명이 혹시나 하는 눈빛으로 고개를 들었다.

'여기 남는다면 살아날 확률이 대단히 높아진다.'

'내가 뽑혔으면.'

진초운이 끼어들었다.

"내가 낙하우산 없이 내려갈 테니 걱정하지 마."

비연대장이 즉시 반대했다.

"그럴 수는 없습니다. 진 대협은 가장 중요한 임무를 수행하셔야 합니다."

"괜찮아. 어차피 난 따로 내려가니까, 낙하우산 없이 조용히 스며들겠어."

"연이 나는 높이는 무려 백 장입니다. 그 높이에서 어떻게 뛰어내리신다는 겁니까?"

227

진초운이 목을 한번 휘휘 돌렸다. 우두둑 소리가 들렸다.

"다 방법이 있다니까."

*　　　　*　　　　*

대부분의 연은 지상까지 실로 이어지는 연줄이 있다. 그러나 이들이 타는 연은 특수하게 제작된 것이라 연줄이 필요없었다. 대신에 그것을 떠오르게 하기 위해서는 내공이 제법 높아야 했다.

비연대 무사들은 맞바람을 맞으며 달렸다. 비연대장의 연이 가장 먼저 떠올랐다.

조금 솟아오르던 연이 떨어지려고 했다. 비연대장은 경공을 쓰듯 운기하여 몸의 무게를 가볍게 했다. 연이 조금 더 떠올랐다. 비연대장은 내공으로 몸의 무게를 조종하고 팔로 연의 방향을 적당히 비틀어 하늘로 솟아올랐다.

그렇게 백한 개의 연이 하나둘씩 하늘을 날아올랐다. 연은 천천히 활공을 하며 사혈련 쪽으로 이동했다.

진초운은 연을 조작하며 감탄했다.

"이야아. 하늘을 난다는 거 이거 진짜 시원하네. 나중에 우리 미미에게 가르쳐… 위험하니까 가르쳐 주지는 말고 내가 안고 날아야겠다."

사혈련의 본부는 넓었다. 달도 뜨지 않은 밤에 그 밤하늘 위를 비연 백한 개가 조용히 맴돌았다.

비연대장이 명령을 내렸다.

"지금이다. 강하!"

백 명의 비연대 무사들이 동시에 연에서 손을 놓았다. 대신에 가슴에 단단히 끼워두었던 낙하우산을 꺼내 펼쳐 들었다.

낙하우산은 커다란 우산과 비슷한 생김새였다.

생김새만 비슷했지 재료는 우산과 완전히 달랐다. 우산대는 단단한 철죽을 잘라 만들었다. 우산살에 쓰인 쇠는 보검을 만들어도 좋을 정도로 튼튼한 것이다. 그리고 우산 역할을 하는 천은 질긴 비단에 약간의 천잠사를 섞어 강한 바람에도 찢어지지 않도록 되어 있었다.

그러나 그것만 가지고는 사람의 떨어지는 속도를 감당하지 못한다. 그래서 비연대는 경공을 익히는 데 주력해 왔다.

비연대원들은 즉시 내공을 일으켜 몸을 가볍게 했다.

초상비만은 못해도 가는 나뭇가지 정도는 꺾이지 않을 정도로 그들의 몸이 가벼워졌다. 그 상태로 우산을 이리저리 움직였다. 우산을 움직이는 경로는 단순하지 않았다. 그것이 위로 올라가는 기류를 일으켜 비연대원들의 몸이 떨어지는 속도를 한층 더 늦추었다.

진초운은 비연대와는 다른 방향에서 떨어지고 있었다. 그는 두 팔을 옆으로 쫙 펼친 채 공력을 운기했다. 그의 몸 주변으로 뇌기가 가볍게 일어났다. 뇌기를 따라 바람이 회전했다. 몸 주위로 회오리바람이 일어나 그의 낙하 속도를 늦추었다.

마침내 비연대원들이 땅에 내려섰다. 떨어진 위치는 서로 달랐다. 하지만 사혈련의 중심에 내려선 자는 아무도 없었다. 애초에 목표는 중심이 아니었다.

비연대원들이 거의 비슷한 시간에 내려섰다. 매복해 있던 사혈련 무사들이 그들을 발견하고 비상 호각을 불었다. 마지막 비연대원이 내려서며 낙하우산을 집어 던졌다. 그와 동시에 비연대장이 소리쳤다.

"작전 개시!"

비연대원들이 즉시 품에서 작은 공을 꺼내 불을 붙였다. 그것을 사방으로 집어 던졌다.

콰쾅!

화탄이었다. 화탄 백여 개가 사혈련 곳곳에서 폭발했다.

"크아악!"

사방에서 비명이 터졌다. 화탄의 폭발에 말려든 무사들의 비명이었다.

화탄은 그 위력이 일반에 알려진 것만큼 크지 않다.

일반인이 소문으로 들은 화탄은 비격뢰나 진천뢰 같은 특별한 것이다. 그런 것들은 정말로 강력한 파괴력을 가지고 있다.

하지만 그런 건 화기를 만드는 문파에서 목숨처럼 아끼는 보물이다. 아무리 무황성이라고 해도 그 귀한 걸 백 개나 입수할 방법은 없다.

모든 화탄은 위력과 상관없이 비싸다. 비연대원들이 던진 화탄 역시 비싼 물건이다. 하지만 그 폭발 반경은 일 장이 고작이었다.

화탄을 던진 것은 폭발력을 바라고 한 일이 아니다. 그들이 던진 화탄은 속에 진득한 송진을 잔뜩 품고 있었다. 사방으로 튀어간 뜨거운 송진에 불이 붙었다.

순식간에 사혈련 여기저기가 불길에 휩싸였다. 깜짝 놀란 사혈련 무사들이 우왕좌왕하며 뛰어다녔다.

비연대는 최초의 화탄 공격을 마친 후 즉시 도망쳤다. 하지만 쉽지 않았다. 무사의 수가 너무 많았다. 쫓고 쫓기는 추격전이 벌어졌다.

진초운은 사혈련의 중심 쪽에 있는 건물에 내려섰다. 그는 숨죽인 채 돌아가는 분위기를 파악했다.

그의 얼굴이 서서히 일그러졌다.

"이게 뭐야. 수가 너무 많잖아."

막 불이 붙기 시작한 전각들의 문이 활짝 열리며 무사들이 몰려나왔다.

마의 탁광산이 사혈련의 중심에서 멀찍이 떨어진 곳에 나타나 소리를 질렀다.

"잔챙이들은 신경 쓰지 마라! 진초운을 잡아라!"

무사들은 꾸역꾸역 몰려나왔다. 불붙은 전각이 수십 개에 달했지만 그걸 끌 생각도 하지 않았다. 그들은 모두 중심을 향해 밀려왔다.

바로 진초운이 있는 곳이었다.

진초운은 더 이상 숨어 있어봐야 의미가 없다는 것을 깨달았다.

"또 함정이군. 젠장."

탁광산이 사혈련주 서문창에게 손을 비비며 아부했다.

"역시 련주님의 계책은 신묘하기 이를 데 없습니다."

"흐흐흐. 당연하지. 나는 사마이지의 시체를 발견하지 못했다는 말을 듣고 이런 상황을 예상했다. 그 녀석은 살기 위해서 아는 걸 모두 불 놈이니까."

"그렇습니다. 전투 부대 몇 개를 낮에 내보내고 밤에 몰래 불러들이는 걸 반복한 작전이 주효했습니다. 진초운은 사마이지로부터 남은 병력의 숫자를 알아냈을 테니, 분명히 여기가 텅텅 비었다고 생각했을 겁니다."

"흐흐. 진초운. 숲에서는 만 명을 상대로 용케 이겼다만, 이번에는 이만 명이다. 전각을 아무리 태워봐야 소용없다. 네놈의 목만 벨 수 있다면 그런 건 아깝지 않아."

"련주님께서 손을 쓰실 필요도 없습니다. 아랫것들이 다 알아서 하게 놔두십시오."

서문창 역시 직접 손을 쓰고 싶은 생각은 없었다.

"내가 저 개자식을 잡다가 다치기라도 하면 동방극과 싸울 때 불리하다. 아무리 나라고 해도 동방극은 방심할 수 없는 상대니까. 뭣들 하느냐? 십만 냥의 상금과 문파 하나가 걸린 목이 저 앞에 있다. 즉시 쳐 죽여라!"

탁광산이 목을 쭉 빼고 소리 높여 외쳤다.

"즉시 쳐 죽이랍신다!"

사혈련 무사들이 일제히 함성을 지르며 진초운에게 달려들었다.

"우와아아아!"

진초운이 검을 꽉 움켜잡았다. 그의 일그러진 입술 사이로 목소리가 새어 나왔다.

"엿 됐다."

第八章

무황성주 동방극이 자기 집무실에서 느긋하게 차를 마시며 말했다.

"지금쯤 진초운이 사혈련을 습격했겠군."

채봉추도 그의 앞에서 찻잔을 들고 있었다.

"달이 뜨지 않는 밤이니 오늘을 놓치지 않았을 겁니다."

"성공할 수 있을까?"

"성공한다면 더 이상 바랄 것이 없고, 실패한다고 하더라도 최대한의 타격을 줄 것입니다."

"아쉽군. 전쟁에 큰 도움이 될 인물이었는데… 너무 뛰어났던 것이 문제였지."

"그의 죽음으로 우리 무황성은 전쟁을 이길 수 있게 됐습니다. 그리고 이 일에 대한 모든 칭송은."

채봉추의 눈가에 웃음이 맺혔다.

"성주님의 것입니다."

동방극이 헛기침을 했다.

"허험. 나는 진초운의 죽음이 안타까울 뿐, 공명심은 없다네. 나중에 진초운의 사당을 세워주는 것 잊지 말게나."

그렇게 말하는 그의 눈가에도 잔주름이 맺혔다.

*   *   *

유미미가 시름에 젖은 채 앉아 있었다.

"휴우. 오라버니가 무사하셔야 할 텐데."

무황성 용봉각 시녀인 주월영이 그녀의 앞에 과자를 내려 놓으며 말했다.

"아가씨, 천하에 금룡 대협이 위험하게 할 수 있는 사람이 어디 있어요?"

유미미가 기운없는 손길로 과자를 집었다.

"정말 괜찮을까요?"

"우리 성주님이나 사혈련주 정도라면 모를까, 보통 고수들은 상대도 안 돼요."

"사혈련주는 위험해요?"

"설마 대협께서 사혈련주를 죽이러 가셨겠어요? 그러니까 괜찮으실 거예요."

"냠냠. 그렇겠죠? 우리 오라버니니까 당연히 괜찮겠죠?"

"그럼요. 다른 분도 아니고 금룡 대협이신데요."

그녀가 과자를 한 움큼 집었다.

"빨리 돌아오셨으면 좋겠다."

＊　　　＊　　　＊

진초운은 무사들이 몰려들기를 기다리지 않았다. 그가 먼저 몸을 날렸다.

밀려오는 무사들이 거대한 파도였다면 진초운의 모습은 그것에 꽂히는 작살과 같았다.

진초운의 피부를 금의 기운이 뒤덮었다. 피부가 쇠처럼 단단해졌다. 그 위를 목의 기운이 감쌌다. 단단한 호신강기가 온몸을 보호했다.

화의 기운을 끌어올린 그가 기합 같은 고함을 지르며 검을 뻗었다.

"비켜!"

그가 내뻗는 검에서 마치 불기둥이라도 솟는 듯한 착각이 일어났다. 검에서 뿜어지는 기운에는 실제로 불기둥보다 더 뜨거운 열기가 섞여 있었다.

"으아악!"

처음에 격돌한 무사들이 화의 기운에 맞아 날아갔다. 진초운이 계속 전진하며 검을 수평으로 휘둘렀다.

"난 두목부터 조진다!"

검에서 수의 기운이 뿜어져 나왔다. 무딘 칼날이 극도로 날카로워졌다.

"크아악!"

흑룡검의 움직임에는 조금의 관대함도 없었다. 칼날은 무사들의 검과 몸을 함께 베었다. 베인 무사들이 비명을 지르며 나자빠졌다.

진초운이 몸을 띄웠다. 그의 몸이 앞쪽 위로 솟아올랐다. 거의 동시에 뇌의 기운을 끌어올렸다. 칼끝에서 번개가 쳤다.

쫘르릉!

눈부신 빛이 번쩍였다.

번개에 맞은 무사들이 나뒹굴었다.

"커컥!"

그의 화려한 모습이 사혈련 무사들의 마음을 무겁게 했다.

진초운은 이 한번의 뜀으로 서문창과의 거리를 좁히려고 했다. 그러나 그럴 수가 없었다.

수십 명의 고수가 무리 중에서 튀어나왔다. 그들은 공중에 솟은 진초운을 노리고 달려들었다. 그들의 검에서 검기가 솟았다.

진초운이 즉시 왼손을 뻗었다. 독의 기운이 단전에서 올라와 운기를 거친 후 그의 손바닥에 맺혔다. 손이 검은색으로 변했다. 진초운의 손이 십여 개로 늘어나는 듯했다. 그 손으로 날아오는 검을 모조리 후려쳤다.

"꺼져!"

대부분의 칼날이 그 손바닥에 맞아 튕겨졌다.

튕겨진 건 정면으로 달려들던 절반이다. 나머지 절반은 진초운의 옆을 노리며 날아왔다.

그들의 칼날이 진초운의 몸을 베었다. 호신강기와 쇠처럼 단단해진 피부가 그들의 공격을 튕겨냈다. 옷이 걸레가 되었다. 그러나 피부에는 긁힌 상처 정도만이 남았다.

진초운은 그들을 그냥 보내줄 생각이 없었다. 스쳐 지나가는 십여 명의 고수들에게 왼손을 뿌려댔다.

"어딜!"

그의 손이 다시 분열했다. 거의 동시에 무사들이 피를 뿜으며 날아갔다.

"크아악!"

그들의 몸 여기저기에 시꺼먼 손바닥 자국이 남았다. 진초운의 독장이었다.

진초운도 손해를 보았다. 서문창 쪽으로 날아가던 그의 몸은 격렬한 격돌 때문에 뒤로 퉁겨졌다.

진초운의 몸이 밀려나 떨어지는 곳은 어느새 무사들이 채우고 있었다. 그들의 검이 진초운을 노렸다.

진초운이 몸을 뒤집었다. 흑룡검을 아래로 하고 허공에서 물구나무를 섰다. 그 상태로 검부터 바닥에 내리꽂혔다.

이미 단전에서 올라온 토의 기운이 흑룡검을 단단히 감싸고 있었다. 검에서 뿜어져 나온 기운이 땅에 꽂혔다.

콰앙!

반경 일 장에 달하는 땅거죽이 폭발했다. 그 공간에 있던 무사들의 몸이 같이 솟아올랐다. 그중 태반이 폭발력에 휘말려 중상을 입었다.

폭발의 여력은 옆으로도 날아갔다. 반경 이 장 이내의 공간에 있던 무사들이 폭풍에 휘말려 나자빠졌다.

진초운이 다시 몸을 뒤집었다. 파여 나간 땅을 두 발로 힘껏 걷어찼다. 그의 몸이 다시 공중으로 솟았다.

이십여 명의 고수가 다시 진초운을 요격하기 위해서 하늘로 솟았다. 공중에서 그들이 다시 충돌했다.

진초운의 어마어마한 무위는 사혈련 무사들을 경악하게 하기에 충분했다.

"사람이 아니야."

지금까지는 진초운이 무공을 자랑하면 적의 사기가 줄어들었다. 그것으로 기세를 잡아 적을 도망치게 만드는 것이 그의 싸움 수법이었다.

하지만 이번에는 아무도 도망치지 않았다.

"그래도 우리는 이만 명이나 된단 말이야. 반면에 저자는 단 한 명이지."

"어디 그뿐인가? 우리 뒤에는 련주님이 계시지. 련주님의 무공은 천하무적이니 진초운이 당해낼 수 없어."

오히려 적극적으로 움직이는 자들이 나왔다.

"진초운의 몸에 한 칼만 맞춰도 은자 천 냥이야. 목을 벤다면 십만 냥에 문파 하나가 떨어진다고. 이 기회를 놓칠 수 없다. 그러니까 비키란 말이다!"

돈에 눈이 먼 사혈련 무사들이 죽을 둥 살 둥 달려들었다. 지금까지 진초운이 상대한 무사들과는 완전히 달랐다.

서문창이 그런 싸움터를 보면서 웃음을 터뜨렸다.

"으하하하. 금룡 진초운. 돈이 네놈의 부하나 다름없다지? 돈은 너만 많은 것이 아니다. 어디 내 돈의 힘에 한번 당해보아라! 쳐라! 진초운을 이용해서 큰돈을 벌어라!"

비연대 무사들은 진초운이 싸우는 사이에 사혈련 바깥쪽으로 도망쳤다. 애초에 그러기로 약속되어 있었다.

사혈련의 외곽에는 아무도 없었다. 모든 무사들이 진초운을 향해 달려들고 있었다.

비연대 무사들은 살 기회를 잡았다. 하지만 그들은 차마 그대로 도망치지 못했다.

"대장님, 진초운 대협을 버려두고 가는 겁니까?"

"애초에 그렇게 약속되었지 않느냐? 우리는 사혈련의 무사들을 유인하고, 진초운 대협은 서문창을 죽이기로……."

"하지만 우리의 유인 작전은 실패입니다. 아무도 우리를 쫓아오지 않습니다."

비연대장이 화를 버럭 냈다.

"그럼 어떻게 하자는 말이냐? 도우러 갈까? 우리 백 명의 힘으로는 외곽도 제대로 뚫어보지 못하고 전멸한다!"

"그래도……."

비연대장이 비장한 목소리로 말했다.

"우리 모두가 살아남게 된 건 진초운 대협께서 저들을 묶어두고 계시기 때문이다. 우리는 그 은혜를 죽을 때까지 잊지 말아야 한다."

"잊지 않습니다!"

"모두 똑똑히 봐두어라. 진초운 대협께서 수많은 사혈련 무사들과 싸우시는 모습을 똑똑히 봐두란 말이다. 나중에 사람들에게, 저분께서 마지막 순간까지 얼마나 당당하셨는지, 저분의 칼에 얼마나 많은 사혈련 개잡놈들이 죽었는지 하나도 빼놓지 말고 전해라."

비연대 무사들이 일제히 대답했다.

"단 한 장면도 놓치지 않겠습니다!"

그들은 즉시 가까운 전각들을 찾아 지붕 위로 올라갔다. 싸움을 보는 그들의 눈시울이 붉어졌다.

비연대장이 높은 지붕 위에서 바람을 맞으며 중얼거렸다.

"금룡 진초운 대협. 그대의 마지막 모습을 이 두 눈에 단단히 새겨두겠습니다."

몇 채의 전각 지붕 위에서, 백여 명의 비연대 무사가 우뚝 서서 진초운의 싸움을 장엄한 표정으로 쳐다보았다.

진초운은 비연대의 헛짓에 신경 쓸 여유가 없었다. 그는 정말 죽을 맛이었다.

'젠장. 이건 정말 너무 많다.'

아무리 칼을 휘둘러도 끝이 없었다. 사혈련 무사들의 수는 줄어든 표가 나지 않았다.

여러 명을 단숨에 날라 버리는 강력한 초식을 써보기도 했지만 상대가 겁을 먹지 않았다. 그렇다면 강력한 초식은 공력 낭비일 뿐이다.

"하앗!"

그가 다시 기합과 함께 검을 휘둘렀다.

카앙!

누군가가 그의 검을 막았다. 막아낸 자는 명성이 자자한 고수였으나 버티지 못하고 뒤로 쭉 밀려났다. 내상을 입어 입가에서 가는 핏줄기가 흘러내렸다. 하지만 그가 진초운의 공격을 막아낸 덕분에 아무도 죽지 않았다.

좀 더 뒤쪽에 있던 사혈련 무사들 중 하나가 중얼거렸다.

"좋겠다. 진초운의 검을 성공적으로 막아냈으니 은자 백 냥을 벌었군."

진초운이 검을 빠르게 휘둘렀다. 그의 손이 순간적으로 십여 개로 늘어난 것처럼 보였다.

"크아악!"

무사 십여 명이 몸에서 피를 뿜으며 뒤로 나뒹굴었다.

다 죽이지 못했다. 그중에 다섯 명은 벌떡 일어서서 뒤로 물러섰다.

누군가 또 중얼거렸다.

"공격을 받고도 살아났으니 저 녀석들도 은자 오십 냥은 확보했어."

진초운은 환장할 지경이었다. 그가 소리를 버럭 질렀다.

"서문창 이 개자식! 내 칼에 맞는 것까지 돈을 걸었냐!"

서문창이 만족한 얼굴로 말했다.

"확실히 돈이 좋긴 좋군."

마의 탁광산이 옆에서 손을 비볐다.

"진초운의 반경 이 장 안에 들어갔다 나오기만 해도 은자 열 냥을 준다고 했습니다. 칼이라도 한 번 막아낸다면 은자 백 냥이 생깁니다. 진초운의 몸에 칼이 스치기만 해도 천 냥을 줄 겁니다. 다들 돈에 미쳐서 몰려들고 있습니다."

"후후후. 은자 열 냥을 탐내려고 이 장 안에 들어간 자는 다시 나오기 힘들겠지?"

"뒤로 물러서려고 해도 밀려드는 다른 무사들 때문에 어림도 없습니다. 일단 이 장 안에 들어가면 진초운이 먼저 몸을 빼기 전에는 칼이라도 한 번 섞게 됩니다."

"하하하. 역시 돈이 만인일살대진보다 낫군. 이 얼마나 확실한 수법인가. 진즉에 이럴 것을."

진초운은 몸을 공중에 띄우지 않았다. 공력 소모가 심한 무공도 쓰지 않았다. 돈에 눈이 먼 무사들에게 그런 수법은 통하지 않는다는 걸 깨달았다.

그는 차근차근 서문창을 향해 전진했다. 칼을 휘두르며 덤비는 사혈련 무사들을 베면서 전진했다.

그가 지난 길은 피의 웅덩이나 다름없었다. 그나마 그 자리는 곧바로 다른 사혈련 무사들로 채워졌다. 사방팔방 모든 방향에서 진초운을 공격해 왔다.

입에서 단내가 났다.

"제장. 이러다 진짜 죽겠네."

수련동을 나온 이후로 누구에게 맞아 죽는 날이 올 거라고는 생각해 보지 않았다.

"나보다 센 놈을 만나도 도망치면 그만이라고 생각했는데,

도망치지 못할 상황에 빠질 줄이야……."

입은 투덜거렸지만 두 손은 검과 장법을 동시에 펼쳐 댔다. 그의 몸에서 화염과 번개가 번갈아가면서 터졌다. 그리고 그의 몸도 서문창을 향해 착실히 전진했다.

진초운이 점점 다가오자 불안해진 탁광산이 서문창에게 말했다.

"련주님, 놈이 너무 가까워지는 것 같은데 조금 물러나시는 게 어떠시겠습니까?"

서문창이 인상을 썼다.

"지금 나보고 지쳐 빠진 진초운을 피해 도망치라는 말이냐?"

"그, 그게 아니라……."

서문창이 턱 끝으로 진초운을 가리켰다.

"놈의 검에서 불꽃과 번개가 쏟아져 나왔었다. 손에서 뿜어지는 독기운은 참 위력적이었지. 그 외에도 놈에게 느껴지는 기운은 참 다양하구나."

"한 인간의 몸에 그렇게 여러 개의 기운을 담을 수는 없습니다. 인륜과 도덕을 어기는 짓을 했음이 틀림없습니다."

"그런 짓이야 마의도 자주 하잖아?"

"저, 저는 단지 련주님을 위해서……."

"중요한 건 그게 아니다. 놈이 더 이상 독기운을 쓰지 않는구나."

탁광산의 고개가 획 돌아갔다. 진초운이 화기와 뇌기를 주로 쓰는 것이 보였다.

탁광산이 기쁜 얼굴로 외쳤다.

"독공이 바닥난 것이 틀림없습니다!"

"그렇지. 뇌기 역시 쓰는 횟수가 점점 줄어들고 있네."

"그럼 놈은 지금……."

"공력이 떨어지는 중이다. 저 끝없는 공력이 마침내 바닥나고 있어. 그건 곧."

서문창의 눈에 살기가 돌았다.

"내가 놈의 목을 비틀 시간이 다가온다는 뜻이다."

진초운은 오직 서문창만을 노리고 전진했다. 벌써 그의 손에 죽거나 다친 무사의 숫자가 천여 명에 달했다.

혼자서 천 명의 무사를, 그것도 고수가 다수 섞인 천 명의 무사를 쓰러뜨렸다는 건 두고두고 이름을 남길 만한 대사건이다. 만약 다른 장소에서 그 일이 일어났다면 모두 찬양하고도 남았다.

하지만 이만 명이나 되는 사혈련 무사들에 비하면 그건 일할의 절반밖에 되지 못하는 적은 수였다.

'젠장. 독기운은 먹은 게 너무 적어서 벌써 떨어졌네.'

다른 기운들은 수련동에서 영약들을 먹으며 쌓았다. 하지만 독기운만은 수련동에서 나온 후에 혈고독을 해체해서 얻었다. 그 기운이 가장 먼저 바닥났다.

'슬슬 화의 기운도 떨어져 가고……'

화의 기운은 만년화리 같은 영물의 내단을 먹어서 키웠다. 효과가 좋아서 많이 쓴 덕분에 두 번째로 빨리 사라졌다.

'뇌의 기운도 얼마 안 남았고……'

뇌의 기운은 흑룡검에서 얻었다. 그것 역시 상황은 마찬가지였다. 그의 단전에 남아 있는 뇌기는 그리 많이 남지 않았다.

'토의 기운이 여유가 좀 있지만… 이건 땅을 찍어야 제대로 된 위력이 나오잖아. 하지만 그건 정말 공력을 많이 잡아먹으니까 몇 번 못 쓰는데……'

수련동이 만들어진 땅은 지기가 대단히 강한 곳이었다. 그 땅에서 토의 기운을 얻을 수 있었다. 하지만 그건 조금씩 나눠 쓰는 게 불가능한 공력이라는 게 문제였다.

'수의 기운도……'

공청석유 같은 영약을 먹어 키운 수의 기운은 검을 날카롭게 하고 움직임을 물 흐르듯이 부드럽게 만들어준다. 그것 역시 남은 게 별로 없었다.

진초운이 서문창을 쳐다보았다. 서문창의 비웃음이 보였다. 화가 욱하고 치밀어 올랐다.

"이 개자식을 그냥! 전부 비키란 말이다!"

진초운이 고함을 지르며 검을 뻗었다. 바닥난 화기 대신 만년삼왕을 먹어가며 키운 양의 기운이 솟아올랐다. 흑룡검에서 화의 기운을 쓸 때와는 비교도 안 될 만큼 뜨거운 열기가 치솟았다. 마치 검에서 불타는 용이 솟아오르는 듯한 착각이 일어났다.

이십여 명의 사혈련 무사가 화룡과 충돌했다. 고수고 하수고 할 것 없이 그 기운에 부딪치는 순간 폭발하며 뒤로 날아갔다.

"크아아악!"

잠깐의 공간이 생긴 곳으로 진초운이 땅을 박차고 달렸다. 그 너머로 다시 무사들의 벽이 보였다.

진초운이 왼손을 쭉 뻗었다.

"꺼지라고!"

검제가 수련동을 만들 때 하수오 씨앗을 여러 개 흘렸다. 지기가 강한 땅에 떨어진 씨앗은 이백 년이 지난 후에 백년하수오 밭을 만들었다. 벽곡단은 모두 썩어 문드러졌다. 수련동에서 자생하는 이끼나 벌레, 자잘한 물고기 등을 먹었지만 식량으로 부족했다.

잔뜩 자란 백년하수오를 반찬 삼아 먹은 덕분에 삼 년을 버틸 수 있었다. 거기다 틈틈이 검제가 남긴 천년하수오를 먹어가며 음의 기운을 키웠다.

극한의 음한기공이 운기되었다. 그의 왼손이 얼음보다 차가운 냉기를 뿜었다.

무사들이 기겁을 하며 검을 들어 진초운의 공격을 막았다.

소용없었다.

진초운의 왼손을 막아내는 자가 별로 없었다. 극한의 음한지기가 그들의 혈도를 단숨에 얼려 버렸다.

몇몇 고수는 검으로 진초운의 공격을 막아내는 데 성공했다. 성공이 아니다. 검을 타고 넘어간 음한지기가 그들의 심장을 얼음덩이로 만들었다.

오른손의 검에서는 극양의 검법이, 왼손에서는 극음의 장법이 펼쳐졌다. 미친 듯이 뿜어내는 무시무시한 무공에 사혈련 무사들은 무력하게 죽어 자빠졌다.

워낙에 어마어마한 무공이 펼쳐지자 사혈련 무사들의 공세가 조금 약해졌다. 진초운은 그때를 놓치지 않았다.

"서문창! 나와! 한판 뜨자!"

고함과 함께 토의 기운을 있는 대로 끌어냈다. 몸을 앞으로 날리며 검을 내리꽂았다. 검이 땅바닥을 콱 찍었다.

토의 기운이 사용된 방법이 지금까지와 달랐다. 원이 아니라 선을 그렸다. 검을 꽂은 곳부터 서문창이 있는 방향으로 땅이 잇따라 폭발했다.

폭발의 폭은 일 장에 달했다. 그것이 십여 장의 거리까지 순서대로 터져 나갔다.

쾅쾅쾅!

"크아아악!"

거리가 좀 떨어져 있다고 방심하고 있던 무사들까지 폭발에 말려 날아갔다. 진초운의 앞으로 십여 장에 이르는 공간이 순간적으로 비었다.

그가 땅을 박찼다. 남아 있는 수의 기운을 아끼지 않고 썼다. 몸이 땅에 붙어 화살처럼 날았다. 십 장을 전진하는 동안 누구도 그 움직임을 막지 못했다.

서문창은 진초운이 펼친 무공의 위력에 크게 놀랐다.

"저럴 수가!"

진초운은 단숨에 십여 장을 전진했다. 이제 서문창과의 거리가 그리 멀지 않았다. 여전히 진초운의 검과 손에선 극양과 극음의 무공이 펼쳐졌다.

이제 사혈련 무사들도 슬슬 질려갔다. 아무리 돈이 좋아도 목숨은 하나다. 진초운의 어마어마한 무공을 본 그들의 기세가 조금씩 줄어들었다.

하지만 무사의 수가 너무 많았다.

*   *   *

진초운이 거친 숨을 몰아쉬었다.

"헉헉. 더럽게 힘드네."

사혈련 무사들은 그를 중심으로 멀찌감치 떨어져 넓은 원을 그린 채 포위하고 있었다.

진초운의 손에 쓰러진 무사의 수가 어느새 이천을 넘어섰다. 이제 이곳에 있던 사혈련 무사 열 중에 하나가 쓰러졌다.

처음 천 명까지는 그래도 진초운과 부딪쳐 살아남는 자가 많았다. 그래서 돈에 눈이 먼 무사들이 많이 달려들었다.

그러나 그다음으로 덤빈 사혈련의 무사들은 부딪치는 족족 죽었다. 극음과 극양의 무공은 대충 비껴낼 수 있는 것이 아니다. 무공이 아주 높은 자가 아닌 한 부딪치는 즉시 죽었다.

사혈련 무사들이 진초운을 포위한 채 질린 얼굴로 말했다.

"정말 사람의 무공이 아니다."

"무슨 내공이 끝이 없어?"

"저러다가 진짜로 우릴 다 죽이는 거 아냐?"

"지친 척하고 있지만 우리가 덤벼들면 또 미친 용처럼 날뛸 거야."

"맞아. 내공이 떨어진 줄 알고 안심하고 쳐들어간 놈들은 전부 바닥에 자빠져 있다고."

진초운은 숨을 헐떡거리며 자신의 상태를 점검했다.

'젠장. 공격에 쓸 수 있는 종류의 내공이 바닥났다. 이 상태로는 도망칠 수도 없겠는데?'

그가 서문창을 노려보았다.

'조금만 더 가면 죽일 수 있었는데… 조금만… 방법이 없다.'

서문창도 진초운을 보고 있었다.

"후후. 내공이 바닥난 것이 틀림없군."

탁광산이 조언을 했다.

"그런 척하고 있는 건지도 모릅니다. 이미 몇 번이나 당했습니다."

"훗. 마의, 내 무공을 무시하는 거냐? 저놈의 내공은 분명히 바닥났다. 난 그 사실을 알 수 있다."

서문창의 말은 사실이었다. 진초운의 내공은 정말로 바닥난 상태였다.

탁광산이 아부를 했다.

"그럼 가서 목을 비틀어 버리십시오. 련주님의 명성이 한층 더 높아질 것입니다."

서문창이 씨익 웃었다.

"그럼 그럴까?"

그가 진초운을 향해 움직이려고 했다. 그런데 진초운이 그를 노려보는 눈빛을 보자 뭔지 모르게 뜨끔했다.

서문창이 머리를 굴렸다.

'가만. 상대는 다른 사람도 아니고 진초운이다. 저놈이라면 뭔가 비장의 수를 하나쯤 가지고 있을지 모르지.'

그가 탁광산에게 말했다.

"마의, 네가 처리해라."

탁광산이 펄쩍 뛰었다.

"저, 저에게 말입니까? 하지만 그러다 제가 실수로 죽으면 련주님의 건강은 누가 챙긴단 말입니까?"

"걱정하지 마라. 저놈의 내공은 완전히 바닥났다. 그리고 너에게 좋은 독이 있다며? 그걸로 가서 죽여라. 가능한 한 비참하게 죽여."

"그러니까 련주님께서 직접……."

탁광산이 소리를 버럭 질렀다.

"당장 가서 저놈을 죽이지 못할까!"

탁광산이 급히 허리를 숙였다.

"한 줌 혈수로 녹여 버리겠습니다!"

진초운을 향해 걸어가는 탁광산을 보며 서문창이 중얼거렸다.

"다른 놈도 아니고 진초운인데 무슨 수를 숨기고 있을지 모르지. 안전하게 처리하는 게 좋아."

*　　　*　　　*

탁광산은 포위한 무사들을 뚫고 진초운의 앞에 섰다.

"후후후. 진초운, 드디어 네놈을 죽일 순간이 왔구나."

진초운이 탁광산을 보며 인상을 썼다.

"넌 또 뭐 하는 개자식이냐? 가서 니네 두목 오라 그래라."

"뭣이? 이놈! 내가 바로 마의 탁광산이다!"

"마의? 네가 소교에게 독을 먹인 그놈이구나? 나한테 탁가의방을 떠넘긴 그놈."

"그렇다. 내가 바로 그분이다!"

진초운의 머릿속에 화소교가 하던 경고가 생각났다.

'마의 이 자식은 정말 무서운 독을 가지고 있다고 했어. 아무리 나라고 해도 당하지 못할 거라고. 내가 지친 걸 알고 나섰구나.'

진초운의 공력은 정말로 바닥났다. 그래도 그냥 죽어줄 수는 없었다. 검을 들었다. 칼끝이 부들부들 떨렸다.

"어디. 니 독 맛 좀 보자."

탁광산은 그 모습을 보고 크게 안심했다.

"후후후. 진초운, 검을 들 힘도 없나 보구나."

탁광산의 두 손이 검게 물들었다.

"그렇다면 너를 죽여 내 명성을 높이리라!"

탁광산은 그가 가진 최고의 독을 두 손에 모았다. 그리고는 진초운을 향해 몸을 날렸다.

"진초운!"

진초운이 탁광산을 향해 검을 휘둘렀다. 그러나 검의 움직임에 힘이 없었다. 속도도 느렸다. 탁광산의 손이 더 빨랐다.

그의 두 손이 진초운의 가슴을 짚었다.

탁광산이 누런 이를 드러냈다.

"죽어라!"

탁광산의 손에서 독의 제왕이라고 할 만한 극독이 뿜어져 직접 진초운의 몸속으로 밀려들었다. 그건 거의 독의 정화 그 자체나 다름없었다. 어지간한 고수라면 스치기만 해도 절명할 정도로 지독한 독이었다.

진초운이 이를 악물었다.

"큭!"

독의 정화가 진초운의 몸에 퍼졌다. 그의 눈 흰자위가 대번에 새까맣게 변했다. 그의 몸에도 검은빛이 돌았다. 당장이라도 녹아버릴 것만 같았다.

탁광산이 하늘을 올려다보며 웃음을 터뜨렸다.

"크하하하! 죽어라! 죽어! 한 줌 혈수가 되어라!"

진초운의 입꼬리가 올라갔다. 그가 왼손을 들었다. 탁광산의 목을 잡았다.

"컥!"

탁광산의 눈이 부릅떠졌다. 그는 믿을 수 없었다.

'그 독에 일방적으로 맞고서 어떻게… 이렇게 대놓고 맞아주면 련주라 해도 버틸 수 없는데……'

탁광산의 뇌로 올라가는 피가 모조리 차단되었다. 눈앞이 핑핑 돌았다. 진초운이 흑룡검을 앞으로 들이밀었다. 둔탁한 칼끝이 탁광산의 가슴을 찢으며 파고들었다.

"컥, 커컥!"

탁광산이 버둥거렸다. 두 손으로 진초운의 몸을 후려쳤다.

퍼퍽!

소리만 요란했다. 진초운은 몸을 움찔거렸지만 그뿐이었다.

진초운은 공격에 사용할 수 있는 기운은 다 소모했다. 하지만 금기와 목기처럼 수비에 사용하는 기운은 아직 남아 있었다. 목이 잡힌 탁광산의 공격으로는 진초운의 두 기운을 뚫을 수가 없었다.

밀어 넣은 흑룡검이 탁광산의 가슴을 관통했다. 마의가 흑룡검에 꿰여 흔들거렸다. 이미 숨은 끊어진 후였다.

진초운이 검을 아래로 내렸다. 탁광산의 몸이 땅바닥에 떨어졌다. 발로 시체를 밟고 검을 뽑았다.

여전히 온몸이 새까매져 있었다. 그가 숨을 헉헉거렸다. 숨결을 타고 흘러나오는 독기운이 지독했다.

진초운이 한쪽 무릎을 털썩 꿇었다. 몸이 쓰러지려고 했다. 흑룡검을 지팡이 삼아 버텼다.

서문창이 박수를 쳤다.

"호신기공은 살아 있다는 뜻이군. 그것이 네가 노린 최후의 수였구나. 하나 그런 수법은 마의에게나 통하지. 나에게는 소용없다."

서문창이 검을 뽑아 들고 진초운을 향해 천천히 걸어왔다.

"수고했다만 네 운은 거기까지다. 중독당해 고통스럽겠구나. 내가 깨끗하게 목을 베어주마."

진초운이 흑룡검을 지팡이 삼아 부들거리며 일어섰다.

"내가 겨우 이 정도로 뻗을 것 같아?"

말을 마치기가 무섭게 한쪽 다리가 다시 풀렸다. 몸이 무너지며 오른쪽 무릎이 땅을 짚었다. 흑룡검 덕분에 넘어지는 것만 겨우 면했다.

서문창은 현재 상황에 크게 만족했다.

'이놈은 정말로 공력이 바닥났다. 죽지 않기 위해 바동거리는군. 저항 능력은… 전혀 없겠어.'

그가 주변을 둘러보며 큰 소리로 외쳤다.

"마지막에 무사의 모습을 보이는 네게 감탄했다. 모두 들으라. 이 싸움에 아무도 끼어들지 마라. 이것은 나와 진초운의 싸움이다!"

서문창은 천하제일을 다투는 고수다. 맛이 간 진초운에게 질 거라고는 상상도 하지 않았다.

'명성을 조금이라도 높이려면 이런 말이라도 해줘야지.'

그 속내가 뻔히 보였지만 지금 분위기에서는 통했다. 사혈련 무사들은 진초운에게 대단히 큰 두려움을 느끼고 있었다.

"와아! 련주님이 금룡과 싸우신다!"

"이제 저 괴물과 그만 싸워도 되는 거야?"

"흠. 난 진초운의 검을 막은 적이 있으니 이미 천 냥을 확보했지. 더 이상은 욕심이야, 욕심."

무사들이 서문창을 응원했다. 기분이 좋아진 서문창이 진초운에게 다가갔다.

"진초운, 일어서라."

진초운이 서문창을 올려다보다 피를 한 모금 토했다.

"쿨럭."

새까맣게 변색된 피가 그의 입에서 흘러나왔다. 그러고도 기가 죽지 않아 이죽거렸다.

"이 개자식, 내가 몸만 정상이었어도 넌 죽었어."

서문창이 그를 보고 비웃었다.

"후후. 완전히 끝났구나. 그럼 그냥 죽어라."

서문창이 검을 높이 든 채 무사들을 돌아보았다.

"나 서문창이 진초운의 목을 베어 무림제패의 신호로 삼으리라!"

사혈련 무사들이 일제히 함성을 질렀다.

"우와아!"

이만에 가까운 숫자가 뿜어내는 기세가 전장을 뒤덮었다. 자잘한 기운 따위는 그 속에 완전히 묻혔다.

그때였다.

진초운의 까맣게 변색된 눈동자가 반짝 빛났다.

그의 단전이 거세게 회전했다. 몸을 뒤덮고 있던 독기운이 회오리를 그리며 단 한순간에 단전에 모여들었다. 피부색이 순식간에 정상으로 돌아왔다.

주변을 뒤덮은 무사들의 기세가 서문창의 감각을 방해했다. 그가 진초운의 변화를 느낀 시간이 한 박자 늦었다.

탁광산이 그의 몸에 쏟아 부은 독은 정말 최고 중의 최고였다. 그가 평생 모은 독의 정화였다.

그런데 진초운은 그런 독의 정화를 내공으로 흡수하는 심법을 가지고 있다. 그에게 독의 정화로 공격한 건 가뭄에 단비를 뿌린 것이나 다름없었다. 어느새 단전이 독의 일부를 공력으로 바꾸었다. 나머지 독도 그의 의지에 따라 움직였다.

진초운의 단전에서 정화된 독의 기운이 폭발하듯 뿜어져 나왔다. 그것이 혈도를 타고 운기되었다. 몸속에 모아둔 모든 독을 이 한 번의 공격에 집중시켰다. 흑룡검이 검은 빛 잔상을 남기며 공간을 갈랐다.

"타핫!"

이 순간을 위해서 탁광산의 독을 해소하지 않고 몸으로 버텼다. 그가 가진 아홉 가지 기운 중 하나가 독의 기운이었기에 죽지 않고 버티는 것이 가능했다.

흑룡검이 서문창의 몸을 향해 꽂히듯 날아갔다.

서문창은 사혈련주다. 전대 사혈련주는 천 명의 아이를 모아 지옥에 던져 넣은 후 살아남은 단 한 명을 후계자로 삼았다. 그게 바로 서문창이다.

그가 진초운의 변화를 한 박자 늦게 느끼기는 했다. 그렇다고 해서 칼을 순순히 맞아주기에는 무공이 너무 높았다.

서문창이 즉시 검을 휘둘렀다. 진초운의 흑룡검을 막았다.

"어딜!"

검과 검이 충돌했다. 제대로 막아지지 않았다. 두 자루의 검은 튕기는 듯하면서도 상대의 가슴을 노렸다.

서문창의 머릿속에 퍼뜩 떠오르는 것이 있었다.

'동귀어진?'

그가 몸을 비틀었다. 그의 검이 나가는 궤도도 따라서 비틀어졌다.

흑룡검이 서문창의 어깨를 스쳤다. 서문창의 검은 진초운의 어깨에 꽂혔다.

"큭!"

"씨팔!"

신음과 욕설이 동시에 터져 나왔다.

서문창의 어깨는 얕게 베여 있었다. 진초운의 어깨는 서문창의 검에 의해 조금 깊게 베였다. 서문창은 당당히 서 있었지만 뒤로 한 걸음 물러선 진초운의 어깨에서는 피가 솟구쳤다.

누가 봐도 명확히 우열이 갈렸다.

무사들이 함성을 질렀다.

"와아아!"

"역시 련주님이시다!"

서문창은 그 함성에 대답할 수 없었다. 그는 즉시 내공을 운기해야 했다.

'어깨의 상처를 타고 독기운이 들어왔다.'

처음에는 간단히 막을 수 있을 줄 알았다. 하지만 독기운의 양이 예상보다 엄청났다.

'마의가 진초운에게 퍼부었던 독, 그게 몽땅 넘어왔구나.'

진초운은 흑룡검으로 그의 어깨를 살짝 베는 것만으로도 원하는 일을 할 수 있었다. 그는 그 일격에 자신이 마의에게서 빼앗았던 독을 모조리 쏟아 부었다.

어지간한 고수도 단 한 방울에도 목숨이 끊어질 극독이다. 하지만 서문창을 죽일 만큼은 되지 않았다.

서문창이 독을 억누르며 씹듯이 한마디 내뱉었다.

"비겁한 놈. 독을 쓰다니."

진초운이 어깨를 지혈하며 서문창을 노려보았다.

"아파 죽겠네. 어떻게 두 겹으로 보호했는데도 칼이 비집고 들어오냐. 서문창, 세긴 세구나."

금의 기운과 목의 기운은 금강불괴와 비슷한 효과를 준다. 서문창의 검을 막기에는 부족했지만 어지간한 공격은 막아낼 수 있다. 그리고 그 두 기운은 아직 넉넉히 남아 있었다.

서문창은 자신의 상태를 점검했다.

"이까짓 독. 숨 몇 번 쉴 시간이면 몰아낼 수 있다."

진초운이 그 말을 듣자마자 땅을 박찼다.

"너에게 남은 시간 따위는 없어!"

공격하는 데 쓸 수 있는 공력이 바닥났다. 수의 기운이 아주 조금 남아 보법을 밟을 수는 있었다. 하지만 그걸 공격에 쓰기에는 남은 양이 너무 부족했다.

서문창의 오른쪽 어깨는 독에 의해 거의 마비된 상태였다. 하지만 그는 검법만을 익힌 것이 아니다.

진초운의 움직임은 제법 빨랐지만 정상 상태보다는 많이 느렸다. 움직임도 자연스럽지 않았다.

서문창이 왼손을 뻗었다. 그의 손이 붉은빛으로 변했다.

진초운의 현재 상태로는 서문창의 장력을 피할 수 없었다.

서문창의 손바닥이 달려드는 진초운의 가슴을 정확히 때렸다.

퍼억!

진초운의 몸이 날아오던 속도 그대로 뒤로 날아갔다. 그의 몸이 바닥에 나뒹굴었다.

"쿨럭!"

입가에서 피가 흘러나왔다. 이번에는 붉은 피였다.

무사들이 다시 환성을 질렀다.

"와아아!"

보통 사람이라면 그 일격에 피떡이 되었겠지만 진초운은

특별한 인간이다. 금의 기운과 목의 기운으로 보호된 그의 맷집은 서문창의 공격을 너끈히 받아냈다.

진초운이 그대로 땅을 박차며 서문창에게 달려들었다.

퍼억!

다시 장력에 얻어맞고 뒤로 굴렀다.

"크으윽. 진짜 더럽게 아프네."

한소리 투덜거리고 다시 서문창을 향해 몸을 날렸다.

퍼억!

달려들면 때리는 일이 계속 반복됐다. 사혈련 무사들이 보기에는 서문창이 여유있게 진초운을 때려죽이는 것처럼 보였다.

"크하하하. 저 꼴 좀 봐라!"

"금룡도 별것 아니구나!"

서문창의 사정은 그들의 생각만큼 좋지 않았다. 그는 당황하고 있었다.

'장력을 계속 펼치느라 독기운을 제압할 수 없다.'

탁광산이 평생을 모은 비장의 독이다. 그런 것에 당했는데 무공을 쓰는 데 장애가 전혀 없다면 말이 안 된다. 그럭저럭 장법 정도는 펼칠 수 있지만 위력이 현저히 떨어졌다. 게다가 해독할 시간이 전혀 없었다.

장법을 쓰는 것도 문제가 됐다. 진초운을 한 번 때릴 때마다 강력한 반탄력이 밀려들어 왔다. 그것이 기혈을 조금씩 흔들었고, 독이 몸을 그만큼 잠식했다.

'해독할 시간을 조금만 달란 말이다!'

그렇게 외치고 싶었다. 하지만 약점을 보일 수도 없었다. 그렇다고 도망칠 수도 없었다. 순간적으로 쓰는 장력이라면 모를까, 극독에 당한 상태에서 지속적으로 운기해야 하는 경공을 펼칠 수는 없었다.

진초운은 이제 피투성이였다. 윗도리는 갈가리 찢겨 상체가 드러나 있었다. 몸에 찍힌 손바닥 자국만 십여 개였다.

하지만 그뿐이었다. 진초운은 여전히 시퍼렇게 살아서 악바리처럼 서문창에게 달려들었다. 서문창은 슬슬 장력을 쓰는 데 한계를 느꼈다.

'시간이 필요해.'

시간을 벌기 위해서 고함을 질렀다.

"이건 개싸움이다! 넌 무인으로서 정정당당하게 싸울 의무가 있다!"

진초운에게 그런 것이 있을 리 없다. 서문창이 고함까지 지르자 기세만 더 살았다.

"상인은 그런 거 없다!"

진초운이 다시 달려들었다. 서문창의 손이 움직였다. 지금까지와 똑같은 장력이 펼쳐졌다.

그리고, 진초운의 보법이 달라졌다.

똑같은 방법으로 십여 차례나 덤벼들자 서문창은 같은 수법으로 진초운을 후려쳤다. 평소의 그라면 절대로 하지 않았을 일이다. 하지만 지금은 독 때문에 가장 부담이 적은 수법을 쓸 수밖에 없었다.

그리고 진초운이 마지막 순간에 몸을 획 기울였다. 흑룡검의 궤도가 따라서 변했다. 칼날이 서문창의 빈틈을 노렸다.

서문창은 대단한 고수다. 상황이 극도로 나빠졌지만 장법이 변화를 일으켰다. 그의 손이 진초운의 흑룡검을 쳐냈다. 흑룡검이 진초운의 손을 빠져나가 땅에 꽂혔다.

진초운은 흑룡검에는 신경도 쓰지 않고 계속 달려들었다. 그의 이마가 서문창의 얼굴을 들이받았다.

몸을 움직이지 못하는 서문창은 그걸 피할 수 없었다.

금의 기운과 목의 기운으로 보호되는 진초운의 이마가 서문창의 코뼈와 정통으로 부딪쳤다. 서문창의 몸에서 호신강기가 일어 코를 보호했다.

콰드득!

코뼈가 단숨에 부러졌다. 호신강기만으로 보호하기에는 진초운의 박치기가 너무 강했다.

서문창이 뒤로 한 걸음 물러섰다. 진초운이 한 걸음 달라붙었다. 그의 무릎이 솟았다. 당황한 서문창의 고환을 올려쳤다.

"컥!"

서문창의 입에서 짧은 비명 소리가 터져 나왔다. 아무리 호신강기에 보호되고 있어도 진초운의 무릎차기를 완전히 막을 수는 없었다.

죽을 것 같은 고통이 밀려왔다. 호신강기가 깨졌다.

서문창이 급히 휘두른 손이 진초운의 머리를 때렸다.

떠엉!

마치 거대한 쇳덩이를 치는 듯한 소리가 터졌다.

진초운의 수가 더 높았다. 그는 이미 금의 기운을 머리로 모아놓은 후였다. 서문창의 장력이 대단하기는 했지만 이런 상황에서 창졸간에 펼친 것 정도로는 진초운의 쇠머리를 어떻게 하지 못했다.

진초운의 팔꿈치가 서문창의 턱을 올려쳤다. 서문창이 턱을 들어 그 공격을 피했다. 진초운의 머리가 쳐들은 턱을 받았다.

콰직!

턱이 깨지는 소리가 요란했다.

몇 번의 강력한 충격이 서문창의 몸을 파멸로 몰고 갔다. 서문창이 억눌러 놓고 있던 독의 기운이 그의 몸을 장악하기 시작했다.

'독의 제어가 풀린다. 이러다 죽는다.'

공포에 질린 그가 내공을 운기해 독을 억눌렀다. 동시에 소리쳤다.

"이너므 주그라!"

턱이 박살난 상태다. 말이 제대로 나올 수 없다. 부하들에게 '이놈을 죽여라'고 명령을 내렸지만 아무도 반응하지 않았다.

서문창은 이미 이 싸움은 자신과 진초운의 대결이니 끼어들지 말라고 명령을 내려놓았다. 그 상황에서 부정확한 발음의 명령을 내려봤자 소용없었다. 무슨 말인지 알아들은 사람조차 자기가 들은 말에 확신이 없어 머뭇거렸다.

진초운의 주먹이 서문창의 명치를 때렸다. 어느새 손이 쇠처럼 단단해져 있었다. 주먹이 명치를 파고들었다. 명치 주변의 갈비뼈들이 와장창 부러졌다.

서문창의 눈이 치떠졌다. 충격으로 독기운의 억제에 완전히 실패했다.

진초운에게 남은 내공은 얼마 없다. 아주 약간 남은 수의 기운이 전부다. 금의 기운과 목의 기운은 기본적으로 방어에 전문적으로 사용되는 내공이다.

하지만 서문창의 상태는 진초운보다도 못했다.

진초운에게는 어렸을 때 익힌 시장터의 개싸움 기술이 있었다. 그가 움직이지 못하는 서문창을 마음껏 두드려 팼다.

"이 개자식! 악당 두목 자식! 전쟁이나 일으키는 잡놈아! 죽어라! 죽어!"

서문창의 몸이 서서히 무너졌다. 머리가 깨지고 팔다리가 부러졌다. 갈비뼈가 모조리 박살났다.

서문창이 완전히 무력화되어 바닥에 널브러졌다. 진초운은 흑룡검을 주워 서문창을 향해 휘둘렀다.

"끝이다!"

서문창의 목이 단칼에 잘렸다. 진초운이 그 머리를 걷어챘다. 그의 머리가 땅바닥을 굴렀다. 무림 사파들의 최고 자리에 있던 자치고는 비참한 최후였다.

진초운이 흑룡검을 높이 들고 함성을 질렀다.

"우와아아아!"

第九章

사혈련 무사들은 얼어붙었다. 그들은 서문창이 패배할 거라고는 생각도 하지 못했다. 하지만 그 일이 현실로 벌어졌다. 누구도 움직이지 못했다.

진초운이 몸속에 남은 기운을 점검했다.

'수의 기운 조금… 이거로 싸웠다가는 몇 명 죽이지도 못하고 끝날 거야.'

공격에 쓰기에는 턱없이 모자랐다. 하지만 단거리의 경공을 펼칠 만큼은 되었다. 그의 눈에 서문창이 걸어 들어온 길이 보였다. 무사들이 갈라서 있는 텅 빈 공간이 사혈련 바깥까지 이어져 있었다.

그가 갑자기 땅을 박찼다. 남은 기운을 아끼지 않고 경공을 펼쳤다.

"막는 자, 모조리 베겠다!"

그가 함성을 지르며 달렸다.

얼마 남지 않은 수의 기운이 빠르게 소모되었다. 그래도 달리는 속도만 보면 여전히 내력이 충만한 것처럼 보였다.

포위망은 서문창이 들어온 곳에 구멍이 뚫려 있었다. 진초운이 그곳을 관통했다.

사혈련의 무사들은 아무도 그를 막아서지 못했다.

진초운은 이만 명의 무사들과 싸워 그중 이천 명을 혼자 쓰러뜨렸다. 그 뒤에 사혈련의 하늘이라는 서문창마저 죽였다. 그것도 개싸움으로 패 죽였다.

사혈련의 무사들은 남들 다 가만히 있는데 혼자서 진초운을 막아서고 싶지 않았다. 모두 충격에 빠져 멍하니 구경만 했다.

진초운은 순식간에 포위망 바깥으로 벗어났다. 그러고도 속도를 늦추지 않았다.

지붕 위에 올라간 비연대 무사들이 보였다. 그들도 너무 놀라 말을 못하고 있었다. 다들 입을 떡 벌린 채 달려오는 진초운을 보고만 있었다.

진초운이 그들을 향해 고함을 질렀다.

"튀어!"

비연대는 그때서야 현실을 깨달았다. 새까맣게 모여 있는 사혈련 무사들이 보였다. 반면에 자신들은 단지 백 명뿐이다.

상황을 인지하기가 무섭게 그들이 지붕을 박찼다. 즉시 진초운을 따라 달렸다.

원래부터 몸을 가볍게 하는 무공을 집중적으로 수련한 비연대. 그들의 도망치는 속도가 마치 물 찬 제비 같았다.

뒤늦게 상황을 깨달은 사혈련 무사들이 웅성거렸다.

"지금 혹시 금룡이 도망치는 거야?"

"믿어지지 않지만… 그런 거 같은데?"

누군가 소리를 질렀다.

"쫓아라!"

그때서야 무사들이 반응했다. 소리를 지르며 추격에 나섰다. 추격한다고 생각하자 기세가 등등해졌다.

"잡아라!"

"목을 베는 자는 은자 십만 냥이다!"

고함을 지르며 추격하는 무사들 속에서 좀 더 현실적인 생각을 떠올린 사람들도 있었다.

"련주가 죽었는데 누가 현상금을 주는 거지?"

*　　　*　　　*

진초운은 흙투성이가 된 모습으로 산속에 숨어 있었다. 그가 칡뿌리를 빨다가 말했다.

"서문창을 죽였으니까 전쟁도 끝나겠지?"

비연대장이 환한 얼굴로 말했다.

"당연합니다. 서문창은 놈들의 머리이고 구심점입니다. 그가 죽었으니 사혈련 놈들은 내분을 일으키다 산산이 흩어질 겁니다."

"그래. 남은 건 알아서들 하겠지. 그나저나 우리에 대한 정보를 흘린 놈을 잡아야 하는데."

"배신자의 목은 제 손으로 치겠습니다."

진초운이 히죽 웃었다.

"그 약속 지켜. 그나저나 배고프다."

"죄송합니다. 사혈련 놈들이 워낙 많이 몰려다니고 있어서 불을 피울 수가 없습니다."

"칡이나 더 줘. 그거라도 빨아야지."

"그런데 돈 많은 금룡 대협께서 칡 따위를 드실 줄은 몰랐습니다."

"칡이 어때서? 옛날엔 이것도 없어서 못 먹었어. 어쨌든 대충 먹고 슬슬 움직여 볼까?"

"무황성으로 가는 겁니까?"

"전쟁이 끝날 텐데 내가 거기 서둘러 갈 필요가 있어?"

"예? 하지만 임무가 끝났으니 당연히 복귀를 해야 하지 않습니까?"

"가고 싶으면 니들은 그렇게 하는가. 난 사혈련 본부에 다시 들어갈 거야."

"예?"

진초운이 입술을 핥았다.

"지금 우리를 잡느라고 다 빠져나와 있잖아. 그러니까 텅 빈 사혈련 본부에 들어갈 거야."

"하지만 사혈련주가 죽었습니다. 그곳은 다시 공격할 만한 전략적 가치가 없습니다."

진초운이 손가락을 흔들었다.

"내가 싸울 때 못 들었어? 그놈들이 내 목에 십만 냥의 은자를 걸었잖아. 거기다가 내 공격을 막아낸 놈은 천 냥. 기타 등등. 기타 등등. 엄청난 돈을 걸었잖아."

"알고 있습니다. 지독한 놈들입니다."

"그 돈이 사혈련 어딘가에 있을 거야. 가서 그걸 털어야지."

"예?"

"왜 이렇게 말을 못 알아들어? 내 목에 걸린 돈이 십만 냥이잖아. 내 목에 걸린 돈이니까 내가 받아야 할 거 아냐."

"계, 계산이 왜 그렇게……."

"당연한 계산법이지. 내가 돈을 보고 그냥 갈 리가 있어?"

"그, 금룡은 황금을 보기를 돌같이 한다고 들었습니다. 그런데 왜 돈을……."

진초운이 눈을 껌뻑거렸다.

"응? 그게 무슨 소리야? 황금을 보면 환장한다고 해서 금룡 아니야?"

"예에? 그럴 리가 없습니다. 분명히 황금을 보기를 돌같이 한다고 했습니다."

진초운이 일어섰다.

"에이. 당신이 잘못 알고 있는 거야. 나 돈 좋아해. 무지무 지무지하게 좋아해. 돈이 이 세상에서 두 번째로 좋아. 돈을 너무 좋아해서 내 무림명이 금룡이잖아. 그런 거 아녔어? 난 지금까지 그렇게 알고 있었는데?"

"예? 그럼 첫 번째는 뭔지……."

"쑥스럽게 뭘 그런 걸 묻고 있어? 하여간 말리지 마. 내 목 에 걸린 돈은 반드시 챙겨서 올 테니까. 그럼 나 얼른 갔다 올 게. 안 돌아오면 기다리지 말고 출발해."

진초운은 손까지 흔들며 사라졌다.

비연대장은 혼란에 빠졌다. 그가 소문으로 들은 금룡은 어 려운 사람을 위해서 돈을 물 쓰듯 하는 사람이다. 돈에 욕심 이 없는 사람이다. 하지만 지금 진초운은 그가 아는 것과 너 무나 다른 모습을 보여주었다.

그의 뒷모습을 보며 멍한 눈빛으로 중얼거렸다.

"금룡의 의미가 설마 그런 것일 줄이야……."

진초운이 사혈련을 향해 조용히 움직이며 히죽거렸다.

"진유부대 애들한테도 나만 따라오면 한몫 단단히 잡게 해준다고 했으니까, 그 녀석들 몫까지 확실히 챙기자. 어차피 사혈련 돈은 많이 훔쳐 낼수록 전쟁에 유리해. 많이 훔쳐도 되는 돈이라… 이건 내 사리사욕을 채우기 위한 게 아니야. 적의 군자금을 줄이려는 거야. 우히히히."

*   *   *

동방극이 입을 떡 벌렸다.

"진초운이 서문창을 죽였다고?"

채봉추도 놀라기는 마찬가지였다.

"똑바로 말해보아라. 잘못 안 것이 아니냐?"

보고하러 온 무사는 감격에 겨워 눈물을 글썽거렸다.

"틀림없습니다. 사혈련은 지금 초상집 분위기입니다."

"사혈련주가 혼자 떠돌아다니기라도 했단 말이냐?"

"아닙니다. 이만 명의 무사를 동원해 진초운 대협을 막았다고 합니다."

"이, 이만? 그런데?"

"단신으로 그들을 물리치고 서문창의 목을 베셨다고 합니다. 큰 웃음을 터뜨리시며 물러서는 분을 사혈련 놈들이 구경만 하고 감히 막아서지 못했다 합니다."

동방극의 얼굴이 조금 밝아졌다.

"허어. 큰일을 했군. 그런데 아무리 진초운이라도 쉽지 않았을 텐데. 혹시 중상을 입었다고 하지 않던가? 아니면 같이 죽었다든지……."

"아무런 상처 없이 일방적으로 이기셨다고 합니다."

"그래. 잘됐군, 잘됐어. 그만 나가보게."

말하는 그의 눈가가 파르르 떨렸다.

무사가 나간 후 채봉추가 어두운 표정으로 말했다.

"서문창이 죽었으니 전쟁은 우리에게 유리하게 됐습니다."

"그래. 우리가 이겼어. 하지만… 우리가 잘한 게 아니라 진초운이 잘해서 이긴 거지."

"그게 문제입니다. 이제 그의 명성이 우리 무황성을 넘어설 겁니다."

"전쟁이 끝나고 나면 내 자리가 위험해지겠군. 미리 장로들을 포섭해 놓아야겠어."

"그의 명성이 너무 높아졌습니다. 상황이 생각보다 더 나쁩니다. 그가 만약 성주님 자리가 아니라 새로운 세력을 세우려고 한다면……."

"그게 가능한가?"

"그에게는 이미 진유회가 있습니다. 자칫하면 상인들이 만든 진유회가 무사들의 연합인 우리 무황성을 위협할 만큼 성장할지도 모릅니다."

동방극이 헛웃음을 터뜨렸다.

"허허. 이거 웃어야 할지 울어야 할지 모르겠군. 사혈련이라는 강적을 죽도록 싸워 겨우 물리치고 났더니 새로운 경쟁자가 하나 나타난 꼴이야. 그것도 상인들의 모임 따위가 우리 무림을 위협하다니."

"이제 진초운은 경쟁자가 아닙니다. 적입니다."

"그렇다고 해서 남들 눈이 있는데 진초운을 죽일 수도 없고… 사실 죽일 방법도 없지. 이거 난처하군. 전쟁에 이기게 됐다고 해서 좋아하기만 할 수는 없어."

채봉추가 원통하다는 듯이 말했다.

"같이 죽어줬으면 제일 좋았을 것을… 아니면 재기불능의 부상을 입어도 좋았는데… 일방적으로 이기다니. 너무 안타깝습니다."

채봉추는 다른 걱정도 하나 가지고 있었다.

'진초운도 정보가 샜다는 건 이미 짐작하고 있을 거다. 누가 그 정보를 흘렸는지도 알아낼까? 위험하군.'

그때였다.

꽈아앙! 꽈앙!

땅이 흔들리는 폭음이 연달아 터졌다.

동방극이 벌떡 일어섰다.

"화탄?"

＊　　　＊　　　＊

호대곡이 단백호에게 보고했다.

"무황성에 설치해 둔 화탄을 폭발시켰습니다."

단백호가 무황성 한가운데에 서서 주변을 둘러보았다.

"모두 성공적으로 터졌나?"

"그렇습니다. 비격뢰 세 발, 진천뢰 네 발 모두 무사들이 집중적으로 거주하는 숙소에서 터뜨렸습니다."

"일곱 발이라… 그 두 가지 화탄을 더 구하지 못한 것이 아쉽군."

"워낙에 희귀한 물건이라서 어쩔 수 없었습니다."

"하긴, 지난 백 년간 모은 것이 겨우 일곱 발밖에 안 되니까. 그래서 효과는 어때?"

"무황성의 무사 대부분은 전투를 위해 빠져나가 있었습니다. 약 오천 정도의 무사가 남아 있었으나 이번 폭발로 그중 이천 정도는 무력화됐으리라 생각됩니다."

"겨우 삼천 남는군. 뒤처리는 확실히 하고 있겠지?"

"우리 무한문의 고수들은 미리 잠입해 있었습니다. 상단으로 위장했더니 놈들이 눈치 채지 못했습니다. 그들이 내부에서 호응하고 있습니다."

"후후. 전쟁이 한창인 이때에 뇌물 좀 먹였더니 무사 통과라… 하긴, 내 높은 명성이 그걸 가능하게 한 거겠지."

"우리는 제대로 준비를 갖추지 못한 적을 공격하고 있습니다. 무황성이 아무리 대단하다 하나 겨우 삼천 정도로는 우리를 막아낼 수 없습니다."

"그다음 대응은?"

"돈으로 고용한 낭인무사가 약 일만 명, 그리고 문주님의 명령을 간접적으로 받는 무사가 오천여 명입니다. 모두 가까운 거리에 모여 있습니다."

"좋아. 그런데 협조를 약속한 문파들이 배신할 리는 없겠지? 그놈들은 우리가 무황성을 공격하는 줄은 몰랐을 거 아냐? 알고 나서 발을 빼는 건 아니겠지?"

"이미 발을 들여놓았으니 이제 와서 빼지 못합니다. 지금 물러섰다가는 무황성과 우리 양쪽의 공격을 받을 테니까요. 지금은 울며 겨자 먹기로 따라오는 수밖에 없습니다."

"좋아, 좋아. 대세가 나에게 넘어온 것을 깨닫고 난 후에는 배신할 생각조차 하지 않을 것이다. 이후에 큰 이익이 있다는 걸 잘 알 테니까."

"문주님, 그러기 위해서 우선 동방극부터 처리하셔야 합니다."

단백호가 느긋하게 걸음을 옮겼다.

"그래, 무황성주가 멀쩡하면 무황성이 힘을 잃지 않잖아.

어디, 잘난 정파무림인들의 단결을 무너뜨리러 가볼까?"

*   *   *

동방극이 집무실에서 뛰쳐나왔다. 이미 참상은 벌어지고 있었다.

그의 눈앞에 피를 뿌리며 쓰러지는 무황성 무사가 보였다. 무사를 벤 자는 중년인으로 팔에 붉은 끈을 두르고 있었다.

동방극이 호통을 질렀다.

"네 이놈!"

그가 중년인을 향해 몸을 날렸다.

중년인은 동방극을 알아보지 못했다. 하지만 몸놀림이 예사롭지 않은 노인이 달려들자 바짝 긴장했다.

'보통 늙은이가 아니다.'

그는 온몸의 내공을 끌어올렸다. 자신이 가진 가장 강력한 초식을 펼쳤다.

"죽어라!"

그의 검이 부챗살처럼 쫙 펴졌다. 십여 개의 잔영이 동방극의 전신을 노렸다.

동방극이 일장을 쭉 뻗었다. 그의 손바닥이 커지는 듯한 착각이 일어났다. 칼그림자들이 손바닥에 가려 모조리 사라졌다.

중년인은 심장이 떨어지는 것처럼 놀랐다. 그 무공을 한눈에 알아보았다.

'천영대수인!'

그걸 깨닫는 순간 전신의 공력을 가슴으로 모았다. 피하기 위해서 발을 급히 놀렸다. 천영대수인 아래에서 살아남기 위해서 최선을 다했다.

동방극의 그 손바닥이 중년인의 가슴을 때렸다.

퍼엉!

정통으로 얻어맞은 중년인은 뒤로 삼 장이나 밀려났다.

"도, 동방… 커억!"

그대로 피를 토하며 쓰러졌다. 가슴을 보호하려고 했었지만 아무 소용 없었다.

그때였다.

한쪽에서 단백호가 나타났다. 그가 천천히 걸어오며 손뼉을 쳤다.

"역시 동방극. 천영대수인의 위력이 참으로 놀랍구나."

동방극이 몸을 획 돌렸다.

"네가 바로 단백호로구나! 이게 모두 네 짓이냐?"

단백호의 얼굴에 웃음이 올라갔다.

"후후. 처음 보면서 한눈에 알아보다니 나에 대해 의심을 하고 있었나 보군. 하긴, 바보가 아니라면 내 첩보망을 무너뜨렸을 때부터 의심했겠지."

"이놈! 사혈련을 무찌르고 나서 너를 처리하려고 했다!"

단백호가 손을 들어 너풀거렸다.

"아아, 그럴 거라고 생각했어. 하지만 내가 더 빨랐지."

"빨라? 여기를 어떻게 한다고 해서 무림에 네가 설 자리가 있을 줄 아느냐? 우리 무황성의 정예들이 돌아와서 너를 가만두지 않을 것이다."

단백호가 혀를 찼다.

"쯧쯧. 아직 상황을 제대로 모르는군. 사혈련은 대가리가 잘렸으니 자기네끼리 권력을 잡겠다고 나설 게 뻔해. 문제는 무황성이지. 동방극, 당신이 죽으면 무황성이 사혈련처럼 내분에 휩싸일까?"

"그럴 리 없다. 그들은 개인의 사익을 위해서 대의를 거스를 사람들이 아니다!"

"세상 참 쉽게 생각하는군. 어쨌든 주도권 경쟁은 할지 몰라도 진짜 내분은 날 죽인 후에 일어나겠지. 그래서 내가 그 속도를 조금 당겨주려고."

"무슨 소리냐?"

단백호가 씩 웃었다.

"원래는 다른 자를 내세우려고 했는데, 진초운이 살아남았으니까 그놈을 쓸 수밖에 없지. 무황성주가 유언으로 진초운을 차기 성주로 삼는다면 어떻게 될까?"

"뭣이?"

"이미 필요한 문서는 모두 위조되어 있다."

동방극이 그를 비웃었다.

"말도 안 되는 소리다. 내가 그렇게 명령한다고 해도 받아들일 장로가 몇 명이나 있을 것 같으냐?"

"맞아. 말도 안 되는 소리야. 하지만 적극적으로 찬성할 장로가 하나 있더군."

동방극의 얼굴이 굳었다.

"소기백 장로?"

"그렇지. 소기백과 그의 일당들이라면 아마 쌍수를 들고 환영할걸? 그리고 다른 장로들은 반대하겠지. 굴러온 돌도 이런 돌이 없으니까. 내분은 거기서 시작하는 거지. 거기다 돈을 좀 뿌리면서 똥구멍을 긁어주면 서너 조각으로 찢어놓는 건 일도 아니야."

동방극이 검을 뽑았다.

"미친놈이군. 괜찮은 계획이다. 하지만 내가 거짓 유언이라고 한마디만 하면 무너지는 계획이다."

단백호도 싱글벙글 웃으며 검을 잡았다.

"그러니까 동방극, 당신이 여기서 죽어줘야 해."

"겨우 네 힘으로? 단백호, 너를 베고 날뛰는 네 부하들까지 모조리 쳐 죽이겠다!"

동방극이 땅을 박찼다. 움직이는 그의 몸 주위로 바람이 소용돌이를 일으켰다. 그의 검이 단백호를 노렸다. 칼날에서 유형화된 푸른 기운이 솟았다. 무엇이라도 베어버린다고 알려진, 극도로 파괴적인 기운이었다.

단백호의 눈이 날카로워졌다.

'검강이다. 역시 동방극!'

그의 검이 검집에서 튀어나왔다. 칼날 위를 붉은 기운이 온통 뒤덮고 있었다.

검강과 검강이 충돌했다. 무엇이든 부순다는 두 개의 힘이 상대의 것을 부수었다. 폭발이 일어났다.

콰앙!

엄청난 풍압이 몰아쳤다. 한쪽에 서 있던 채봉추가 버티지 못하고 나뒹굴었다.

단백호와 동방극은 각각 두 걸음씩 물러섰다. 그뿐이었다. 동방극이 검을 세웠다. 단백호는 검을 거꾸로 잡았다.

동방극이 천천히 전진했다. 그의 검에서 푸른빛의 양이 더 늘었다. 단백호의 검에는 더 이상 검강이 보이지 않았다.

동방극은 자신의 우세를 확신했다.

"나이에 비해 실력이 대단하다만 그게 한계로구나. 한 번이나마 내 공격을 막은 건 대단하다고 해주마."

단백호의 입가에 비웃음이 어렸다.

"나이에 비해? 동방극, 내 나이가 몇인 줄 알아?"

"마흔쯤일까? 네놈이 워낙에 세상에 모습을 드러내지 않으니 정확한 나이는 알 수 없지만 마흔쯤 됐다고 알고 있다. 그

만하면 대충 살았으니 이제 죗값을 치르고 죽어라!'

동방극의 검이 단백호를 향해 쭉 뻗어나갔다.

단백호가 왼손을 들었다. 동방극의 검을 잡으려고 했다.

동방극은 단백호의 행동을 이해할 수 없었다.

'손으로 검강을 막을 수는 없다. 무슨 짓이지?'

의심이 들었다고 해서 멈출 생각은 없었다. 자신이 압도적으로 유리해 보였다.

덥석.

단백호의 손이 동방극의 검을 잡았다. 거기 씌워진 검강을 누르고 칼날을 잡았다.

동방극의 눈이 튀어나올 것처럼 커졌다. 단백호의 왼손은 하얗게 변해 있었다. 전설에 나오는 무서운 마공이 하나 생각났다.

"소수마공?"

단백호의 손은 이제 하얀색을 넘어 투명해 보였다. 실핏줄이 다 드러났다.

"검강을 누르는 손. 소수마공이지."

"말도 안 되는 소리다! 그걸 익히려면!"

"최소한 수십 년의 시간이 필요하지. 걱정하지 마. 난 충분히 오래 익혔어. 지금 내 나이 팔십. 하지만 나이 사십에 경지에 오르고 나니 더 이상 늙지 않더군."

"세월이 비껴가는 경지……."

무공이 극에 달하면 나이를 먹지 않는다. 그걸 넘어서면 반로환동을 해 젊어진다고 하지만 그건 정말 전설의 경지다. 반로환동을 이루었다고 알려진 마지막 무인은 천이백 년 전의 여고수였다.

반로환동은 고사하고 나이를 더 이상 먹지 않는 경지에 오른 사람조차 현 무림에는 아무도 없다고 알려져 있다. 그건 동방극에게도 까마득하게 높은 경지다.

놀란 동방극이 검을 빼려고 했다. 하지만 꼼짝도 하지 않았다. 단백호의 손은 여전히 동방극의 칼날을 쥐고 있었다.

이제 검강마저도 사라졌다. 동방극의 얼굴에 당혹감이 떠올랐다.

단백호의 오른손이 검을 움직였다. 깜짝 놀란 동방극이 자신의 검을 놓고 뒤로 물러섰다.

그런 그를 칼이 계속 쫓아왔다. 단백호는 가만히 서 있었는데 칼 혼자 허공을 날았다. 일반적인 비검술과는 차원이 달랐다. 날아오는 칼 주위로 어마어마한 기파가 회전했다.

동방극이 놀라 외쳤다.

"이기어검까지!"

동방극은 무기를 가리는 경지가 아니다. 즉시 쌍장을 뻗었다. 천영대수인이 펼쳐졌다.

무기를 가리는 경지가 아니기는 하지만 그래도 칼을 들었을 때가 가장 강하다. 천영대수인으로는 조금 부족했다.

콰앙!

다시 폭발음이 터졌다. 그의 양손이 피범벅으로 변했다. 칼은 이미 단백호의 손으로 돌아가 있었다.

동방극은 뒤로 두어 걸음 물러섰다. 기혈이 요동쳤다. 통제가 되지 않았다. 그대로 무릎을 꿇었다.

"쿨럭!"

그가 피를 토했다. 새빨간 피가 동방극의 옷을 적셨다.

동방극은 일어서려고 했다. 하지만 기혈이 완전히 뒤집혀 있었다. 땅바닥에 눕고만 싶었다.

단백호가 그에게 천천히 다가왔다.

"동방극, 이제 알겠지. 사혈련과 무황성이 내분을 일으키기만 하면 왜 내가 천하무림을 차지할 수 있게 되는지. 으하하하!"

동방극은 좌절했다. 마음이 무너지자 기혈의 요동이 더 심해졌다. 더 이상 견디지 못하고 뒤로 넘어갔다.

채봉추는 어느새 제압당해 있었다. 호대곡에 의해서였다.

호대곡이 단백호 앞으로 와서 한쪽 무릎을 꿇었다.

"문주님, 승리를 경하드립니다."

단백호가 하늘을 보며 혼잣말을 했다.

"참 긴 시간이었다. 나이 오십이 됐을 때부터는 음지로 숨어들어야 했어. 천하에서 가장 돈이 많은 내가 가짜 주름살이나 붙이고 살아야 하다니. 무황성이나 사혈련의 눈이 무서워서 상계는 고사하고 남들 앞에도 함부로 나서지 못했잖아."

"십 년 전부터는 활동하실 수 있으셨습니다."

"나를 있지도 않은 내 아들이라고 하고서야 얼굴을 드러낼 수 있었지. 그래도 알아보는 놈이 있을까 봐 공식적인 활동은 못했어. 뒤에서 상계를 조종해야 했지."

"그 보상으로 천하를 받으시게 될 겁니다."

단백호가 왼손을 들어보았다. 아직 흰 기운이 남아 있었다.

"소수마공. 이걸 익혀서 늙지 않는 경지에는 들었는데, 그래서 더 숨겨야 했으니… 망할 놈의 조상들. 하필 남긴 게 이 따위 마공이라니."

"검제 진양백이 경계한 무공입니다."

"대신에 익힌 놈들은 다 미쳐 버리는 진짜 마공이지."

"문주님은 예외이십니다. 마에 빠져들지 않으셨잖습니까? 문주님 이전에 백 년이 넘는 시간 동안 소수마공을 익혔던 분들은 전부 미쳐서 제거되었습니다."

단백호가 웃었다.

"후후후. 난 천재니까."

"물론입니다. 이제 문주님이 어떤 경지에 이르렀는지 무림에 널리 알리겠습니다."

단백호의 얼굴이 살짝 일그러졌다.

"아, 대곡이. 그게 말이야. 좀 기다리지?"

"예?"

"벽아가 내 진짜 나이를 알면 얼마나 놀라겠나? 그러니까… 벽아가 서른 살이 될 때까지만 숨기자. 벽아도 나이가 좀 들면 나와의 나이 차이를 받아들이기 쉽겠지."

"아, 알겠습니다."

호대곡은 이마에 흐른 땀방울을 닦은 후 쓰러진 동방극을 가리켰다.

"저건 어떻게 하시겠습니까?"

단백호의 입가에 웃음이 맺혔다.

"훗. 당연히 살려줘야지. 미끼가 있어야 무황성 놈들이 서둘러 쳐들어올 거 아닌가? 놈들이 전력을 정비하니 뭐 하니 하다가 힘을 하나로 뭉치면 곤란하다고."

"그럼 무황성의 지하 뇌옥에 가두겠습니다."

"단전을 확실히 깨뜨려라. 검강을 쓰던 자이니 어설프게 손을 쓰면 뇌옥 따위는 깨고 도망칠지 모른다."

"알겠습니다!"

단백호가 동방극을 쓰러뜨린 후에도 싸움은 계속되었다. 곳곳에서 무사들이 피를 뿌리며 쓰러졌다.

고일산은 은밀하게 움직이는 것을 장기로 한다. 그는 남들의 눈을 피해 시체들에게 접근했다. 그가 노리는 것은 한 가지였다. 그의 손에 붉은 끈이 몇 개 들려 있었다.

고일산이 유미미의 팔에 붉은 끈을 감아주었다.

"적들도 자기들끼리 얼굴을 제대로 모르는 것 같습니다. 이걸 묶은 자들을 자기편으로 생각하고 있습니다."

유미미의 얼굴이 가늘게 떨렸다.

"이제 어떻게 해야 하는 건데요?"

"아가씨께서 적에게 잡히시면 대협이 마음대로 활동하지 못합니다. 그러니 숨으셔야 합니다. 안전한 장소는 제가 확보해 두었습니다."

전귀사견 네 명이 팔에 붉은 끈을 감은 후 가슴을 두드렸다.

"아가씨, 우리만 믿으십시오. 반드시 지켜 드리겠습니다."

그들의 운은 그리 좋지 않았다.

광인평은 단백호의 명령으로 개천 마을 주변에서 수련동 발굴을 지휘했던 자다. 그 덕분에 그는 유미미의 얼굴을 본 적이 있었다.

조용히 도망치는 유미미의 앞을 광인평이 가로막았다.

"오랜만이구나. 네 덕분에 큰 공을 세우게 됐어."

고일산의 판단은 빨랐다. 그는 광인평이 더 이상 말하기 전에 전귀사견에게 소리쳤다.

"막아!"

네 명의 대머리가 즉시 광인평에게 달려들었다. 그 속도가 대단히 빨랐다.

광인평은 자신의 실력을 자신했다. 가볍게 손을 흔들었다. 십여 개의 장력이 전귀사견에게 날아갔다.

"쓰러져라."

퍼펑!

요란한 폭음이 터졌다 전귀사견은 그 공격을 너끈히 막아냈다.

광인평은 깜짝 놀랐다.

"실력이 생각 이상이로구나!"

첫째가 큰소리를 쳤다.

"우리는 활검의 고수다!"

대머리 네 명이 광인평을 포위한 채 검을 휘둘렀다.

광인평은 그들을 쉽게 대할 수 없었다.

'마치 야채를 써는 듯하지만 동작 하나하나에 현기가 느껴진다. 기괴한 검법이지만 대단하다. 잘못하면 당한다.'

그는 신중하게 전귀사견을 상대했다. 유미미를 잡을 여유는 없었다. 유미미와 고일산마저 싸움에 끼어들지 않은 것을 다행으로 생각해야 할 판이었다.

광인평이 후회했다.

'너무 자신만만했다. 처음부터 신호를 하여 부하들을 불러 모았어야 하는 건데.'

전귀사견도 낭패감을 감추지 못했다.

'고일산 이놈이 벌써 미미 아가씨만 데리고 도망쳤다!'

'우리는 어떻게 하라고!'

'우리는 비밀 장소의 위치를 모른단 말이다!'

'진유각에서 해고해 버릴 테다!'

고일산은 전귀사견을 버리고 유미미와 함께 도망쳤다. 그가 갑자기 걸음을 멈추고 멍하니 앞을 바라보았다.

유미미가 그의 소매를 당겼다.

"무슨 일이 있어요?"

"문제가 생겼습니다."

"문제라니요?"

"제가 만들어둔 비밀 은신처 말입니다."

"예."

고일산이 꽃밭을 가리켰다.

"제가 무황성을 떠난 사이에 누가 그걸 없애고 꽃밭을 만들었습니다. 죄송합니다. 미리 확인해 두지 않은 제 잘못입니다."

그 시간에 소주아는 무황성 주력부대와 함께 있었다. 그녀가 서류를 정리하다가 혼잣말을 중얼거렸다.

"그런데 새로 만든 꽃밭에 꽃들은 잘 자라고 있으려나?"

　　　　　*　　　　　*　　　　　*

　사혈련은 서문창이 죽었다는 소리가 들리기가 무섭게 내
분에 빠졌다. 주력부대 내에서 자신이 정통 후계자라고 주장
하는 자만 해도 열 명이 넘었다. 사혈련 본부까지 따지면 그
수는 두 배로 증가했다.

　그런 상태에서 제대로 된 전투가 가능할 리가 없다. 사혈련
은 사분오열되었다.

　무황성의 주력부대는 그 기회를 놓칠 생각이 없었다. 그들
은 무력한 상태에 빠진 사혈련을 노리고 대규모의 공격 작전
을 준비했다.

　공격을 하기 전날, 무황성에 무슨 일이 일어났는지가 주력
부대에게 전달되었다. 지휘부는 극심한 혼란에 빠졌다.

　진초운은 비연대와 함께 무황성 주력부대의 주둔지에 도
착했다. 그는 비연대를 쉬게 놔두고 수뇌부를 찾아 어슬렁거
렸다.

　갑자기 그가 코를 킁킁거렸다.

　"이야아. 닭죽이다!"

　그의 발이 냄새를 쫓았다. 한 무리의 무사들이 모여서 커다
란 솥에 담긴 닭죽을 먹고 있었다.

진초운이 그들 틈에 끼어들었다.

"헤에. 맛있겠다."

진초운은 긴 거리를 달려오느라 꼴이 말이 아니었다. 더구나 옷에 붙은 피딱지도 아직 다 떼지 못했다. 죽을 먹던 무사들이 그를 보고 말을 걸었다.

"험한 꼴을 보니 싸움이라도 한바탕하고 왔나 보오."

"조금 센 놈하고 붙어서 하마터면 죽을 뻔했어요."

"저런. 그래도 살아왔으니 다행이오."

"그나저나. 꿀꺽. 이거 정말 맛있어 보이네요."

무사들이 얼른 나무 그릇을 하나 내밀었다.

"좀 드시오. 죽다 살아온 친구인데 이런 거라도 배부르게 먹어야지."

진초운이 두 손으로 죽 그릇을 받으며 웃었다.

"우히히히. 고마워요. 진짜 맛있겠다."

장로 소기백이 회의실 천막에서 소리를 질렀다.

"당장 작전을 중지하고 무황성으로 돌아가야 한다니까!"

장로 대영설이 마주 소리쳤다.

"사혈련을 몰살시킬 기회요! 지금 저들을 놓아준다며 얼마나 큰 후환을 남길지 모르시겠소?"

"본진이 털렸는데 사혈련 따위나 신경 쓰자니. 이대로 세상을 떠돌 참인가!"

"이만한 병력이 있으면 여기가 바로 본진이오!"

"그럼 단백호를 저대로 놔두자는 소리냐?"

"사혈련을 친 후에 쳐도 늦지 않는다는 말이오!"

"성주는? 성주가 놈들에게 잡혀 있단 말이다!"

"무공이 폐지되어 지하 뇌옥에 갇혔다 들었소. 이제 서두를 이유가 없소!"

소기백이 화를 내며 검을 뽑았다.

"뭣이! 쓸모가 없으니 버리자는 말이냐!"

대영설도 검을 뽑았다.

"누가 그렇게 말했소? 죽일 생각이 없으니 무공을 폐지해서 가둬둔 것 아니오? 천천히 가도 성주의 목숨에는 이상이 없다는 소리요!"

"네 이놈! 그걸 지금 말이라고 하느냐!"

소기백이 대영설을 당장이라도 쳐 죽일 듯이 길길이 날뛰었다. 하지만 대영설은 자신의 주장을 조금도 굽히지 않았다.

청룡각의 각주인 탕마멸사검 소홍기가 그런 소기백의 앞을 막았다.

"아버지, 좀 진정하십시오. 지금 우리끼리 싸울 때가 아닙니다."

다른 장로 몇 명도 일어서 대영설을 붙잡았다.

"참으시지요. 소 장로님의 성깔이 어떤지는 잘 알잖습니까?"

소기백이 길길이 날뛰었다.

"뭐? 성깔? 내 성깔이 어때서!"

그때였다. 천막의 문이 열리며 진초운이 들어왔다. 손에는 닭죽 그릇이 들려 있었다.

"이 좋은 때에 왜 싸우고 그래요?"

사람들의 고개가 일제히 돌아갔다. 그들의 눈이 경악으로 치떠졌다. 거의 합창하듯이 소리를 질렀다.

"진초운!"

진초운이 귀를 팠다.

"아이고. 귀 따가워. 귀 안 먹었어요. 갑자기 소리를 지르고 난리람."

가장 먼저 반응을 보인 것은 한쪽 구석에 서 있던 소주아다. 그녀가 두 팔을 벌리고 진초운에게 달려들었다.

"진 대협!"

진초운이 그녀의 육탄공세를 슬쩍 피했다.

"본 지 얼마나 됐다고 그렇게 반가워해요?"

헛걸음을 몇 발짝 짚은 소주아가 정신을 차렸다. 그녀는 얼굴을 붉히며 질문했다.

"지금 막 돌아오셨어요?"

"아뇨. 조금 전에요."

"예? 오자마자 여기 오신 게 아녜요?"

진초운이 죽 그릇을 들어 보였다.

"그동안 워낙 못 먹어서요. 저쪽에서 죽을 끓인 사람들이 있기에 좀 얻어먹고 오는 거예요."

닭죽을 끓이던 사람들은 아직도 자기들과 함께 죽을 먹은 젊은이가 진초운인지 몰랐다.

그가 죽 그릇을 내밀었다.

"남은 거 좀 얻어왔는데 좀 드실래요?"

소주아가 대답하기 전에 다른 사람들이 정신을 차리고 진초운에게 밀려왔다.

소기백이 가장 반가워했다.

"진초운, 정말 큰 공을 세웠다. 서문창을 죽였어!"

진초운의 얼굴이 일그러졌다.

"진짜 죽는 줄 알았어요. 개고생했다고요."

"하하하. 소문은 그렇게 나지 않았던데?"

"어떻게 났는데요?"

"자네 혼자 사혈련의 이만 무사를 물리쳤다면서?"

"그 말이 그대로 믿어졌어요?"

"비연대 백 명 전원이 살아 있고 자네도 부상당하지 않았다는데 그럼 믿지 왜 안 믿겠나? 일방적이 아니었다면 비연대는 몰살당했을 테니까."

"마음대로, 아주 마음대로 생각하세요. 그런데 왜 싸우고 난리예요? 사혈련을 어떻게 때려잡을지 작전 회의하다가 싸움난 거예요?"

대영설이 반갑게 외쳤다.

"역시 금룡 대협도 사혈련을 공격해야 한다고 생각하시는 군!"

소기백이 고개를 흔들었다.

"그럴 리가 없다. 진초운, 자네는 내 생각에 찬성하지?"

"무슨 생각을 하시는데요?"

"공격을 중지하고 무황성에 돌아가는 거지."

진초운이 황당하다는 듯이 손을 흔들었다.

"미쳤어요? 강도 떼를 전멸시킬 수 있는 이 좋은 기회를 놔 두고 왜 무황성에 돌아가요?"

대영설이 환성을 질렀다.

"보시오. 성주님이 후계자라고 선언한 진초운마저 저렇게 이야기하고 있소!"

진초운이 인상을 팍 썼다.

"후계자? 무슨 후계자요?"

소주아가 설명했다.

"성주님께 무슨 일이 생기면 진초운 대협을 다음 대 무황 성주로 삼겠다고 하셨다는 이야기가 있어요. 성주님께 직접 들은 건 아닌데 무황성에서 긴급히 보내온 문서를 보면 아무 래도 사실 같아요."

"일이 생기다니요? 황소라도 때려잡을 것처럼 기운이 넘치 는 그 망할 할아범에게 무슨 일이 생겨요?"

소주아의 얼굴이 굳었다.

"혹시 아무것도 모르고 오신 거예요?"

"조금 전에 왔다니까요. 배고파서 죽을 좀 얻어먹은 거 말고는 곧바로 여기로 왔어요."

"오시면서 소문은……."

"추격을 피하느라고 산길을 탔어요. 비연대가 산을 아주 잘 타더라고요."

천막 안이 쥐 죽은 듯이 조용해졌다. 분위기가 이상해지자 진초운이 눈치를 살살 살폈다.

"주아 아가씨, 무슨 일 있어요?"

지목당한 소주아가 어쩔 수 없이 입을 열었다.

"무황성이 단백호에게 당했어요."

진초운의 얼굴빛이 확 변했다.

"다, 당하다니요? 그게 무슨 말이에요?"

"단백호가 기습을 했어요. 무황성은 텅텅 빈 상태였거든요. 성주님이 지하 뇌옥에 갇히고 무황성은 단백호가 점령했어요. 지금까지 단백호가 동원한 무사의 수가 이만 명이 넘어요. 지금도 속속 밀려들고 있어요."

진초운이 입을 다물었다. 아주 잠깐의 침묵이 흘렀다. 곧바로 목이 찢어져라 소리를 질렀다.

"당장 무황성으로 가야지 다들 뭘 하고 있는 거예요?"

대영설이 놀라서 질문했다.

"하지만 눈앞에 사혈련이……."

"저까짓 사혈련 따위는 나중에 내가 처리해 줄게요. 당장은 무황성에 가야 해요."

진초운의 몸에서 뿜어지는 기세에 천막이 펄럭거렸다. 그가 고함을 질렀다.

"으아아아! 단백호! 우리 미미 털끝만 다치게 해도 갈아 마셔 버리겠다!"

*　　　*　　　*

무황성 주력부대는 어차피 진격 준비를 다 갖춘 상태였다. 그들은 즉시 무황성 쪽으로 방향을 돌렸다.

대부대의 이동 속도는 빠를 수가 없다. 소속된 부대들 중 가장 느린 곳의 속도에 맞춰지기 때문이다.

진초운은 마음이 급했다. 유미미의 안전이 걱정되어서였다.

그런데 그에게 의지하는 사람의 수가 너무 많았다. 무사들이 그를 보기만 하면 눈을 반짝이며 인사했다.

"우리는 진초운 대협만 믿겠습니다!"

그런 말이 그에게 부담을 주었다.

"이대로 충돌하면 피해가 너무 커. 그놈들도 사혈련하고 비슷해서 단백호 하나만 잡으면 무너질 거야. 그놈만 잡으면 되는데… 문제는 그 개자식이 무황성주를 이길 만큼 무공이 높다는 건데… 우리 미미도 걱정되고. 이거 환장하겠네."

한참을 고민하던 진초운이 중얼거렸다.

"결국 내가 고일산을 믿는 수밖에 없네. 그 자식, 일 처리 똑바로 못했으면 가만두지 않겠어."

*　　　　*　　　　*

진초운이 무황성 수뇌부를 찾아가서 선언했다.

"나 먼저 갈게요."

깜짝 놀란 소기백이 말렸다.

"무슨 생각을 하는 건가?"

"우리 미미 걱정돼서 안 되겠어요. 먼저 가서 미미부터 구해낼 테니까 서둘러 따라와요."

소주아의 얼굴빛이 창백해졌다. 어떻게 해서든 말리고 싶었다.

"가지 마세요. 혼자서는 너무 위험해요."

진초운이 그녀에게 웃어주었다.

"날 믿어요."

진초운은 비연대와 진유기동부대를 데리고 출발했다.

그만한 숫자의 부대가 앞장서서 달리는데 소문이 퍼지지 않을 수가 없다. 무사들 사이에 진초운이 단백호를 응징하러 간다는 소문이 퍼졌다.

"역시 금룡 대협. 우리를 위해서 나서신 게 틀림없어."

"사혈련도 그분 손에 깨졌잖아. 단백호라고 다르겠어?"

비연대와 진유기동부대는 모두 경공술이 특기이다. 하지만 그들의 능력으로도 진초운을 쫓아가기는 어려웠다.

그들은 단 하루 만에 지쳐 떨어져 나갔다.

진유기동부대 소속 비웅대 대장 왕주파가 지친 숨을 내쉬며 불평했다.

"이해가 안 가네. 혼자 가버릴 거면서 도대체 왜 우리보고 따라오라고 하신 거야? 힘들어 죽겠네."

무황성 주력부대는 그들보다도 더 늦게 움직였다. 나름대로 속도를 올려보려고 애썼지만 방법이 없었다. 몇만 명이나 되는 대부대의 한계였다.

*   *   *

호대곡이 단백호에게 보고했다.

"아무래도 진초운이 혼자서 오는 것 같습니다."

단백호가 고개를 갸웃거렸다.

"그렇게 미친놈일 리는 없는데?"

"사혈련을 혼자 무너뜨린 놈입니다. 스스로의 실력을 과신하는 것 같습니다."

단백호의 표정은 밝지 않았다.

"아니야. 상대는 진초운이야. 누구보다도 냉정하고 치밀한 놈이지. 이렇게 달려오는 건 이유가 있어. 그 이유가 뭘까?"

"진초운의 부하들 중 전귀사견이라는 대머리 넷이 우리에게 잡혀 있습니다."

"전귀사견?"

"광인평이 그들의 손에 죽었습니다. 무공이 워낙 높은 자들이라 고수들을 동원해서 겨우 붙잡았습니다."

"가치가 높은 부하들이니까 직접 구하러 오는 걸까?"

"가능한 일입니다."

단백호가 고개를 가로저었다.

"아니야. 부하들 목숨을 살리겠다고 혼자 올 리는 없다. 진초운은 그렇게 수가 약하지 않아. 뭔가 다른 게 있어. 그게 도대체 뭘까?"

운벽아가 옆에서 쫑알거렸다.

"여기 어디에 우리 모르게 꿀단지라도 감춰놨나 보죠."

그 말을 들은 단백호의 눈이 번쩍 빛났다.

"꿀단지? 호대곡! 진초운에게 여자가 있었지?"

"대단한 미녀가 몇 명 있다고 알려져 있습니다."

"그중에 무황성에 있는 여자가 있나?"

호대곡이 기억을 되살렸다.

"소주아가 무황성의 여자이지만 사혈련을 치러 나간 부대에 함께… 아!"

"누구지?"

"유미미가 진초운과 함께 무황성으로 갔다는 보고를 받은 적이 있습니다. 유미미는 중요 인물이 아니라 잊고 있었는데 어쩌면……."

"그래. 사혈련을 치는 데 데려갔을 리는 없지. 여기 어디에 유미미가 숨어 있구나. 진초운은 자기 여자를 찾으러 오는 거야. 그러면 혼자 오는 이유가 설명이 된다. 호대곡!"

"예!"

"그 여자를 은밀히 찾아라. 아니지. 먼저 포고문부터 붙여라."

"포고문이라 하시면……."

단백호의 입가에 웃음이 맺혔다.

"진초운이 바로 검제가 남긴 안배다. 조상들이 두려워했던 바로 그 안배. 우습게볼 수는 없어. 그러니까 좀 더 쉽게 제거하기 위해서 그놈의 공력을 소모시켜야겠다."

*　　　　*　　　　*

진초운은 먼지를 뒤집어쓴 채 객잔에 들어갔다.

"아이고 힘들다. 젠장. 싸울 힘이 있어야 하니까 배부터 좀 채우고 잠깐 쉬어야겠다."

진초운은 바보가 아니다. 무황성까지 한번에 달려가지는 않았다.

그도 동방극을 이겼다고 알려진 단백호를 쉽게 보지 않았다. 무황성에 도착할 때까지 몸 상태를 최선으로 유지하기 위해 신경을 썼다.

"휴우. 오늘 밤은 여기서 자고 갈까?"

그런 그의 눈에 객잔 벽에 붙은 종이가 보였다.

"응? 저게 뭐야?"

종이에 적힌 내용은 간단했다.

이달 십오일까지 진초운이 무황성에 도착하지 않는다면 유미미의 목을 베겠다. 그때까지 온다면 일 대 일로 승부해 주겠다.
무한문 문주 단백호.

진초운이 인상을 썼다.

"미미를? 웃기고 있네. 그나저나 십오일이라. 제기랄. 사흘밖에 안 남았잖아. 단백호 이 개자식. 아주 나를 죽이려고 작정을 했구나."

더 생각할 것도 없었다. 그대로 객잔 문을 박차고 뛰었다.

第十章

단백호가 호대곡에게 질문했다.

"유미미는 찾았나?"

"죄송합니다. 어쩌나 잘 숨었는지 흔적도 없습니다. 어쩌면 무황성에 없는 것이 아닌가 하는 걱정이 듭니다."

"아니야. 그럴 리는 없다. 유미미를 제외하고는 진초운의 행동이 설명되지 않아. 그나저나 포고문은 확실히 붙였지?"

"전서응과 전서구를 모두 동원해서 지시했습니다. 각 객잔은 물론이고 사람들이 모이는 곳에는 모두 붙였습니다. 진초운이 못 봤을 리 없습니다."

"그럼 됐다. 유미미는 그만 찾아라."

"예? 하지만 그녀를 찾아내기만 한다면 확실한 인질을 확보하게 됩니다."

"그렇게 잘 숨었다면 사흘 내에 찾는 건 무리다. 공연히 찾으려고 설치다가 우리가 유미미를 확보하지 못한 걸 진초운에게 들키면 일이 곤란해진다. 차라리 덮어두는 게 나아."

"그러다가 유미미가 진초운에게 소식이라도 전한다면 어떻게 하려고 하십니까?"

"불가능한 일이다. 미친 듯이 달려오고 있는 놈에게 소식을 넣을 방법 따위는 없다."

"그야 그렇습니다."

"내가 직접 성 앞에 나가서 그놈을 맞을 작정이다. 따라서 놈이 먼저 이곳에 도착해서 정보를 캐낼 틈도 없다. 사흘 만에 오려면 정말 죽도록 달려야 할 테니까."

운벽아가 곁에서 말을 걸었다.

"그런데 성주님, 꼭 진초운과 싸워야 하나요?"

"당연하지. 왜? 내가 질 것 같으냐?"

"그건 아니지만… 서문창을 죽인 놈이에요. 혹시 다치시기라도 할까 봐……."

단백호가 웃음을 터뜨렸다.

"하하하. 걱정하지 마라. 공력이 소진된 놈 하나 잡지 못하겠느냐?"

"그래도 수하들을 시키시는 게……."

"아니. 나는 반드시 진초운을 내 손으로 죽여야 한다. 그것도 가능한 한 많은 사람이 보는 앞에서."

"왜 그런지요?"

"서문창이 죽고 동방극이 내 손에 폐인이 됐다. 지금 무림에 중심이 될 수 있는 인물은 나와 진초운밖에 남지 않았다. 이런 때에 진초운이 내 손에 죽는다면, 정파 놈들은 구심점을 잃게 된다. 또한 진초운과 원한을 가진 사파 무리들 중에 내 밑에 들어오고 싶어하는 자들이 늘어나겠지."

"아!"

"무황성의 무사가 몇만 명이나 남아 있다. 사혈련의 남은 무사들을 이용해서 그들을 처리하려면 반드시 내 손으로 진초운을 죽여야만 해."

"적들의 내분을 일으키게 하고 우리의 힘을 더 키우기 위해서 싸우셔야 하는 거군요?"

"그렇지. 진초운이 죽는다면 무황성 놈들은 사분오열된다. 내가 그렇게 되도록 만들 테니까. 그리고 사파 놈들은 내게 손을 내밀게 되는 거지. 그렇게 되면 진초운이 만든 진유회 놈들마저도 꼬리를 내리겠지."

운벽아는 더 이상 말려도 소용없다는 것을 깨달았다.

"대승을 기원하겠어요."

*   *   *

사흘 뒤, 단백호는 넓은 평원을 찾아 그 한가운데에 큰 의자를 가져다 놓고 앉아 있었다.

그의 한참 뒤에는 만여 명쯤 되는 무사들이 도열해 있었다. 그리고 일반인 구경꾼들이 구름처럼 모여들었다.

지루한 시간이 흘렀다. 사람들은 진초운이 오느냐 마느냐로 내기 돈을 걸었다.

갑자기 구경꾼들이 소리쳤다.

"온다아!"

"금룡 대협이다아!"

저 멀리부터 작은 먼지구름이 일었다. 진초운이었다. 그가 성난 황소처럼 달려오고 있었다.

단백호가 의자에서 몸을 일으켰다.

"드디어 오는군."

먼지구름은 단백호 근처로 다가오면서 조금씩 줄어들었다. 진초운은 단백호의 십 장 앞에서 달리기를 멈추었다.

"헉헉. 더럽게 힘드네."

단백호가 한껏 멋을 부리며 말했다.

"왔느냐?"

진초운이 그를 꼬나보았다.

"니가 단백호냐?"

"어른을 보고 버릇이 없구나."

"개소리하고 있네. 우리 미미나 내놔."

단백호의 얼굴에 비웃음이 스쳤다.

"없다."

진초운이 일부러 쌍심지를 돋웠다.

"우리 미미 어쨌어!"

겉으로는 화난 척했지만 속으로는 환성을 질렀다.

'그럴 줄 알았다! 역시 고일산이 제대로 일을 처리했구나. 봉급 올려줘야겠다.'

단백호는 여유만만했다.

"내가 여자나 인질로 잡는 소인배인 줄 알았느냐? 처음부터 없었다."

진초운이 이를 빠드득 갈았다. 일부러 목소리를 높였다.

"당했다!"

속으로는 기회를 노렸다.

'단백호와 일 대 일로 싸워 죽일 수 있는 기회는 지금뿐이다. 여기서 단백호만 죽이면 큰 싸움 없이 전쟁을 끝낼 수 있어.'

단백호가 웃음을 터뜨렸다.

"하하하. 여기까지 달려오느라 수고했다. 하지만 너 정도의 무공이라면 아직 공력이 충분히 남아 있겠지. 자, 승부를 가리도록 하자꾸나."

사람들 들으라고 하는 소리다. 그는 진초운의 공력이 거의 바닥났을 거라고 확신했다.

'그 거리를 이만큼의 시간에 달려온다면 나라고 해도 내공이 바닥난다. 남아 있어봤자 얼마 안 되겠지.'

그의 생각은 조금 틀렸다. 진초운은 정말 죽도록 달렸다. 하지만 여러 기운을 돌려쓰는 심법의 특성 덕분에 공력이 꽤 남아 있었다.

진초운이 흑룡검을 뽑았다.

"좀 모자라기는 하지만, 너 하나 죽일 힘은 남아 있어. 이 칼이 있으니까 한 놈쯤은 확실히 죽일 수 있다고."

단백호의 눈빛이 빛났다.

"흑룡검이구나."

"단번에 알아보네?"

"하하하. 무척이나 갖고 싶었지. 그건 네가 아니라 나에게 어울리는 검이니까."

"능력이 되면 한번 빼앗아봐!"

진초운이 단백호를 향해 몸을 날렸다. 흑룡검이 단백호의 목을 노렸다.

화의 기운이 솟았다. 진초운의 검에서 열기가 뿜어졌다.

단백호가 검을 휘둘렀다. 두 자루의 검이 충돌했다.

콰앙!

강력한 기운 간의 충돌이 폭발을 일으켰다. 두 사람의 몸이 뒤로 주르륵 밀려났다.

진초운이 다시 달려들었다. 음한기공이 일어났다. 검에 서리가 맺혔다.

"이것도 받아봐!"

단백호가 다시 그 공격을 맞받아쳤다. 진초운의 눈이 번쩍 빛났다. 흑룡검을 타고 음한지기가 뿜어졌다. 단백호의 혈도를 얼려 버리기 위해서 검을 타고 넘어갔다.

단백호가 짧은 기합을 질렀다.

"합!"

가벼운 기합만으로 음한지기는 산산이 흩어졌다. 손톱만큼의 상처도 입히지 못했다. 오히려 되돌아온 음한지기가 진초운을 뒤덮었다.

"이 개자식이!"

진초운이 즉시 열양지력을 일으켰다. 그의 몸이 후끈 달아올랐다. 검을 타고 극열의 뜨거움이 전해졌다.

"이제 시작이다!"

진초운이 미친 듯이 공격했다. 남은 내공을 아끼지 않았다. 그의 검에서 불덩어리가 쏟아지고 서리가 내렸다. 땅이 뒤집히고 번개가 번쩍였다.

단백호는 그 모든 공격을 막아냈다.

서걱.

갑자기 단백호가 뒤로 휙 물러섰다. 그가 자신의 옆구리를 손으로 쓰다듬었다. 피가 묻어 나왔다.

"제법이구나, 진초운."

진초운이 히죽 웃었다.

"이제 시작이라니까."

단백호가 웃었다.

"후후후. 검제가 남긴 안배가 뭔지 궁금했다. 조상들이 두려워하던 그게 뭔지 궁금했어. 너를 보니까 알겠구나. 여러 기운을 모두 몸에 담았어. 진양백이 전 재산을 쏟아 붓고 자신의 지위까지 이용해서 긁어모은 영약을 네가 다 흡수했어."

"그거 먹느라고 아주 지겨워서 죽는 줄 알았다."

"영약의 힘만으로 나를 이길 수 있을까?"

"뭐로 죽이든 너만 죽이면 되는 거야."

"하하하. 조상들의 미련함에 한숨이 나오는군. 겨우 이따위 걸 두려워하다니. 진초운, 네 무공은 나에게는 통하지 않아. 왜냐하면!"

단백호가 왼손을 들었다.

"난 조상들의 예상을 넘어섰으니까."

단백호가 왼손을 든 채로 오른손에 들린 검으로 진초운의 목을 베었다. 칼날의 움직임이 날카롭고 빨랐다.

진초운이 즉시 흑룡검을 들어 그것을 막았다. 검과 검이 부딪치기 직전에 단백호의 손이 칼을 놓았다. 칼이 그의 손을 떠났다. 날아가는 검을 막대한 기운이 회전하며 감쌌다.

코앞에서 어검술이 펼쳐졌다. 진초운이 허리가 부러져라 몸을 꺾으며 흑룡검을 휘둘렀다. 어검술을 쳐냈다. 하지만 완전하지 않았다. 칼날이 진초운의 옆구리를 베었다. 금과 목의 이중 보호가 어검술 앞에서 종잇장처럼 찢겨 나갔다.

"큭!"

피가 튀었다. 두 자루의 검이 모두 손을 떠났다. 충격이 컸다. 둘 다 빈손이 되었다.

하지만 아직 상황은 끝나지 않았다.

단백호가 왼손을 뻗었다. 하얀 손이 눈부셨다.

진초운도 반사적으로 왼손을 뻗었다. 금(金)의 기운이 모조리 왼손에 모였다. 손이 보검보다도 더 단단해졌다.

쩌엉!

마치 쇠가 깨지는 듯한 소리가 터졌다. 그리고 진초운의 몸이 뒤로 튕겨졌다.

"으악!"

입에서 비명이 저절로 튀어나왔다. 왼손의 손가락 하나하나가 모조리 뒤틀려 있었다.

바닥에 떨어져 두어 번 튕긴 진초운이 오른손으로 왼손을 잡고 일어섰다. 다리가 부들부들 떨렸다.

"소수마공?"

"검제의 후인답게 한눈에 알아보는구나."

"젠장. 조상님이 이야기하던 잡놈이 바로 너구나!"

단백호가 왼손을 가볍게 털었다.

"역시 검제. 소수마공을 익힌 손이 아플 정도의 수공이라니. 아마도 금의 기운을 이용한 거겠지?"

단백호는 단지 손이 아픈 정도다. 반면에 보검으로도 흠집조차 내지 못하던 진초운의 손은 뼈가 부러졌다. 누가 우위에 있는지 명확했다.

진초운이 뒤틀린 왼손 손가락을 억지로 맞췄다. 눈물이 찔끔 날 정도로 아팠다.

그의 눈에 바닥을 굴러다니던 자신의 검이 보였다.

"아직 끝난 게 아니야. 난 비장의 한 수가 남아 있다고."

진초운의 눈길을 의식한 단백호가 비웃었다.

"후후. 진초운, 흑룡검은 너에게 과분하다. 내 흑룡검에 손대지 마라."

진초운이 갑자기 몸을 날렸다. 흑룡검을 향해서였다.

단백호가 진초운을 향해 손을 뻗었다. 소수마공을 익힌 손에 하얀 기운이 맺혔다.

"죽어라, 진초운."

그때였다.

"안 돼!"

높은 목소리의 고함이 터졌다. 복면무사들 중 하나가 단백호에게 검을 뻗으며 달려들었다. 그 속도가 대단히 빨랐다.

단백호의 몸이 회전했다. 소수가 아닌 손으로 복면무사를 후려쳤다.

"자객이냐!"

"꺄아악!"

복면무사가 비명과 함께 튕겨 나갔다.

막 흑룡검을 잡던 진초운의 귀가 번쩍 뜨였다.

'이 목소리는!'

"미미야!"

튕겨 나간 복면무사를 다른 복면무사가 급히 받아 들었다.

"아가씨!"

진초운의 얼굴이 시뻘게졌다.

"단백호! 네가 감히 우리 미미를 때려? 너 이제 죽었어!"

단백호가 헛웃음을 터뜨렸다.

"하하. 이런 미친놈을 봤나. 넌 내 손에 죽는다. 네 여자도 곧 뒤따라 보내줄 테니 걱정하지 마라."

하얀 손이 진초운을 겨누었다.

진초운의 얼굴이 무섭게 일그러져 있었다. 그가 흑룡검으로 땅을 긁으며 말했다.

"하늘에서 떨어진 쇠. 검으로 만들고 싶었지만 너무 단단했어. 그런 쇠를 어떻게 검으로 만들었는지 모르지? 궁금하지?"

흑룡검의 제조법에 대한 이야기가 나오자 단백호가 손을 내렸다.

"아주 먼 옛날에 최고의 장인들이 모여 십 년 동안 제련했다고 들었다."

"흑룡검은 하늘의 쇠로 만들었어. 그러려면 불구덩이에 넣어도 녹지 않는 쇠를 녹여야 했어. 그래서 뇌의 힘을 이용했지. 천하에서 번개가 가장 많이 치는 곳에서, 번개를 끌어 모으는 거대한 진을 설치하고, 번개를 맞혀가며 녹였어."

"번개의 힘이 땅으로 빠져나갔을 텐데?"

"번개의 힘이 쇠에 모이도록 진을 또 설치했어. 최고의 장인들 중에는 최고의 진법가도 있었거든."

"과연. 그런 수가 있었구나."

"그렇게 십 년 동안 번개를 맞혔어. 하늘에서 떨어진 쇠가 십 년 동안 번개를 맞고 나니까 뇌기를 품게 되더란 말이야. 그게 흑룡검을 만든 방법이야."

단백호가 다시 손을 들었다.

"재미있는 이야기를 해주었다. 그렇다고 해서 네가 살아나지는 못한다."

진초운의 입꼬리가 올라갔다.

"전설에 의하면 용은 번개를 부린다고 하지. 그래서 이 칼의 이름이 흑룡검이야."

진초운이 공력을 운기했다. 뇌의 기운이 올라왔다. 그것이 흑룡검을 감쌌다.

평소와는 운기의 흐름이 달랐다. 그도 익혀두기만 했지 단

한 번도 써보지 않은 수법이다.

평소에는 쓸 수가 없었다. 이건 자신의 기운만 가지고 펼치는 무공이 아니기 때문이다.

흑룡검을 타고 뇌기가 튀기 시작했다.

단백호는 뭔가 심상치 않은 느낌이 들었다. 하지만 그는 자신이 익힌 무공을 믿었다.

"대곡이가 항상 말했다. 너 정도는 내 손가락 하나로 죽일 수 있다고. 맞는 말이지. 내가 소수마공의 극한을 익힌 후로는 손가락 하나로 누구라도 죽일 수 있게 됐다. 좋은 이야기를 해준 상으로 특별히, 너에게는 손 전체를 사용해 주마. 이게 바로 소수마공의 최후 초식이다."

단백호의 팔에 깃든 하얀 기운이 하나로 응축되었다. 손 주변에서 대기의 기운이 맹렬하게 회전했다.

단백호가 고함을 버럭 질렀다.

"죽어라! 진초운!"

검강의 경지를 넘어서는 것이 탄검강, 즉 쏘아내는 검강이다. 검강보다 더 만들어내기 힘든 것이 수강이다. 소수마공의 수강은 그중에서도 더 특별했다.

단백호의 손에서 수강이 발사되었다. 수강이 진초운의 심장을 노리고 공간을 갈랐다.

'내 의지와 연결된 수강을 피하는 것은 불가능하다. 어디로 도망치더라도 쫓아간다. 신이라고 해도 피할 수 없다.'

진초운도 소리를 질렀다.

"너나 뒈져!"

진초운이 흑룡검 속에 봉인되어 있던 뇌기를 터뜨렸다.

십 년 동안 번개를 맞으며 쌓인 힘이다. 그리고 그에게 뇌의 기운을 쌓게 만들어준 힘이다. 그것이 단 한 번에 터졌다.

그 위력은 하늘의 번개 따위에 비할 바가 아니었다.

검을 타고 거대한 번개가 뿜어졌다. 그 밝은 빛이 사람들의 눈을 하얗게 물들였다.

단백호가 쏘아낸 수강이 그 번개에 파묻혔다. 순간적으로 저항하는 듯했으나 그대로 소멸했다. 그리고 그 거대한 번개의 줄기가 단백호의 몸에 부딪쳤다.

"으아아악!"

번개 속에서 단백호의 처절한 비명이 터져 나왔다.

단백호에게 충돌한 번개가 사방팔방으로 갈라졌다. 수만 개로 흩어진 뇌기의 조각이 수천 명의 머리 위로 떨어졌다.

"크아악!"

수만분의 일로 위력이 약해진 번개 하나하나에는 사람을 죽일 만한 힘이 없었다. 하지만 무사들에게 충격을 주기에는 충분했다.

"으, 으아악!"

사방에서 번개에 맞은 무사들이 비명을 질러댔다. 살아 있기에 지를 수 있는 비명이었다.

단백호는 처음에는 호신강기로 거대한 번개를 막았다. 하지만 그것은 찰나의 순간밖에 버티지 못했다. 호신강기가 단숨에 깨어져 나갔다. 거대한 번개 다발이 그의 몸을 관통했다.

가장 패도적인 힘이 무엇이냐고 할 때 흔히 언급되는 것이 뇌의 기운이다. 그 뇌의 기운이 물 한 대접 마실 정도의 시간 동안 단백호를 뚫고 지나갔다.

마침내 뇌의 기운이 사라졌다. 진초운이 흑룡검을 조용히 내렸다.

단백호가 서 있던 곳에 더 이상 그는 없었다. 다만 새카맣게 타버린 숯덩이 하나만 서 있었다.

싸움터에 한줄기 바람이 불었다. 숯덩이가 서서히 부서져 바람에 날렸다.

뒤쪽에서 구경하던 운벽아가 비명을 질렀다.

"아아악!"

호대곡이 정신을 잃고 쓰러지는 그녀를 급히 안아 들었다. 그러면서 무사들에게 소리쳤다.

"놈은 혼자다! 쳐 죽여!"

무사들이 명령을 따르지 않았다. 그들은 이미 진초운이 이만 명의 무사를 뚫고 서문창을 죽인 것을 안다. 그리고 방금 전 진초운의 공격 한 번에 최소한 수천 명의 사람이 상당한 타격을 입은 것도 안다. 그래서 함부로 덤벼들지 못했다.

진초운이 검을 들었다. 일부러 목소리를 높였다.

"조상님은 벽력검이라는 무공을 남겼지. 이것이 그 벽력검의 마지막 초식이다. 소수마공을 상대하기 위한 안배이자, 내 최강의 무공이다. 그리고!"

진초운이 단전에 남은 뇌의 기운을 끌어올렸다. 흑룡검에서 다시 뇌기가 파지직거렸다.

"이건 흑룡검의 힘을 이용하기에 얼마든지 펼칠 수 있다. 자, 덤벼라. 너희들 모두를 숯 덩어리로 만들어주마!"

아무도 덤비지 못했다. 모두 진초운의 말을 믿고 공포에 떨었다.

진초운도 속으로는 떨고 있었다.

'이 좋은 게 일회용이라니. 그래서 아끼고 또 아꼈는데.'

정말로 여러 번 쓸 수 있다면 사혈련을 칠 때 썼어야 한다. 하지만 분위기에 말린 사람들은 그렇게 생각하지 못했다. 게다가 지금 흑룡검에서는 실제로 뇌기가 튀고 있었다.

물론 그건 진초운 자신이 가진 뇌기다. 흑룡검 속에 잠재되어 있던 뇌기는 조금 전에 모조리 소모되었다.

무사들이 겁을 먹자 진초운이 한술 더 떴다.

"오지 않으면 내가 간다. 내가 다 죽여 버리겠단 말이다!"

그가 검을 옆으로 휙 돌렸다. 검이 가리키는 곳의 무사들은 돈으로 고용한 낭인들이다. 그들이 겁을 집어먹고 도망치기 시작했다.

"으아아아!"

"괴물이다!"

일단 한 번 도망치기 시작하자 진형은 순식간에 무너졌다. 너도나도 도망을 쳤다.

심지어는 흑고독의 금제에 걸린 사람들도 도망쳤다. 그들의 금제는 단백호를 배신했을 때만 발동한다. 단백호가 죽어버린 지금 상황에서 흑고독은 더 이상 의미가 없다.

단백호가 모은 무사들은 모두 도망쳤다. 운벽아마저도 호대곡이 업고 도망쳤다. 이제 싸움터에는 구경꾼들만 남았다.

진초운이 유미미에게 달려갔다.

"아이고. 미미야, 괜찮냐?"

복면을 벗은 유미미의 얼굴은 파리했다. 입가에 핏줄기가 흘러내렸다.

"오, 오라버니."

"말하지 마. 내가 낫게 해줄 테니까 가만있어."

"오라버니, 꽤, 괜찮으시……."

"난 괜찮으니까 걱정하지 말라니까. 야, 고일산! 미미 똑바로 지키라고 했잖아? 니가 왜 여기 있는 거야?"

고일산이 복면을 벗고 사과했다.

"죄송합니다. 오랜만에 가봤더니 제가 만들어둔 비밀 장소가 꽃밭으로 바뀌어 있었습니다. 그래서 단백호의 밑이 그의 눈을 피하기 가장 좋은 곳이라 생각하고 위장한 채 지냈습니다. 설마 아가씨께서 거기서 튀어나가실 줄은 몰랐습니다."

유미미가 바들거리는 손으로 진초운의 손을 잡았다.

"오라버니, 잘 돌아오셨⋯⋯."

거기까지 말하고 그녀의 고개가 툭 떨어졌다. 진초운이 통곡을 했다.

"아이고, 미미야!"

終章

진초운 이야기만 나오면 사람들이 엄지손가락을 치켜세웠다.

"금룡 대협께서는 천하제일고수이시지."

"천하제일의 부자이시다."

"부자 이야기가 나와서 하는 말인데, 자네 소문 들었나?"

"소문? 무슨 소문?"

"아, 글쎄. 진초운 대협께서 사혈련을 쳤을 때 말이야."

"아, 그 소문? 최소한 십만 냥 이상을 터셨다는 그 헛소문 말인가?"

"헛소문이 아니라네. 내가 아주 잘 아는 사람의 사촌형이 그 작전에 참가한 비연대의 무사라네. 그게 글쎄, 사실이래."

"에이. 천하제일의 부자인 진초운 대협께서 그런 짓을 왜 하신다는 말인가?"

"군자금을 빼앗기 위해서라는 말도 있지만… 사혈련에서 털어온 돈도 십만 냥 정도가 아니라더군. 훨씬 더 많대. 전쟁에서 그분을 따르던 무사들은 모두 한몫 단단히 잡았다더군. 내가 말한 그분도 한 재산 챙겼으니까."

"군자금을 빼앗기 위해서라… 역시 그런 목적이 있으셨으니 돈을 터신 거겠지."

"그런데 사실은 말일세, 금룡 대협께서 금룡이라 불리시는 이유가……."

"황금을 보기를 돌같이 해서 아닌가?"

"황금에 환장해서라는 말이 있네."

"뭣이? 네놈이 감히 금룡 대협을 모욕해? 이놈! 싸우자!"

＊　　　＊　　　＊

운벽아는 은밀히 마련된 장원에 숨어 있었다.

그녀가 이를 갈았다.

"진초운, 이놈. 반드시 복수하겠다. 시간이 얼마나 걸리든 반드시 복수하고 말겠다."

호대곡이 한숨을 쉬었다.

"아가씨, 너무 화를 내시면 태중의 아이에게 안 좋습니다."

운벽아가 그 말에 슬픈 얼굴로 배를 쓰다듬었다. 그녀의 배가 잔뜩 부풀어 있었다.

"지금은 이대로 물러나지만… 언젠가는 반드시… 복수할 거야."

*　　　*　　　*

동방극과 채봉추는 무사히 구출되었다. 동방극은 이미 무공을 잃은 후였으나 생명에는 지장이 없었다.

문제는 그들이 한 일이었다. 진초운은 동방극과 채봉추의 집무실을 샅샅이 뒤졌다. 비각을 동원해 정보가 어디서 샜는지 추적했다.

결론은 가볍게 나왔다. 진초운이 방방 뛰었다.

"동방극. 채봉추. 당신들이 감히 나를 사혈련에 팔아먹어?"

그들은 얼굴을 들 수 없었다. 감옥에서 나와보니 이미 세상은 진초운의 것이었다.

동방극이 탄식을 했다.

"허어. 군사의 말을 듣지 않는 것인데. 무림의 평화를 위하다 보니 내 잠시 눈이 멀었었구나."

채봉추가 항의했다.

"성주님, 저도 무림평화를 위해서 세운 계획이었습니다. 사심은 조금도 없었습니다."

동방극이나 채봉추는 그래도 자기 다리로 서 있었다. 하지만 동방철현은 사정이 달랐다. 그는 온몸이 피멍이 들 때까지 얻어터진 채 무릎 꿇고 앉아 있었다.

진초운이 흑룡검을 들어 동방철현을 겨누었다.

"아주 할아버지하고 손자가 짝으로 날 팔아먹었어. 동방철현 저 개자식은 나를 단백호에게 팔아먹은 놈이잖아! 니네 집안은 나와 무슨 원수가 진 거냐!"

동방철현은 덜덜 떨고 있었다. 너무 겁을 먹어 말도 제대로 하지 못했다.

'나, 난 처형될 거야. 할아버지는 넘어갈지 몰라도 나는 목이 잘릴 거야.'

그가 하도 겁먹고 떨고 있으니 진초운은 목을 칠 마음도 들지 않았다.

그때 동방소희가 달려와 진초운의 앞에 엎어졌다. 통곡이라도 할 듯한 표정으로 사정했다.

"진 대협! 제발 오라버니를 살려주세요!"

진초운은 동방소희도 좋게 생각하지 않는다.

"이게 누구야? 그러고 보니까 진유상단에 첩자를 심은 여자도 같은 집안 사람이네? 아주 온 집안이 나섰구나?"

동방소희의 얼굴이 핼쑥하게 변했다. 그녀가 더 이상 부탁도 하지 못하고 머뭇거렸다.

"그, 그건……."

진초운의 눈에 한쪽에 서 있는 소주아가 보였다. 그녀가 동방소희와 가까운 사이라는 것이 생각나 검을 집어넣으며 툴툴댔다.

"됐어. 저 개자식 데리고 가. 대신에, 앞으로 무림에서 얼굴 들고 다닐 생각, 꿈에도 하지 마!"

목숨을 건진 동방철현의 얼굴이 환해졌다. 동방소희가 그런 그를 부축해 가며 진초운을 힐끗거렸다. 그녀는 새로운 꿍꿍이를 품었다.

'주아를 시누이로 삼는 건 틀렸어. 어쩔 수 없지. 같은 남편을 얻어야겠어.'

동방극과 채봉추에 대한 일 처리가 대충 정리되자 소기백이 진초운을 찾아왔다.

"초운이, 그런데 무황성주 자리는 어떻게 할 건가?"

"어떻게 하다니요?"

"공석으로 비어 있으니 누군가를 세워야 하지 않겠나?"

"에이, 무슨 농담을. 그 자리가 왜 공석이에요?"

"응? 전임 성주인 동방극 대협이 비리 혐의로 물러났으니 당연히 공석이지."

진초운이 자기 가슴을 탕탕 쳤다.

"지난 전쟁 중에 내가 성주 자리를 물려받았잖아요."

"그, 그거야 거짓 정보로 밝혀졌지 않은가?"

진초운이 히죽 웃었다.

"그래서요? 누가 나 쫓아내고 성주 하고 싶대요? 하고 싶으면 와서 나랑 한번 붙어보자고 전해요."

소기백이 멍하니 있다가 웃음을 터뜨렸다.

"허허. 그렇지. 자네 말고 누가 성주가 될 수 있을까?"

그가 속으로 생각했다.

'우리 주아가 진초운을 잘 잡아야 할 텐데. 그래야 나도 성주 사위 한번 얻어보지.'

동방극은 성주 자리에서 쫓겨났지만 채봉추는 여전히 무황성에서 일했다.

전쟁이 끝난 직후라 할 일은 정말 많았다. 채봉추가 서류 더미에 쌓여 일하고 있을 때 부하들이 일감을 추가로 가져왔다.

"부군사님, 이것도 좀 봐주십시오."

채봉추가 쌓여 있는 서류들을 보다가 질문했다.

"주아… 소주아 군사님은 어디 가셨나?"

"그게… 또 개천 마을에 가셨습니다."

채봉추가 한숨을 푹 쉬었다.

"후우. 미치겠군. 일은 내가 다 하는데 지위는 부군사로 강

등되다니. 게다가 내 밑에 있던 주아가 상관이 되고. 나를 부려먹으려고 부군사시키는 게 틀림없어. 아마 내가 죽을 때까지 부려먹을 거야."

*　　　*　　　*

전귀사견은 큰소리 펑펑 치며 돌아다녔다.

"으하하하! 내가 누군지 아십니까? 내가 바로 우리 진초운 대협의 최측근인 금신사호의 첫째입니다, 첫째."

팔도문의 문주가 직접 그에게 술을 따랐다.

"하하. 누가 그걸 모르겠소? 자, 술이나 더 드시오. 그리고 이건 약소하나마……"

그가 작은 주머니를 내밀었다. 그걸 잡아본 첫째가 다시 웃음을 터뜨렸다.

"하하하. 걱정하지 마십시오. 내가 우리 진초운 대협께 팔도문에 대해서 잘 이야기해 드리겠습니다."

말은 그렇게 했지만 정말로 팔도문에 대한 이야기를 해줄 생각은 없었다.

'우리 대협께서는, 누가 뇌물을 줄 때 그냥 꿀꺽 삼키고 아무 일도 해주지 않으면 처벌하지 않겠다고 하셨지. 으흐흐흐. 동생 녀석들도 열심히 뛰는 것 같으니까 소문 퍼지기 전에 최대한 벌자.'

*　　　　*　　　　*

　고일산은 은퇴했던 무황성 비밀 암살 무사들을 불러들였
다. 현직에 있던 사람들도 마찬가지였다.

　그들은 더 이상 비밀 암살 무사가 아니다. 무공을 숨길 필
요 없이 진유장 정보대의 고수로서 활동했다.

　고일산 역시 신분을 숨길 필요가 없었다. 그는 자신이 진유
대 정보대장임을 당당히 밝혔다. 진초운의 측근 중 한 명인
그를 우습게보는 무림인은 아무도 없었다. 여러 세력이 어떻
게든 그에게 줄을 대려고 애썼다.

　백발의 노인 한 명이 사람들을 모아놓고 큰소리를 쳤다.

　"우리 아들이 바로 그 사람이여, 그 사람!"

　고일산은 그의 고향 역사상 가장 출세한 사람이 되었다.

*　　　　*　　　　*

　진초운은 무황성의 성주 자리를 차지했다. 하지만 무황성
에 머물지는 않았다. 그의 삶의 근거지는 개천 마을이었다.

　나날이 발전하는 개천 마을에 꼬질꼬질해진 부부가 찾아
왔다.

　워낙 얼굴이 더러워져 있어 사람들은 처음에 그들을 알아

보지 못했다. 하지만 곧 그를 알아보는 사람이 나타났다.

"헉! 다, 당신들은……."

소식을 전해 들은 진초운이 당장 달려왔다.

"아버지. 엄마!"

진초운의 아버지 진오철이 그를 보더니 손을 흔들었다.

"여어, 잘 있었냐?"

진초운의 어머니 공영영이 두 팔을 벌렸다.

"우리 아들. 엄마다, 엄마."

진초운이 소리를 버럭 질렀다.

"아, 도대체 그동안 어디 가 있었어요?"

진오철이 당당하게 대답했다.

"우리? 황금수의 비자금 찾으러 갔지."

"에엑? 황금수가 비자금 남겨둔 걸 어떻게 알았어요?"

"네가 남겨두고 간 책 말이다. 그거 자세히 봤더니 우리 가문 내공심법의 유래가 나오더라."

"내가 남긴 책이요? 수련동 위치가 적힌 건 제가 창고에서 찾아내서 가져갔는데요?"

"네가 창고 뒤집어놓고 갔잖아. 그거 정리하다 보니 책이 더 있던데?"

"그, 그게 비자금에 대한 거였어요?"

"그래. 천이백 년 전에 황금수라는 사람이 살았는데, 그 사람의 비자금이 있는 곳에 대해 적혀 있더라."

진초운은 뒤통수를 한 대 맞은 것 같았다.

"가만, 그럼 혹시 우리 집안의 내공심법이……."

"황금수의 아내가 익힌 심법이라더라. 이백 년 전에 조상님이 그걸 찾아냈다고 하더구나."

진초운은 이제야 진양백이 왜 전 재산을 투자해 영약을 끌어 모았는지 깨달았다.

'천이백 년 전에 어떤 아줌마가 절대고수가 됐던 방법을 그대로 쓰려고 한 거구나. 내가 익힌 이 심법은 조상님이 만든 게 아녔어.'

"그럼 비자금은……."

"조상님이 남기신 책에 의하면, 그분께서는 가문의 재산을 다 쓴 대신에, 황금수의 비자금을 찾을 수 있는 단서를 남겨두셨다고 되어 있었다. 그래서 우리는 그거 찾으러 갔지."

진초운이 뒷골을 잡았다.

"그, 그럼 오할파에서 돈을 꾼 게……."

"돈이 있어야 보물을 찾으러 갈 거 아니냐?"

"미미한테 들으니 돈 꾸어서 흥청망청 썼다면서요?"

"곧 큰돈이 들어올 거라고 생각했다. 그래서 고기 좀 먹으며 살았지."

진초운이 심호흡을 했다.

"후우우. 그럼 왜 미미를 놔두고 갔어요? 미미가 얼마나 고생했는지 알아요?"

진오철이 헛기침을 했다.

"커험. 미안하구나. 금방 돌아올 줄 알고 말하지 않았는데, 어쩌다 보니 몇 년이나 걸렸다."

"그럼, 그럼 왜 이제 와 돌아온 거예요? 제 소문 못 들었어요?"

"무슨 소문? 못 들었다."

"예?"

공영영이 말을 받았다.

"우리가 그 비자금 찾으러 다니다 그만 돈이 똑 떨어졌지 뭐니?"

"그래서요?"

"세상을 좀 돌아다녔더니 단백호라고 무림에 아주 돈이 많은 부자가 있다더구나. 그자의 심성이 고약하다고 하기에, 가서 수련동이 개천 마을 근처에 있다고 사기를 치고 돈을 좀 넉넉하게 챙겼지."

진오철이 한마디 했다.

"그건 사기가 아니야. 검제의 후손으로서 정의를 위해 사악한 놈에게 손을 쓴 거지."

"다, 단백호를 건드렸었어요?"

"아, 그런데 단백호 이놈 정말 나쁜 놈이더라. 우리를 죽여서 묻으려는 눈치가 보이더라고. 그래서 도망쳤다."

"도망은 잘 치셨는데 왜 제 소식을 못 들었냐고요."

"하도 무서운 놈이라 우리는 그동안 산골에 들어가서 살았다. 거기서 책을 연구하고 또 연구했지. 최근에서 정확한 위치를 알아냈고, 또 단백호도 우리를 잊었겠지 싶어서 산을 내려왔는데……."

진오철이 분하다는 듯이 말했다.

"거기 가보니 이미 누가 금광을 캐고 있더라. 아, 정말 억울한 일 아니냐? 천이백 년이나 멀쩡히 있던 것을 겨우 몇 년 늦게 알아냈어."

"그, 그 금광이 말이죠. 누구 거냐 하면요."

공영영이 진초운의 말을 끊었다.

"그런데 초운아, 우리 동네가 왜 이렇게 커진 거냐? 그리고 너도 옷을 좋은 거 입고 있구나. 혹시 수련동 찾다가 한몫 잡은 거냐?"

진오철이 진초운의 등을 두드렸다.

"하하하. 옷을 기워 입지 않는 걸 보아하니 아무래도 우리 아들이 성공했나 보구나."

공영영이 고개를 두리번거렸다.

"그런데 초운아, 미미는 어디 갔니?"

진초운이 일그러진 얼굴로 하늘을 가리켰다.

"하늘 높은 곳에 있어요."

＊　　　＊　　　＊

유미미는 하늘 높은 곳에 둥실 떠 있었다.

"까하하하!"

그녀의 입에서는 웃음소리가 연이어 나왔다.

비연대장이 그녀에게서 조금 떨어진 하늘에 떠서 소리를 질렀다.

"아가씨, 조심하십시오!"

"괜찮아요, 괜찮아. 까하하하하!"

유미미는 연습용 비연을 타고 있었다. 허리춤에는 낙하우산을 두 개나 끼워두었다.

비연에는 가늘고 튼튼한 줄이 연결되어 지상까지 이어져 있었다. 연이 함부로 날아가지 못하도록 한 안전줄이었다.

연이 떠 있는 위치는 개천 마을 근처의 강 위였다. 최악의 경우에도 물 위에 떨어질 수 있도록 조치되었다.

그녀의 즐거워하는 모습에 비연대장이 웃음을 지었다.

"하하. 그렇게 재미있으십니까?"

"당연하죠. 그리고 공짜잖아요!"

비연대장의 연이 하늘에서 휘청거렸다.

비연대 무사들은 무황성을 나와서 진유장에 취직했다. 그들은 사람들을 비연에 태워 하늘을 날게 해주었다. 주로 부자들이 돈을 싸들고 와서 비연을 타고 놀았다.

대부분의 경우는 강 위로 낮게 날았다. 유미미처럼 높이 올라가는 경우는 무공이 높은 고수일 경우에만 허락되었다.

하늘을 나는 것은 폭발적인 인기를 끌었다. 비연대가 그 사업에서 벌어들이는 돈이 꽤 쏠쏠했다.

아래에서 연을 정비하던 비연대의 무사가 기지개를 쭉 켰다.

"아, 살아남으니까 정말 좋구나."

∗   ∗   ∗

개천 마을의 원조 부자 석자청은 술만 마시면 큰소리를 쳤다.

"내가 말이야, 옛날에 진초운 대협에게 주방을 맡긴 적이 있다고. 그때가 언제였나 하면, 바로 내 생일잔치 때였지. 내 생일을 위해서 진초운 대협이 몸소 나섰다 그 말씀이야. 에헴."

개천 마을에서 예전에 부자 소리 들었던 하선란도 술만 마시면 한숨을 쉬었다.

"휴우. 그가 가난할 때 무슨 수를 써서라도 한번 품어봤어야 하는 건데. 아쉬워라."

개천 마을 근처의 무림문파 십원문은 빠른 속도로 성장했다. 진초운이 있는 곳과 가장 가까운 위치의 문파라는 이유 때문에 여러 유명 무림인들이 그곳을 방문했다.

십원문의 소문주 염대충은 그들을 상대하며 문파의 영향력을 키우느라 바빴다.

십원문이 자랑하는 무사 전충이 염대충에게 질문했다.

"그런데 소문주님, 이렇게 바쁘게 일하시면 장가는 언제 가시려고……."

염대충이 쓰게 웃었다.

"나도 모르지."

전충은 당황했다.

'난 이미 한연홍 쪽에 줄을 섰는데…….'

"연홍 아가씨 말고 다른 분을 마음에 두고 계십니까?"

염대충은 아직 옛날 일을 잊지 않았다.

'연홍이가 수작을 부려서 나를 진초운과 싸우게 했지. 천하의 진초운과 싸우고 살아난 게 기적이야. 그런데 연홍이는 왜 나를 죽이려고 했을까?'

그는 아직 그 답을 찾지 못했다. 그래서 결혼할 수가 없었다.

"하기는 하겠지. 답을 찾으면."

육검문의 육여경이 씩씩거렸다.

"고모, 내가 그렇게 매력이 없어?"

육옥화가 쓴웃음을 지었다.

"진 대협이 또 그냥 지나가디?"

그녀가 입술을 깨물었다.

"내가 그분 지나가는 곳에 미리 가서 서 있었는데, 아주 쳐다보지도 않아. 흥. 그런다고 내가 포기할 줄 알고? 언젠가는 차지하고 말 거야."

*　　　*　　　*

소주아가 예쁘게 화장을 하고 진유장 근처를 어슬렁거렸다. 그녀가 초조한 듯 소매를 깨물었다.

"이상하다. 진 대협이 지나가실 때가 됐는데……."

그 시간에 진초운은 강가에 있었다.

진초운이 흑룡검에 돼지고기를 끼웠다. 모닥불 위에 올려진 고기에서 기름이 뚝뚝 떨어졌다.

유미미가 군침을 삼켰다.

"오라버니, 다 익었나 봐요."

"아직 멀었다. 좀 더 기다려."

"헤헤. 빨리 익으면 좋겠다."

진초운이 유미미를 쳐다보았다. 단백호에게 맞아 입은 내상은 무황성에 남아 있던 영약을 먹여 깔끔하게 회복시켰다. 오히려 그 과정에 그녀의 내공의 늘어났다.

진초운이 유미미를 쳐다보았다.

"행복하니?"

그녀가 생글생글 웃었다.

"그럼요. 엄청 행복해요."

진초운이 그녀의 머리를 쓰다듬었다.

"그럼 나도 행복하다."

하늘에 먹구름이 사라졌다. 별이 다시 반짝거렸다.

진초운이 속으로 생각했다.

'이제 돈은 충분해… 이 세상에서 내가 제일 부자니까. 앞으로는 돈보다 인생을 즐기……'

그때, 근처를 지나가던 사람이 철전을 흘렸다. 돌에 부딪친 철전이 땡그랑 소리를 냈다.

진초운의 귀가 쫑긋거렸다. 유미미의 눈이 반짝였다. 두 사람이 동시에 돈 떨어진 곳을 휙 돌아보았다.

결심은 반의반 각도 가지 않았다.

『금룡진천하』完

금룡진천하는 잠룡전설과 같은 종류의 글입니다. 표사나 천하제일협객과는 추구하는 바가 완전히 다릅니다. 청바지나 티셔츠를 입듯이 격식을 차리지 않고 가볍게 읽히는 것을 목적으로 썼습니다.

금룡진천하는 무협이 아닐지도 모릅니다.

이 글에서는 소림사가 나오지 않습니다. 이 글에서는 사천이나 산동이 없습니다. 하지만 이것만 가지고 무협이냐 아니냐를 구분할 수는 없습니다.

진초운은 원소계 무공을 사용합니다. 불, 얼음, 물, 흙, 나무, 쇠 등등이 그의 무공의 기반이 됩니다. 익히는 과정 역시 정통의 수련법을 따르지 않습니다.

진초운은 번개를 쏘고, 불을 일으키고, 냉기를 뿜는 것 같은 원소계 무공을 써서 적을 무찌릅니다. 이건 무협보다는 판타지에 가까운 설정입니다.

금룡진천하에서는 무(武)와 협(俠) 중 무(武)가 이야기의 중심이 아닙니다. 무(武)는 단지 이야기를 풀어나가는 하나의 수단일 뿐입니다. 돈이 훨씬 더 중요한 역할을 합니다.

그래서 금룡진천하는 무협이 아닐지도 모릅니다.

단지, 이야기에 무공이 나올 뿐입니다.

금룡진천하에서 진초운은 세 개의 거대한 힘과 부딪칩니다. 그들을 이용하기도 하고, 이용당하기도 하면서 싸웁니다. 그것이 이야기의 중요한 흐름 중 하나입니다.

이 이야기에는 다른 싸움이 하나 더 있습니다. 돈신과 가난신의 싸움입니다.

금룡진천하는 진초운의 돈신이 유미미의 등에 업힌 가난신과 치열하게 싸우는 이야기입니다.

이건 원래 장르에 종속되지 않는 이야기입니다. 무협의 껍질을 씌워도, 환타지의 껍질을 씌워도, 그리고 현대물의 껍질을 씌워도 되는 이야기입니다.

금룡진천하는 그중에서 무협의 껍질을 씌워 쓴 글입니다. 만약 다른 껍질을 씌웠었다면, 조금 다른 이야기가 됐겠지요.

언제나 후기를 쓸 때는 아쉬움이 남습니다. 이번에는 어쩐지 더 허전합니다. 마음에 안 드는 부분이 많았나 봅니다.

보시기에 어떠셨는지 모르겠습니다. 읽을 만하셨는지요?

2007년 늦은 겨울밤.
황규영.

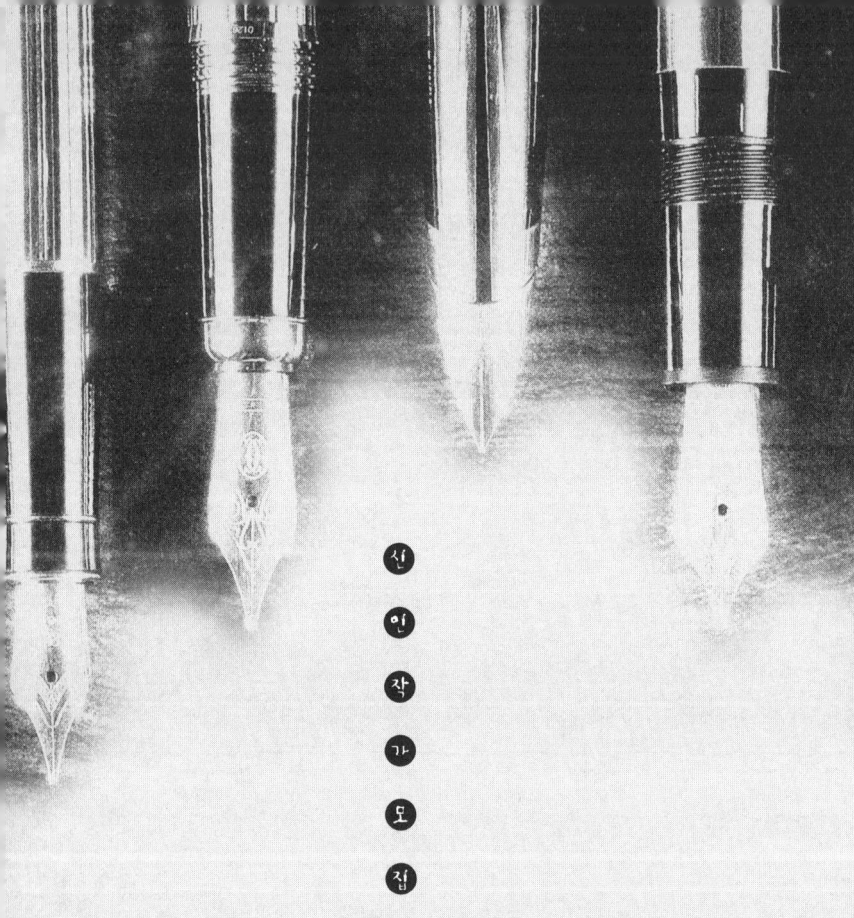

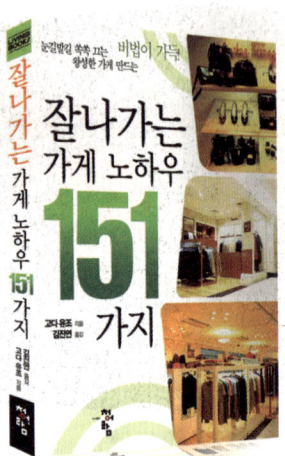

초등학생이 반드시 읽어야 할 좋은 책 49권

각 학년별로 초등학생이 반드시 읽어야할 좋은 책을
선정하여 통합논술의 기본이 되는 '올바른 독서법'을
일깨워 줍니다.

교과서와 함께하는
초등학교 통합논술

초등1학년 | 값 12,000원 / 초등2학년 | 값 9,500원 / 초등3학년 | 값 11,000원 / 초등4학년 | 값 9,500원 / 초등5학년 | 값 9,500원 / 초등6학년 | 값 11,000원

♣ 혼자 할 수 있어요.
엄마가 책 읽는 방법을 가르쳐 주어도 좋아요.
독서지도하는 선생님이 가르쳐 주어도 좋답니다.
"초등 교과서와 함께하는 통합논술 시리즈"는
아이 스스로 독서할 수 있도록 꾸며진 책이에요.
엄마와 선생님은 요령만 가르쳐 주시면 된답니다.

♣ 교과서의 중요한 내용이 총정리되어 있어요.
각 학년별로 중요한 교과 내용이 함께 수록되어 있어요.
초등학생은 교과서 내용을 충실하게 공부해야 합니다.
아울러 그와 병행한 독서가 대단히 중요하지요.
"초등 교과서와 함께하는 통합논술 시리즈"는
두가지 방법 모두 알려준답니다.

♪ 이 책은 훌륭하신 선생님들이 함께 쓰신 책이랍니다.
동화작가 선생님들이 쓰셨어요. 소설가 선생님도 쓰셨답니다.
국어 논술독서지도 선생님들도 함께 쓰셨지요.
"초등 교과서와 함께하는 통합논술 시리즈"는
엄마의 마음으로 모든 선생님들이 함께 꾸민 책이랍니다.

입소문을 통해 아는 분은 다 알고 계십니다!
올 한해 공인중개사 최고의 화제작!

1~2권 합본 | 이용훈 지음
3~4권 합본 | 이용훈 지음
5~6권 합본 | 이용훈 지음
용어해설 | 이용훈 지음

수험생 기본 필독서
만화 공인중개사

제목 : 만화공인중개사 쓰신 분에게 감사드립니다.

학원을 두 달 다녔어요. 근데 과연 그 숫자 외우기 그런 게 몇 문제나 나올까 생각을 했어요.
아니라는 생각이 드네요. 학원강의를 뒤로하고 서점을 갔어요. 내 머리에 가장 이해될 수 있는
책이 없나 하구요. 거기서 만화를 발견했어요. 무조건 세 번 봤어요. 3개월 걸렸어요. 문제집을 보라고
했는데 그건 시행을 못했어요. 근데 합격을 했네요.
어떻게 감사의 말을 해야 될지…….
도서관에서 만화책 들고 다니니까 사람들이 비웃더라구요. 만화책으로 공인중개사를 공부한다고
미친 사람처럼 보더라구요. 근데 그거 다 감수하고 했던 내가 자랑스럽습니다.
어떻게 감사의 말을 해야 할지… 정말 감사합니다.
부디 행복하세요. 제 나이 41살에 좋은 스승을 만난 것 같습니다.
엎드려 감사드립니다.

－본사 홈페이지에 독자분이 올린 메일 中에서 발췌－